Le bébé de l'espoir

Une héritière au défi

JANICE MAYNARD

Le bébé de l'espoir

Traduction française de
SOPHIE WATINE-VIEVARD

PASSIONS

HARLEQUIN

Collection : PASSIONS

Titre original :
AN HEIR OF HIS OWN

HARPERCOLLINS FRANCE
83-85, boulevard Vincent-Auriol, 75646 PARIS CEDEX 13
Service Lectrices — Tél. : 01 45 82 47 47 - www.harlequin.fr
ISBN 978-2-2804-6756-8 — ISSN 1950-2761

Composé et édité par HarperCollins France.
Imprimé en mars 2022 par CPI Black Print (Barcelone)
en utilisant 100% d'électricité renouvelable.
Dépôt légal : avril 2022.

FSC www.fsc.org MIXTE Papier issu de sources responsables FSC® C159065

Pour limiter l'empreinte environnementale de ses livres, HarperCollins France s'engage à n'utiliser que du papier fabriqué à partir de bois provenant de forêts gérées durablement et de manière responsable.

- 1 -

Les lourdes portes en verre du Royal Memorial Hospital s'ouvrirent devant elle et, enfin dehors, Cammie Wentworth poussa un long soupir de soulagement. On était en octobre et il faisait délicieux. C'était son mois préféré depuis toujours, mais cette année serait à marquer d'une croix blanche. Son travail et son obstination allaient enfin payer.

À vingt-huit ans, il était temps qu'elle trouve enfin sa place dans le monde. N'empêche qu'elle avait passé la semaine à s'inquiéter, cumulant les nuits blanches, à cause de l'entretien qu'elle devait passer avec les administrateurs de l'hôpital et quelques médecins ; elle avait eu peur qu'on la juge trop jeune ou inexpérimentée pour diriger la fondation que son père venait de créer. Certes, l'argent n'achetait pas tout, mais comme son père avait prévu de faire un don substantiel, les huiles du Royal Memorial s'étaient montrées sensibles aux arguments de Cammie. Un intérêt qu'elle comptait bien continuer de susciter chez eux.

Si son opiniâtreté avait été récompensée dans le travail, elle était loin d'avoir coché toutes les cases de ce qu'elle voulait accomplir dans sa vie personnelle :

1) Convaincre son frère Rafe d'enfin revenir à la maison ;

2) Étudier les possibilités d'insémination artificielle ou d'adoption et enfin devenir mère ;

3) Effacer de sa mémoire Drake Rhodes et ses yeux bleus si envoûtants.

Elle avançait sur les deux premières questions et avait bon espoir de réussir, mais elle avait jusqu'à présent lamentablement échoué concernant la troisième.

Sa rupture avec Drake datait de deux ans mais elle avait toujours aussi mal. Heureusement, il était pour six mois à Sydney, en Australie. À l'autre bout du monde. Si seulement un kangourou enragé pouvait le dévorer vivant.

L'image un peu gore la fit sourire.

Avec Drake, c'était de l'histoire ancienne. Ils n'avaient jamais été sur la même longueur d'onde.

Se tournant vivement pour aller rejoindre le parking, elle se cogna à un homme. Elle trébucha et deux mains puissantes se posèrent sur ses épaules pour l'empêcher de tomber.

— Désolé, dit l'homme.

Ils échangèrent un long regard. Cammie était sous le choc.

— Drake ? dit-elle en secouant la tête. Qu'est-ce que tu fabriques ici ?

Il était plus beau que jamais avec ses cheveux noir ébène, sa longue silhouette et son attitude légèrement arrogante. Elle sentit son estomac se crisper. La réunion à l'hôpital l'avait-elle à ce point troublée ? Était-elle en train de devenir folle ? Mais non. Il était bien là. Diablement réel.

Son cœur, qu'elle croyait en voie de guérison, se brisa à nouveau.

Malgré le choc, Drake fit tout pour garder un air impassible. Décidément, le sort s'acharnait. Il n'était pas à Royal depuis plus de quelques secondes qu'il se retrouvait nez à nez avec Cammie. Elle était toujours aussi belle, avec sa délicate peau de rousse légèrement rosie par le soleil et ses longs cheveux tombant en cascades cuivrées sur ses épaules ravissantes. Il se rappelait chaque centimètre de son corps aux courbes charmantes et si désirables.

Elle darda sur lui ses yeux verts.

— Je t'ai posé une question.

Il secoua la tête pour s'arracher aux doux souvenirs qui l'envahissaient.

— Ainsley a fait une péritonite.

— Oh ! non.

Ainsley était la jeune demi-sœur de Drake, dont il était devenu le tuteur quand elle avait perdu ses parents, sept ans plus tôt. Elle avait alors quinze ans et Drake seulement vingt-deux.

— Elle est tirée d'affaire, heureusement. Elle n'a pas fini de m'en faire voir, dit-il avec un léger sourire. Je monte lui rendre visite justement.

Le visage de Cammie resta fermé.

— Va vite. Je ne voudrais pas te retarder.

Drake nota qu'elle n'avait même pas pris la peine de prendre de ses nouvelles à lui. Elle ne l'appréciait pas et c'était très compréhensible, mais sa froideur le peina néanmoins.

— Je te raccompagne à ta voiture. Tu me raconteras pourquoi tu es ici, annonça-t-il en lui prenant le bras.

Cammie se dégagea et le regarda, lèvres serrées.

— On est en pleine journée, je n'ai pas besoin d'un garde du corps.

— Allez…

Il se demandait pourquoi la raccompagner lui tenait tant à cœur, mais il ne voulait pas laisser passer l'occasion de se réconcilier avec Cammie et de s'assurer qu'elle s'était remise de leur rupture.

Quand elle lui avait parlé de son désir d'enfant deux ans plus tôt, cela lui avait fait l'effet d'une douche froide. Et si jamais ils avaient un accident de préservatif ? La perspective d'élever un autre enfant le terrifiait. Ainsley avait épuisé toutes ses réserves dans ce domaine-là. Heureusement, elle était adulte maintenant et il était enfin libre.

Et pourtant, il ne pouvait s'empêcher d'être heureux de revoir Cammie.

Cammie, qui l'ignorait ostensiblement, traversait le parking à toute allure – deux pas devant lui. Soudain, elle stoppa net.

— C'est un vrai labyrinthe. J'aurais juré que j'étais garée dans cette allée.

— Ce gros pick-up te bouche la vue. Pourquoi tu n'utilises pas ta télécommande ?

— Que deviendrais-je sans les conseils d'un homme fort et intelligent ? dit-elle avec une grimace tout en pointant sa clé.

Un bip. Ils étaient au bon endroit. En contournant l'énorme véhicule que tout bon mâle texan se doit de posséder, Drake entendit le bruit caractéristique d'un bébé qui pleure et vit que quelque chose était posé sur le capot de la voiture de Cammie.

En fait, pas *quelque chose*, mais quelqu'un. Un bébé très mécontent attaché dans un petit siège auto.

Cammie se précipita vers sa voiture.

— Qu'est-ce que c'est que cette histoire ? lança-t-elle en regardant de tous les côtés, à la recherche de la mère ou du père de l'enfant.

Drake fronça les sourcils, son instinct de protection en état d'alerte maximum.

— J'ai entendu parler de ce genre d'escroquerie. Quelqu'un va débarquer pour te demander de l'argent ou t'accuser d'enlèvement.

C'était peut-être pour ça qu'il avait insisté pour l'accompagner. Il se trouvait peut-être au bon endroit au bon moment.

Cammie avait très envie d'un bébé. Cela faisait au moins cinq ans qu'elle y réfléchissait sérieusement. Mais elle ne s'attendait pas à ce qu'il tombe du ciel. Tout ça était vraiment trop bizarre.

Elle s'approcha doucement de la voiture et du bébé, mais les hurlements redoublèrent d'intensité. Même elle, qui possédait un instinct maternel développé, commençait à paniquer. Mais pas question que Drake s'en aperçoive.

— Tu devrais t'en aller, déclara-t-elle en déverrouillant sa voiture et en jetant son sac sur le siège avant.

Comme elle avait passé un moment dans l'hôpital,

elle prit une lingette et se nettoya les mains avant de détacher le bébé.

Drake se tenait tout près, trop près, et scrutait chacun de ses gestes.

— Tu ne devrais pas le prendre. Ça engage ta responsabilité.

Le petit corps du bébé était chaud et son visage tout rouge. Elle vit du coin de l'œil que Drake tirait son téléphone de sa poche.

— Qu'est-ce que tu fais ?

Il leva un sourcil, la prenant manifestement pour une idiote.

— J'appelle la police ?

— Ah. Oui. Désolée, je suis un peu perdue.

— On est deux.

Aux rayures bleu et blanc de son petit pyjama, Cammie devina que le bébé était un garçon.

— Coucou, toi, murmura-t-elle, tout en le soulevant doucement de son siège. Tu sais que tu es beau, hein ? Et je t'assure, les garçons aussi ont le droit d'être mignons.

Drake laissa échapper un petit rire mais ne fit aucun commentaire. Il était toujours au téléphone, attendant qu'on lui réponde.

Cammie berçait le bébé, soulagée que les cris perçants se transforment peu à peu en légers gémissements. Il était chaud, avait l'air en bonne santé et devait avoir un mois ou un peu plus. Peut-être était-ce son imagination, mais elle avait l'impression qu'il fixait sur elle ses grands yeux noirs.

Toutes les fois où elle s'imaginait avoir un enfant,

il ressemblait à Drake. Comme ce bébé, avec ses bouclettes noires. *Quelle pauvre idiote…*

La crise était passée mais elle savait qu'il fallait qu'elle retrouve très vite sa famille. À cet âge-là, les bébés mangeaient très souvent. Et puis, il n'y avait pas de couche de rechange ni aucun petit mot. Rien du tout. Tout ça était tellement étrange qu'elle se surprit à penser qu'on lui faisait une blague. Une blague de bien mauvais goût.

Heureusement, quelqu'un répondit enfin à l'appel de Drake et celui-ci donna les informations qu'on lui demandait. Il raccrocha et Cammie s'adossa à la voiture pour attendre. Drake se tenait debout à distance, silencieux.

Maintenant que le bébé avait cessé de pleurer, elle pouvait se concentrer sur son délicieux parfum de lotion pour bébé mêlé à l'odeur non moins délicieuse d'un nouveau-né. En lui accordant toute son attention, elle pouvait faire mine de ne pas tenir compte de la présence de Drake.

Mais elle finit par lever les yeux vers celui qui lui avait brisé le cœur.

— Tu peux y aller. Je vais gérer.

— Pas question que je te laisse, répliqua Drake d'une voix calme.

Le bébé, lui, recommençait à s'agiter. Elle le serra doucement contre elle et se mit à marcher de long en large tout en le berçant. Peut-être que le mouvement le rassurerait, mais en tout cas, ça ne calmerait pas son ventre vide.

Heureusement, la police arriva très vite.

Une policière brune, mince et aux yeux noirs descendit de la voiture de patrouille.

Cammie serra le bébé un peu plus fort.

— Merci d'être venue. Je m'appelle Cammie Wentworth. Et voici Drake Rhodes. Nous ne savions pas quoi faire, alors nous avons appelé la police.

— Officier Haley Lopez. Dites-moi ce qui s'est passé.

Ce fut rapide. Cammie raconta tout ce qu'elle savait. À savoir, pas grand-chose.

— J'ai peur qu'il se remette à pleurer parce qu'il doit avoir faim.

— Ne vous inquiétez pas. J'appelle les services sociaux tout de suite.

Pendant que l'officier Lopez passait son appel, une deuxième femme, une blonde menue aux yeux verts, sortit de la voiture de patrouille. Elle ne portait pas de badge de police, mais une accréditation pendait à son cou.

— Bonjour. Je m'appelle Sierra Morgan. J'accompagne l'officier Lopez pendant sa patrouille, histoire de mieux connaître le comté Maverick. Il y a un problème avec le bébé ?

— Ça n'est pas le mien, dit Cammie. Je l'ai trouvé sur ma voiture. La matinée a été agitée dans les rues mal famées de Royal ?

Sierra sourit et son regard se porta sur Drake.

— Disons que ce bébé abandonné est l'affaire la plus intéressante que nous ayons traitée aujourd'hui.

— Vous voulez entrer dans la police ? demanda Drake.

— Bien sûr que non. Je suis journaliste pour le

magazine *America*. Je suis à Royal pour écrire un article sur le gala du dixième anniversaire de l'admission des femmes au sein du Club des éleveurs du Texas. Seulement dix ans, quelle honte, dit-elle en fronçant le nez.

Drake hocha la tête, l'air ironique.

— Les choses changent lentement par ici. Si vous restez assez longtemps, vous verrez ce que je veux dire.

Cammie n'était bien sûr plus la petite amie de Drake, mais elle n'en ressentit pas moins une pointe de jalousie. Le courant passait un peu trop bien entre Drake et Sierra.

Cette dernière se tourna vers Cammie.

— Voici ma carte. Qui sait, j'écrirai peut-être un article sur cet adorable bout de chou.

Cammie prit la carte de mauvaise grâce. *America* était une publication reconnue au niveau national, ce qui était presque miraculeux à une époque où les magazines se faisaient aussi rares que les dodos, mais elle n'avait aucune envie que le bébé soit ainsi exposé aux commérages. Et puis, de toute façon, qui cela pouvait-il intéresser, à part les gens du coin ?

— Merci, mais ça m'étonnerait qu'il y ait matière à faire un article.

— On ne sait jamais.

L'officier Lopez raccrocha enfin.

— Désolée. Ça a été un peu plus long que prévu. Il y a eu un accident impliquant plusieurs véhicules sur l'autoroute. Je vais installer le siège auto dans ma voiture.

Puis, une expression un peu étrange sur le visage, elle demanda :

— Puis-je vous le prendre une minute ? J'adore les bébés.

— Vous avez des enfants ? dit Cammie en lui confiant le bébé un peu à contrecœur.

Haley Lopez secoua la tête en regardant le petit garçon d'un air pensif.

— Non, mais j'ai des neveux et des nièces.

Une fois que Cammie eut repris le bébé, l'officier Lopez passa un deuxième appel, apparemment au central, pour les tenir au courant de la situation. Les questions se bousculaient dans la tête de Cammie au sujet des services sociaux. Elle était un peu déconcertée que tout se passe aussi vite.

Drake voyait bien le malaise de Cammie. Il savait qu'elle désirait un enfant ; elle le lui avait dit deux ans plus tôt. Mais ça n'était pas ça et toute cette histoire lui faisait une impression désagréable. Autrement dit, jusqu'à preuve du contraire, Cammie avait besoin de son soutien.

Il la vit prendre une profonde inspiration avant de s'adresser à Haley Lopez.

— Je veux le garder jusqu'à ce qu'on ait retrouvé sa mère ou son père.

— Désolée. Il y a des procédures à suivre. On ne peut pas le confier à n'importe qui. On ne s'adresse qu'à des personnes habilitées à être famille d'accueil.

Cammie pâlit, elle était au bord des larmes, et Drake fut traversé par plusieurs émotions où se mêlaient regret et incrédulité. Il était évident que le destin lui offrait la possibilité de se racheter de ses péchés. Sans compter le petit diable sur son épaule qui lui murmurait à l'oreille combien il serait bon d'être près de Cammie quelque temps.

— Officier Lopez, dit-il en s'éclaircissant la gorge. J'ai été agréé par l'État du Texas quand je suis devenu le tuteur de ma jeune sœur Ainsley, il y a sept ans. Si Mme Wentworth est d'accord, je peux être famille d'accueil pour le bébé. À la condition qu'elle vienne s'installer chez moi pour s'en occuper.

Devant l'air étonné de l'officier Lopez, Cammie intervint.

— M. Rhodes et moi nous connaissons, mais…, dit-elle en se mordant la lèvre, visiblement tiraillée, tu ne vis même plus ici, Drake. Comment cela pourrait-il marcher ?

Il s'adressa aux trois femmes en gardant l'air impassible :

— Ma demi-sœur a été victime d'une péritonite. Je suis rentré à Royal pour m'occuper d'elle. Comme Cammie le sait, la maison où vit Ainsley m'appartient, mais elle sera encore à l'hôpital quelques jours, et quand elle ira mieux, je retournerai en Australie. D'ici là, toutefois, je suis sûr qu'on aura retrouvé les parents du bébé.

— Bien, déclara Haley Lopez en hochant la tête. Je dois juste vérifier quelques informations, monsieur. Si vous voulez bien me suivre jusqu'à mon véhicule.

Drake avait l'œil sur Cammie dont toute l'attention se concentrait sur le bébé. En la retrouvant, son sentiment de culpabilité s'était réveillé. Il savait qu'il lui avait fait du mal. Mais il n'avait pas eu le choix. Ils étaient à l'opposé l'un de l'autre. Cammie était douce, maternelle et attentionnée. Et lui… il n'était rien de tout ça.

Mais tout comme dans une chanson des années 1970 que lui chantait souvent sa mère, il fallait parfois être cruel pour le bien de l'autre. Voilà qui résumait parfaitement sa rupture avec Cammie, et la soutenir aujourd'hui l'aiderait peut-être à se sentir moins coupable et à la rendre un peu heureuse.

Cependant, il risquait aussi de lui refaire du mal s'il n'était pas capable de résister à son désir pour elle. Désir qu'il ressentait même à l'époque où il avait dû la quitter.

Il n'avait jamais voulu d'enfants. Ce qui signifiait qu'il ne pouvait pas faire sa vie avec Cammie.

Et se retrouver près d'elle allait être une torture.

Il donna à la policière son numéro de sécurité sociale et attendit qu'elle transmette les informations aux services sociaux.

Puis ils retournèrent vers Cammie, qui les regardait, pleine d'espoir. À une certaine époque, Drake était passé professionnel dans l'art de briser ce genre d'espoirs. Mais pas cette fois.

La voir avec un bébé dans les bras l'émouvait profondément. C'était ce qu'elle voulait. Et bien que cela fût risqué, Drake comptait bien payer un peu sa dette envers elle grâce à cette courte expérience. Il lui devait bien ça, et la perspective de passer du temps sous le même toit qu'elle était pour le moins séduisante.

— Vous êtes sûre de votre décision, madame ?

demanda Haley Lopez avec un sourire. Les nouveau-nés, c'est énormément de travail.

— Oui, affirma Cammie en redressant les épaules. Quelqu'un a déposé ce bébé sur ma voiture, ça me donne une sorte de responsabilité. Et puis, ça ne sera certainement pas pour longtemps.

— Sans doute pas. Mais essayez de ne pas trop vous attacher à lui. Je vois souvent des familles d'accueil souffrir.

— Je sais que ça n'est pas le mien.

Charmé malgré lui, Drake caressa les cheveux du bébé.

— Comment vas-tu l'appeler ? « Hé, toi ! », c'est un peu impersonnel.

Cammie éclata de rire et quand leurs regards se croisèrent, ses yeux verts brillaient de joie.

— Pourquoi pas Pumpkin ?

— J'aime assez, approuva la policière avec un sourire.

— Et *toi* ? lui demanda Cammie en le défiant du regard.

Il fourra les mains dans ses poches. Pourquoi diable avait-il si envie de toucher ce bébé ?

— Ça m'est égal, répondit-il en haussant les épaules.

Le beau sourire de Cammie s'effaça instantanément.

— Puis-je m'en aller ? demanda-t-elle à la policière. Je vais vous donner ma carte.

— Oh ! oui. Allez-y vite. Il y a une parapharmacie sur le côté de l'hôpital. Vous y trouverez des biberons tout prêts. C'est très cher, mais ça m'étonnerait qu'il patiente encore longtemps.

Drake prit un jeu de clés dans sa poche et les tendit à Cammie.

— Voilà un double. Installe-toi confortablement. Mme Hampton est passée ce matin.

Puis, s'adressant à la policière :

— Ma femme de ménage partage son temps entre la maison et mon ranch dans la campagne.

Se tournant vers Cammie, il ajouta :

— La chambre d'Ainsley est à l'étage, le bébé et toi pourrez dormir dans la chambre d'amis du rez-de-chaussée. Je dois aller voir Ainsley. Elle m'attend. Je m'arrêterai faire quelques courses en rentrant.

Pourquoi éprouvait-il le besoin de se justifier de ne pas l'accompagner dès maintenant ? Après tout, c'était Cammie qui avait envie de s'occuper de ce bébé, pas lui.

— Bonne idée de se répartir les tâches, commenta la jeune policière.

Drake se frotta la nuque ; l'absence de réaction de Cammie le mettait mal à l'aise.

— Envoie-moi un SMS si tu as besoin de quoi que ce soit. Le numéro n'a pas changé. J'ai un autre téléphone en Australie.

— Je suis sûre que nous serons parfaitement bien, le bébé et moi. Merci de ton amabilité.

Elle avait prononcé ces mots d'une voix tranchante comme le verre et Drake sentit poindre un début de mal de tête. Était-il en train de commettre une énorme erreur ? Allait-il à nouveau se brûler les ailes ? Mais en réalité, peu importait, il lui devait bien ça.

— À tout à l'heure, marmonna-t-il en prenant la direction de l'hôpital.

En voyant Drake s'éloigner, Cammie sentit sa gorge se serrer. Intellectuellement, elle comprenait parfaitement qu'il devait aller voir sa demi-sœur, mais une fois de plus, elle se sentit abandonnée. Une part d'elle-même aurait voulu que Drake soit aussi heureux qu'elle à la perspective de s'occuper de ce bébé.

Une fois le siège auto fixé dans sa voiture, elle regarda attentivement Haley attacher le bébé.

— Vous serez capable de le refaire ? lui demanda celle-ci.

— Oui, répondit Cammie, la gorge sèche.

Elle était tentée d'aller à pied jusqu'à la parapharmacie. Ça n'était pas si loin. Mais cela serait plus rapide en voiture et le bébé semblait affamé ; son petit visage était devenu tout rouge et il recommençait à gémir.

Une fois dans le magasin, elle se dirigea droit vers une vendeuse.

— Ces biberons sont tout prêts, dit l'aimable jeune femme. Il suffit de retirer la capsule en plastique, les tétines sont stérilisées.

Cammie prit une douzaine de biberons, des couches et un pyjama de rechange. C'était tout ce qu'elle pouvait porter. Elle demanda qu'on lui livre d'autres articles le lendemain matin chez Drake. Un si petit bébé n'allait quand même pas engloutir douze biberons d'ici là. Du moins, elle l'espérait.

De retour dans sa voiture, elle alluma la climatisation et recula son siège au maximum. Puis, elle décapsula un des biberons et approcha la tétine de la bouche du bébé qui se mit à téter avec avidité.

Tout en le nourrissant, elle ne pouvait s'empêcher

de penser à Drake. Il était de retour à Royal. Il n'était pas en Australie. Elle ressentait un mélange étrange de joie et d'appréhension. Il lui avait proposé de s'installer chez lui.

C'était une sorte de petit miracle. Ou alors une catastrophe annoncée. Elle était censée avoir tourné la page, alors pourquoi se sentait-elle si excitée ?

Au bout d'un moment, elle posa le bébé contre son épaule et fut récompensée par un rot sonore. Suivi d'une giclée de lait sur son blazer bleu marine. Compris, elle allait devoir prévoir des bavoirs.

Elle proposa à nouveau le biberon au bébé qui se remit à téter avant de fermer finalement les yeux et s'endormir.

Soulagée, Cammie s'accorda un moment à le bercer tranquillement en se disant qu'elle avait échappé au pire. Il aurait pu être allergique ou être habitué au sein maternel et refuser le biberon.

Il ne fallait pas être fin psychologue pour comprendre qu'elle retardait au maximum le moment où elle devrait aller chez Drake.

Quand elle finit par arriver dans la maison qu'elle connaissait si bien, elle alla directement dans la chambre d'amis. Elle n'était pratiquement jamais entrée dans cette pièce, parce que, à l'époque, elle partageait l'immense lit de Drake. Cette seule pensée lui donna chaud et elle posa le bébé sur le lit pour retirer ses chaussures et son blazer taché. Dessous, elle ne portait qu'une légère blouse en soie sans manches et elle se sentit immédiatement mieux.

Même la chambre d'amis était dotée d'un lit *king*

size. Si elle plaçait des oreillers sur le bord et rejetait les couvertures, le bébé pourrait dormir à côté d'elle cette nuit. Ça n'était pas l'idéal, mais ça ferait l'affaire en attendant mieux.

Les jambes soudain tremblantes, elle se laissa tomber sur une chaise. Est-ce qu'elle était devenue folle ? Elle ne savait pas du tout comment on s'occupait d'un bébé.

Puis elle repensa au regard bleu sombre de Drake quand il avait proposé de les héberger. Pourquoi avait-il fait ça ? Ils s'étaient à peine vus ces deux dernières années, et encore, seulement lors de réceptions officielles où ils prenaient bien soin de s'éviter. Elle avait tellement souffert de leur rupture.

Quant à Drake… Comment savoir ? Cet homme était une véritable énigme. Doux et attentionné, il était capable de se montrer terriblement distant la seconde d'après.

Le bébé dormait paisiblement tandis que les questions se bousculaient dans sa tête. Où était sa mère ? son père ? Peut-être s'agissait-il d'une toute jeune fille, incapable d'assumer son rôle de maman. Elle-même avait presque trente ans et elle était terrorisée. Peut-être cette expérience allait-elle la dissuader de devenir une mère célibataire. Peut-être allait-elle découvrir qu'en dépit de son immense désir d'enfant, elle n'était pas faite pour élever un bébé toute seule.

Comme le petit garçon dormait profondément, Cammie décida que c'était le moment d'établir une de ses célèbres listes de choses à faire. Elle avait besoin de vêtements et de produits de toilette pour elle. Plus de son ordinateur. Ensuite, il faudrait qu'elle achète un berceau pour le bébé. Il était encore assez petit pour ne pas risquer d'en tomber.

Ce serait amusant de choisir des vêtements, des couvertures et des tétines sur Internet. À moins que les tétines ne soient déconseillées. Il allait falloir qu'elle vérifie ça.

Si l'argent n'était pas un problème, il serait quand même plus rationnel de commander du lait en poudre et d'apprendre à faire un biberon. Ceci dit, la situation n'était que temporaire, alors autant préserver sa santé mentale et s'en tenir aux biberons tout prêts.

Malgré toutes ces réflexions d'ordre pratique, d'autres pensées ne cessaient de l'envahir. *Drake*. Qui allait dormir à quelques pas d'elle. À l'époque où ils étaient ensemble, ils étaient incapables de résister à leur désir. Dire qu'ils s'entendaient bien sexuellement était bien en deçà de la réalité. Drake savait lui donner du plaisir comme aucun homme. Et c'était réciproque.

Durant les dix mois qu'avait duré leur relation, ils avaient été aussi proches que deux personnes peuvent l'être. C'était Cammie qui avait provoqué l'éloignement. Sans le vouloir, bien sûr. Un soir d'automne, alors qu'il faisait un temps affreux dehors, Drake avait allumé un feu dans la cheminée. Ils avaient commandé à dîner et ensuite, ils avaient fait l'amour devant les flammes qui crépitaient.

Et après, blottis dans les bras l'un de l'autre et enveloppés dans un magnifique plaid en cachemire, ils avaient parlé. Drake lui avait confié ses rêves de faire fructifier son entreprise de conseils financiers, son envie de voyager dans le monde entier. Reconnu pour son expertise en investissements, il était très demandé.

Cammie l'avait écouté et quand il lui avait retourné la question, elle avait été honnête. Elle lui avait dit qu'elle avait toujours rêvé de devenir mère. Qu'elle voulait une famille. Des racines. Elle avait eu une jeunesse compliquée de ce point de vue là et elle aspirait à une vie normale.

Ce soir-là, Drake n'avait pas dit grand-chose, mais au fil des semaines suivantes, elle l'avait senti s'éloigner. Soudain, il avait été très occupé et s'était mis à voyager davantage.

C'était arrivé lentement, aussi Cammie n'avait-elle pas fait le lien. Elle sentait que leur relation avait changé mais elle ignorait pourquoi. Jusqu'au jour où il lui avait dit qu'il ne voulait ni se marier ni avoir d'enfants.

Il lui avait parlé très gentiment, mais le traumatisme n'en avait pas été moins profond, et Cammie avait fui cette maison sans jamais regarder en arrière.

Et voilà qu'elle y revenait. Avec un bébé. Mettant en scène son plus grand désir. C'était sans doute une très mauvaise idée, mais elle s'était engagée et surtout, elle était trop maligne pour laisser Drake lui faire encore du mal.

- 2 -

Trois heures plus tard, elle attendait toujours nerveusement le retour de Drake. Pourquoi mettait-il si longtemps ? Cherchait-il à l'éviter ?

Le bébé et elle étaient parvenus à une sorte d'accord tacite. Il accepterait la maladresse de Cammie et elle le protégerait contre tous les dangers. Elle aurait même juré qu'il lui avait souri une fois ou deux. Était-ce possible ? Les bébés aussi jeunes en étaient-ils capables ?

À 16 heures, toujours pas de Drake. Peut-être n'allait-il pas rentrer. Peut-être regrettait-il d'avoir proposé son aide. Peut-être avait-il décidé de dormir au ranch. Elle se dit qu'une adulte n'était pas censée être blessée par un détail si négligeable, mais elle n'était pas dupe.

Une part d'elle-même avait espéré que Drake prendrait plaisir au séjour de Pumpkin chez lui… Et que cet homme si réticent à la paternité comprendrait combien il était agréable d'avoir un bébé. Franchement, quelle naïveté. Elle avait honte d'elle-même.

Pour le deuxième biberon, les gestes de Cammie étaient plus assurés et les petites paupières du bébé ne tardèrent pas à retomber. Elle le berça quelques instants avant de le reposer sur le lit. Il avait besoin d'être tranquille pour dormir.

Son estomac gronda et elle jeta un œil sur sa montre.

Elle avait oublié de déjeuner. Drake avait promis de rapporter à manger, mais il n'avait pas précisé pour quel repas. Il ne pouvait pas être resté aussi longtemps à l'hôpital avec Ainsley, quand même. Il y avait des horaires de visite à respecter. Ceci dit, elle savait à quel point Drake aimait enfreindre les règles.

Un frisson lui parcourut le dos. Pendant deux ans, elle avait maintenu ses distances et voilà qu'elle se retrouvait dans la sphère de Drake. Trop près. La tentation était trop forte. Les souvenirs défilaient dans sa tête, à la fois excitants et douloureux.

C'était sa faute à elle. Elle aurait pu confier le bébé à l'officier Lopez et passer son chemin. Mais quelque chose chez ce bébé abandonné l'avait poussée à prendre soin de lui. Même si elle était parfaitement consciente que ce n'était pas le sien, elle se sentait responsable de lui.

Quand elle entendit la porte d'entrée s'ouvrir un peu avant 17 heures, son cœur bondit dans sa poitrine. Drake était rentré. Mais apparemment, il n'était pas seul ; elle entendit plusieurs voix masculines et des pas dans le couloir.

— Salut, dit Drake en ouvrant la porte de la chambre.

— Salut, répondit-elle, la gorge sèche.

Drake fit signe d'entrer aux deux jeunes hommes qui l'accompagnaient. Ils portaient un grand carton.

— J'ai acheté un lit. À barreaux. Est-ce que ça conviendra ? dit Drake en jetant un œil sur le bébé qui dormait paisiblement.

En lisant le nom sur le carton, elle s'aperçut que

c'était celui d'une entreprise suédoise spécialisée dans le mobilier pour bébés haut de gamme.

— Mais tu es fou, Drake. Nous n'allons probablement garder le bébé que quelques jours.

Drake haussa les épaules ; son expression était indéchiffrable.

— Peu importe. On pourra toujours faire don du lit. Excuse-moi, je dois aller répondre à quelques mails. Appelle-moi s'il y a un problème.

Tout en rangeant la chambre, Cammie observa les deux jeunes hommes qui montaient le lit. L'un d'eux lui dit en souriant :

— C'est vraiment la Rolls du lit de bébé, vous savez. Le bois est si dur que les marques de dents se voient à peine.

Pauvre petit Pumpkin ! Il faudrait encore des mois avant qu'il ait des dents.

— Il va falloir être à la hauteur avec la parure de lit.

L'autre garçon intervint :

— M. Rhodes s'en est occupé. On a d'autres cartons dans le camion. On finit de monter le lit et on apporte le reste.

La gorge de Cammie se noua. Elle ne voulait pas être redevable à Drake. Pas pour cette raison-là. Était-il en train d'essayer d'acheter son pardon ? C'était inutile. Il s'était simplement montré honnête avec elle. Il n'y était pour rien si elle désirait quelque chose qu'il ne pouvait ou ne voulait pas lui donner.

Quand le résultat de la frénésie d'achats de Drake se retrouva dans la chambre, Cammie se demanda si elle allait éclater de rire ou s'il fallait être scandalisée par tant de luxe. Il y avait un matelas et des draps, une tenture murale et un babyphone. Mais aussi un fauteuil à bascule assorti au lit et équipé d'un coussin pour le dos de la maman ou du papa. Le lit à barreaux pouvant être converti pour un bébé plus grand, Drake avait aussi acheté une petite couette, une couverture et un oreiller.

Une fois le bébé installé dans son lit, Cammie se demandait où elle allait placer le reste des affaires quand Drake entra dans la chambre, inclinant légèrement la tête pour marquer son approbation.

— Il dort encore ?

Cammie tenta de sourire, mais elle n'était pas à l'aise.

— Oui. Mais je ne sais pas pour combien de temps.

— Au magasin, je leur ai demandé de charger le babyphone. Si tu réussis à le faire fonctionner, on peut passer à table.

— Tu as rapporté à manger ? demanda-t-elle alors que son estomac se manifestait bruyamment.

L'expression de Drake se détendit un peu.

— J'ai appelé le restaurant d'Amanda Battle. Elle m'a promis un assortiment de tout ce que tu aimes. Rôti braisé. Écrasé de pommes de terre. Sa célèbre salade de brocolis. Petits pains chauds.

— Et de la tarte à la fraise ?

— Et de la tarte à la fraise.

Tout à coup, son visage se referma. Sans doute n'était-il pas très à l'aise, cerné par cet univers du bébé, et il ajouta un peu brusquement :

— Ils viennent de livrer le repas. Rejoins-moi à la cuisine quand tu auras fini ici.

Et il disparut.

Cammie regarda le bébé qui dormait sur le dos, l'air serein.

— Vas-tu dormir assez longtemps pour me laisser dîner ? demanda-t-elle.

Cammie passa quelques précieuses minutes à tâcher de comprendre comment fonctionnait le babyphone, posa la base sur la table de chevet et sortit de la chambre à pas de loup.

Elle retrouva Drake dans la cuisine. Il avait retiré son blazer et sa cravate était posée sur un des tabourets de bar. Même pour une simple visite à l'hôpital, il s'était habillé comme l'homme qui a réussi qu'il était. Il avait remonté les manches de sa chemise blanche sur ses bras musclés et bronzés. Tellement sexy.

C'était sans doute parce qu'elle était un peu frustrée en ce moment, mais le simple fait de le voir déballer les courses était très excitant et elle ne pouvait détacher ses yeux de lui.

— Prends une assiette, lui dit Drake. On va dîner dans la salle à manger.

Il y avait une table dans un recoin de la cuisine qui aurait parfaitement fait l'affaire, mais peut-être Drake pensait-il que l'ambiance serait trop intime. Pendant que Cammie se servait à manger, il remplit deux verres de vin et les porta dans la pièce d'à côté.

Cammie savait que la femme de ménage de Drake veillait à ce que la table soit toujours dressée pour quatre personnes, Drake s'était contenté de retirer deux couverts. Et même les bougies allumées n'avaient rien d'une manœuvre de séduction ; il avait tout simplement l'habitude de recevoir ses convives dans une ambiance sophistiquée.

Il revint avec sa propre assiette et, pendant quelques minutes, un silence gênant régna. Pas un mot ne fut échangé. Cammie réalisa alors à quel point elle avait faim. La tension nerveuse accumulée dans la journée et le fait qu'elle était sans doute légèrement déshydratée n'en rendait le plat que plus appétissant.

Son assiette à moitié vidée, elle leva les yeux vers Drake, qui était en train de l'observer. Un muscle se tendit sur le cou puissant de son compagnon.

— J'aurais dû te rapporter de quoi déjeuner. Je suis désolé.

— Tu veux dire que je mange comme un goinfre ? demanda-t-elle, les joues en feu.

Le regard de Drake se fit aussi sombre que l'océan la nuit.

— Pas du tout. Tu as toujours aimé les bonnes choses.

— Arrête, s'il te plaît, dit-elle sèchement.

— Arrêter quoi ? s'enquit-il d'un air faussement innocent absolument pas convaincant.

— Ne mets pas le sexe sur le tapis. Ça n'est pour ça que je suis ici.

Les lèvres de Drake se serrèrent.

— Je sais bien, Camellia. Tu as rencontré un autre homme.

Elle savait qu'en utilisant ce prénom qu'elle détestait tant, il cherchait à la provoquer, mais elle se refusa à entrer dans son jeu. Elle avait quelque chose à lui dire avant.

— Merci. Pour toutes ces affaires pour le bébé.

Ça n'était pas nécessaire et tout ça est beaucoup trop luxueux, mais c'est très gentil de ta part. Pumpkin a tout ce dont il a besoin.

— Et toi, Cammie ? dit Drake, ses doigts jouant distraitement avec une cuillère. Tu as tout ce dont tu as besoin ?

Elle fit mine de ne pas avoir saisi l'allusion.

— Il va falloir que je passe chez moi prendre quelques affaires. Peut-être après le prochain biberon. J'en aurai pour moins d'une heure, il devrait encore dormir à mon retour.

Drake devint livide.

— Pas question. Fais-moi une liste, je connais ton appartement. Mais je ne resterai pas seul avec cet enfant.

— Il n'y a pas de quoi avoir peur. Les nouveau-nés dorment beaucoup.

— Peu importe. C'est à toi de faire ça. Moi, je veux bien aider, mais c'est tout.

— Bien, dit-elle sombrement.

La perspective que Drake fouille dans sa chambre alors qu'ils n'étaient plus ensemble la mettait mal à l'aise, mais apparemment, elle n'avait pas le choix.

Après quelques ballons d'essai, ils finirent par engager une conversation impersonnelle et sans danger. Elle lui demanda ce qu'il pensait de l'Australie, puis glissa au sujet de l'industrie cinématographique qui connaissait un boom là-bas, d'après certains articles qu'elle avait lus récemment. De son côté, Drake lui dit qu'il avait appris le deuil de son père et combien il était désolé pour lui.

— Merci, répondit Cammie. Ça a été très dur pour lui. Danae était l'amour de sa vie.

— La troisième fois a été la bonne.

— J'imagine, oui. Il a été dévasté quand il a appris qu'elle avait un cancer. Et il a totalement changé son point de vue à partir de ce moment-là. Danae voulait qu'il soit plus généreux, moins accaparé par le travail. Elle voulait qu'il s'ouvre davantage aux gens, l'a convaincu que c'était le secret du bonheur. Et elle l'a supplié de se réconcilier avec Rafe.

— Et Rafe est d'accord ?

— On ne dirait pas. Je lui ai envoyé plusieurs lettres et l'ai appelé une dizaine de fois ces dernières années. Généralement, il ne me répond même pas. Une fois seulement, il l'a fait, pour me dire qu'il n'avait aucune envie de regarder en arrière. Mais cette fois, c'est papa qui lui a écrit, alors, on ne sait jamais.

— Je n'aurais jamais cru que ton père ferait ça un jour.

— Danae l'a changé.

— Et comment va ta mère ?

Cammie haussa les épaules.

— On ne s'est pas vraiment rapprochées. Je la vois deux fois par an à New York, mais elle ne reviendra jamais à Royal. Je crois qu'elle m'en veut d'avoir choisi de rester ici plutôt que de partir avec elle. Mais à l'époque, j'étais une gamine et Royal était le seul monde que je connaissais.

Drake garda le silence un moment et finit par pousser un soupir.

— Tu sais, j'ai compris quelque chose quand on s'est séparés.

Elle se raidit.

— Comment ça ?

— Je n'avais jamais compris pourquoi le fait d'avoir un enfant était si important pour toi. C'est parce que ta famille était et reste si divisée. Tu pensais qu'un bébé te donnerait une chance de repartir à zéro. De faire table rase du passé. Tu voulais pouvoir, toi, créer la famille idéale. Je me trompe ?

Le morceau de pomme de terre qu'elle venait d'avaler resta coincé dans sa gorge et elle le fit passer avec une gorgée de vin.

— Vouloir des enfants est une émotion humaine parfaitement normale, rétorqua-t-elle. Sinon, l'espèce serait vouée à l'extinction.

— Je n'ai jamais dit que ça n'était pas normal. Mais il se peut que tu veuilles tomber enceinte pour de mauvaises raisons.

— J'ignorais que tu étais devenu psy à tes heures perdues. Tu ne me connais pas assez pour comprendre ce qui me motive.

Il fronça les sourcils.

— Pourtant, je t'ai plutôt bien connue à une époque.

— Peut-être.

— Cammie… Reconnais qu'on s'entendait parfaitement bien avant que tu te mettes à écouter le tic-tac de cette fameuse horloge biologique.

— On ne formait pas un couple parfait, objecta-t-elle avec amertume. Tu n'étais qu'un sale égoïste et je n'ai pas compris qui tu étais vraiment avant qu'il soit trop tard.

— Donc, tout est ma faute ?

Ils avaient réveillé une tempête de sentiments qui auraient dû avoir disparu depuis le temps. Tout ça, c'était du passé. Et pourtant, comme elle, il était furieux. Apparemment, il n'était pas plus serein qu'elle au sujet de leur séparation.

Elle prit une longue inspiration et compta mentalement jusqu'à dix.

— Inutile de nous disputer. Ça n'est pas constructif. Si tu ne veux pas rester seul avec le bébé, je vais te faire une liste de ce qu'il me faut et je te donnerai ma clé.

— J'ai toujours la mienne, déclara-t-il d'un ton sec.

Elle en resta bouche bée. Sous le choc de ces quelques mots. Elle aurait voulu lui demander pourquoi, mais n'avait pas envie d'entendre la réponse. Et peut-être la question la plus importante était-elle pourquoi *elle* ne lui avait jamais demandé de lui rendre sa clé.

En tout cas, elle n'était pas assez naïve pour imaginer une seconde qu'ils avaient l'un comme l'autre tout simplement *oublié* de régler ce problème.

Son estomac se noua.

— Le bébé va bientôt se réveiller. Je vais te faire une liste. Tu seras dans ton bureau ?

— Ou dans le salon. Tu réussiras bien à me trouver. Tu connais la maison.

Encore une fois, il cherchait à la provoquer, mais elle quitta la pièce sans réagir.

Drake effectua le trajet jusque chez Cammie le plus lentement possible. Il était en colère et commençait déjà à regretter sa proposition trop impulsive. Avec Cammie et le bébé sous son toit, il était sûr de devenir fou.

C'était vraiment du masochisme de sa part.

Quand il pénétra dans le grand appartement moderne de Cammie, il se sentit envahi par un tout autre genre d'émotions. Il ressentait du désir, bien sûr, mais il y avait bien plus que ça. Il se revoyait ici, à l'époque. Il revivait toutes les soirées qu'il avait passées ici, les bons petits plats que Cammie cuisinait pour lui, les matins de week-end où ils paressaient au lit à faire l'amour encore et encore. Son corps réagit à ces évocations, bien sûr, son sexe durcit et il jura dans sa barbe, furieux contre lui-même. Il avait tourné la page. Et Cammie aussi. C'était mieux pour tout le monde.

Il ouvrit la porte du dressing et fut assailli par son parfum, si frais, où les fragrances simples du citron et de la lavande se mêlaient à l'odeur de sa peau.

Au milieu de toutes ces boîtes à chaussures, robes sur des cintres, écharpes, ceintures, il se figea. Cammie était tout autour de lui. Les couleurs vives qu'elle aimait porter, les pulls duveteux qui soulignaient sa poitrine délicate. La soie si fluide d'une nuisette qu'il lui avait achetée à Paris pendant un voyage en amoureux qu'il avait combiné avec les affaires. Elle avait été si patiente avec lui. Si compréhensive.

Il porta la lingerie à son visage et la respira. Il se souvenait. De tout. Et son sexe était dur comme de la pierre, excité par quelque chose qui n'arriverait pas. Plus jamais.

Lui qui avait l'habitude de tout contrôler ne supportait pas cet état. Il se sentait impuissant et cela le rendait morose.

Dépité, il reposa la nuisette et prit la liste de Cammie dans sa poche. Il repéra une valise sur une étagère et se hâta d'y jeter quelques pantalons, chemisiers et T-shirts ainsi que deux vestes en laine. Il mit les chaussures qu'elle lui avait demandées dans un sac plus petit.

De retour dans sa chambre, il fouilla les tiroirs à la recherche de soutiens-gorge et de petites culottes. *Bon sang.* Il avait les mains qui tremblaient et du mal à respirer tant son ventre était noué.

Il se dirigea ensuite vers la salle de bains pour y récupérer le nécessaire de voyage de Cammie, qu'il ouvrit pour vérifier que tout y était. Une brosse à dents et du dentifrice. Bien. Mais quand il vit les pilules contraceptives, il se figea. Cammie avait-elle rencontré quelqu'un ? Un voile rouge passa devant ses yeux.

Il s'était mis dans la tête qu'elle le pleurait toujours, qu'elle regrettait qu'ils aient rompu. À quoi pouvait bien lui servir de prendre une contraception si elle passait toutes ses soirées seule chez elle ?

La question continua de le torturer pendant qu'il accomplissait le reste de ce qu'il avait à faire comme un automate. Dans la cuisine, il trouva l'ordinateur de Cammie. Il l'éteignit et le rangea dans un élégant fourre-tout en cuir. Voilà, il avait récupéré tout ce qui était inscrit sur la liste. Après avoir pris le courrier et baissé le thermostat, il quitta l'appartement.

Sur le trajet du retour, les idées se bousculaient dans sa tête. Cammie allait vivre chez lui pendant quelque temps. Quatre ou cinq jours… Pas plus d'une semaine, en tout cas… Mais qu'attendait-il d'elle ? Ne désirait-il pas inconsciemment quelque chose quand il lui avait proposé d'accueillir ce bébé chez lui ?

Peut-être. Peut-être espérait-il que Cammie réaliserait combien il était difficile de s'occuper d'un enfant. Peut-être réussirait-il à la convaincre de renoncer à son projet de grossesse. Elle était jeune et elle avait toute la vie devant elle. Et concernant l'avenir proche, elle pourrait parfaitement venir en Australie avec lui. Ils pourraient visiter Sydney, profiter du soleil, faire l'amour…

Le temps d'arriver chez lui, il s'était convaincu que son projet était tout à fait réaliste. Il lui fallut deux voyages pour transporter toutes les affaires à l'intérieur. La maison était plongée dans la pénombre.

Laissant tout le reste dans le hall, il ne prit que les affaires de toilette et la valise. La chambre d'amis était fermée, mais de la lumière filtrait sous la porte.

Il toqua.

— Cammie ? appela-t-il doucement.

La porte s'ouvrit presque instantanément. La tête du bébé reposait sur l'épaule de Cammie. Il dormait à poings fermés. Cammie, elle, était très belle mais semblait fatiguée.

— Tu as tout trouvé ? chuchota-t-elle.

— Oui. Comment ça se passe ici ?

Elle le défia du regard.

— Très bien.

— Tant mieux, répondit-il, son mensonge manquant de l'étouffer.

Il n'avait aucune envie que Cammie s'imagine qu'être mère était facile. Il voulait qu'elle rende ce bébé à l'officier Lopez et qu'elle s'amuse avec *lui*... Drake.

Il posa la valise et la trousse de toilette à côté de la porte.

— Ton ordinateur et tes autres affaires sont dans le hall. Est-ce que tu as besoin d'autre chose ? Je vais profiter du décalage horaire avec l'Australie pour passer quelques coups de fil.

Le visage de Cammie était impénétrable.

— Le bébé et moi allons très bien. Merci encore pour ton aide.

Il avait du mal à s'en aller. Ses pieds étaient comme rivés au sol.

— N'hésite pas à te servir si tu as faim. Le réfrigérateur est plein ; Mme Hampton a fait les courses hier.

— Drake...

— Oui ?

— Je suis désolée de nous imposer, le bébé et moi. Je me doute que tu regrettes d'avoir proposé de nous accueillir, mais je n'en suis pas moins heureuse que Pumpkin n'ait pas eu à se retrouver chez des étrangers.

Drake sourit.

— *Techniquement*, toi aussi, tu es une étrangère, Cam. Tu n'as aucun lien avec cet enfant. Aucun.

— Sauf que je l'ai trouvé sur ma voiture.

— Ce qui ne signifie rien.

— Pourquoi es-tu si méchant ?

La question était tout à fait légitime. Il rentra un peu la tête dans ses épaules.

— Peut-être parce que je fais tout pour ne pas être dans la séduction.

Le feu monta aux joues de Cammie.

— Tu ne peux pas me séduire. Et je suis une adulte, je suis capable de me protéger.

— Pourtant, tu n'es pas assez maligne pour savoir que ce genre de phrases résonnent comme une provocation aux oreilles d'un homme qui a partagé ton lit. Qui sait comment tu gémis quand tu jouis. Un homme qui se rappelle chaque courbe de ton corps.

Le sang avait quitté le visage de Cammie ; elle était maintenant livide.

— Je t'en supplie, ne fais pas ça. Il m'a fallu des mois pour t'oublier… pour oublier notre histoire. Je n'ai pas envie de devoir tout recommencer.

— Nous nous entendons parfaitement dans presque tous les domaines et tu le sais aussi bien que moi.

— Peut-être. Mais certains désaccords fondamentaux font que les mariages se défont.

— Qui te parle de mariage ? De nombreux couples s'épanouissent dans des relations qui ne sont pas appelées à durer dans le temps. Tu es jeune. Pourquoi es-tu si pressée ?

— J'avais toujours l'impression que tu ne pensais qu'à me laisser tomber à un moment ou à un autre. Je me trompe ?

Silence. Le temps semblait suspendu. En réalité, pour être sincère, dans un coin très secret de son cœur, il s'était dit que Cammie pourrait bien être la bonne. Mais il n'avait pas voulu que ça devienne sérieux trop vite. Pour lui, ils avaient toute la vie devant eux.

Comment ne serait-ce qu'envisager de tout reprendre depuis le départ ? Et s'il y avait un enfant, il ne s'engagerait pas pour quelques années seulement mais pour au moins vingt ans. Vingt ans, c'était énorme.

— Je ne prévoyais pas spécialement de rompre avec toi, Cam. Mais je n'envisageais rien non plus pour l'avenir. Entre toi et moi, c'était génial. Je n'avais juste pas envie de penser plus loin que ça.

— Franchement, ça n'est pas grave, dit-elle. Je pense que c'est une bénédiction quand les couples comprennent qu'ils sont incompatibles *avant* le mariage. Nous avons eu de la chance.

— Nous n'étions pas incompatibles, s'écria-t-il. Absolument pas.

Ils aimaient les mêmes livres, les mêmes films. Tous les deux, ils détestaient la coriandre et mangeaient leur steak rosé. Ils soutenaient la même équipe de base-ball et adoraient voyager.

Cammie secoua la tête lentement.

— Tu as besoin d'une femme capable de vivre sans attache. Qui comprenne ton désir de liberté. Je suis sûre qu'elle existe quelque part, mais ça n'est pas moi.

— Ça a le mérite d'être clair, commenta-t-il d'un ton sarcastique. Mais il y a une autre possibilité. S'amuser un peu ensemble ? Entre personnes adultes qui savent parfaitement comment se donner du plaisir mutuellement. Je te parle de plaisir, Cammie. De pur plaisir.

Elle s'empourpra à nouveau et l'espace d'un instant, il crut qu'il allait l'emporter.

Mais elle fit un pas en arrière. Littéralement. Comme pour s'éloigner de la tentation qu'il représentait.

— Tu n'es ici à Royal que pour quelque temps, et Pumpkin n'aura besoin de nous que brièvement. Se relancer dans une relation maintenant, ce serait ridicule. Ce qu'on a vécu tous les deux, c'était merveilleux. Mais c'est fini.

- 3 -

Drake tourna les talons et quitta la pièce sans un mot. Cammie s'effondra sur la chaise la plus proche, les genoux tremblants. Être à proximité de Drake était trop dangereux ; cela l'affectait trop violemment.

Il n'essayait même pas de masquer ses intentions ni son désir. Il voulait qu'ils couchent à nouveau ensemble. Juste parce que ce serait agréable.

Et il avait raison. Ce serait agréable. Mais « agréable » n'était pas le mot qui convenait. « Agréable » servait à désigner une chose légère, une simple distraction.

Et Drake était bien plus que ça. Quand elle était au lit avec lui, le monde lui semblait plus grand, plus beau. Elle voyait réellement des feux d'artifice tellement le sexe avec lui était parfait. C'était comme escalader un sommet magnifique, plonger dans des profondeurs insondables avant de remonter à la surface, à la lumière du soleil. Ça la rendait à la fois forte et heureuse.

Elle caressa doucement les cheveux du bébé et son cœur se serra dans sa poitrine tandis que son ventre se crispait d'un désir inassouvi. Petite fille déjà, elle voulait un enfant à elle. Elle avait adoré l'université et sa carrière dans la communication la comblait, sans parler de sa nomination à la tête de la fondation. Mais ne serait-il pas possible de tout avoir ? Était-ce trop demander ?

Les quelques heures suivantes se passèrent sans encombre. Pumpkin semblait être le bébé parfait. Il mangeait et dormait, et entre les deux, il gratifiait Cammie de joyeux gazouillis.

Mais vers 1 heure du matin, tout bascula.

Cammie avait souvent entendu dire que certains bébés confondaient le jour et la nuit, mais jusqu'à ce jour, elle n'avait pas compris la portée de cette phrase. Elle s'assoupit quelques minutes après le biberon de minuit, mais Pumpkin était agité. Il commença même à geindre.

Elle savait qu'il n'avait pas faim, donc elle changea sa couche et lui fit même faire un rot supplémentaire. Mais rien n'y fit, l'adorable bébé s'était métamorphosé en une créature écarlate qui se tortillait dans ses bras.

Et rien ne semblait l'apaiser… à part marcher en le berçant. Dès que Cammie se mit à marcher, le bébé sembla satisfait. Il se lova tout contre son cou. Elle était soulagée d'avoir réussi à le calmer, mais elle était aussi littéralement épuisée.

— Il est tard, murmura-t-elle. Il est l'heure pour les petits garçons de faire dodo.

À plusieurs reprises, elle tenta de le mettre dans son berceau. Elle le posait délicatement sur le dos, laissant sa main sur son ventre. Puis elle soulevait lentement la main avant de s'éloigner.

La scène aurait pu être comique si Cammie n'avait pas été aussi fatiguée. Elle avait beau faire le plus doucement possible, le petit garçon se réveillait.

— Je t'en supplie, mon trésor, suppliait-elle. Endors-toi.

Elle savait qu'elle avait des rendez-vous le lendemain, même si à cette heure, elle aurait été bien incapable de se rappeler avec qui. Heureusement, même s'il fallait quelques jours pour retrouver la mère du bébé, son travail était assez flexible pour qu'elle puisse modifier son emploi du temps.

Mais pour combien de temps ? La fondation de son père venait juste d'être créée ; il fallait mettre les choses en place, et avec la date du gala qui approchait, Cammie allait être occupée, submergée.

Peut-être Drake avait-il raison. Peut-être n'était-elle pas prête. Peut-être n'était-il pas possible pour elle d'avoir un enfant maintenant. Sans parler de la décision impulsive de prendre soin de Pumpkin. La plupart des femmes pouvaient profiter des neuf mois de grossesse pour organiser le mode de garde de leur futur bébé et tout le reste.

Cammie, elle, avait sauté à pieds joints dans la maternité sans réfléchir un instant à l'impact que cela aurait sur les autres aspects de sa vie.

Et pour l'instant, elle ne trouvait même pas l'énergie pour s'en inquiéter. Son cerveau était vide, elle avait mal au dos et elle ne voulait qu'une chose… dormir.

Vers 2 h 30, Pumpkin piqua une colère. Effrayante. Cammie essaya de lui présenter un biberon mais ça ne l'intéressait pas. Il hurlait.

Comment les parents apprenaient-ils à gérer ce genre de choses ? Cammie aussi était en larmes. Peut-être que la mère de Pumpkin l'avait abandonné tout simplement parce qu'elle n'en pouvait plus.

On toqua légèrement, puis la porte de la chambre s'ouvrit. Drake se tenait là, pieds nus, torse nu et les cheveux en bataille.

Sans doute était-il encore totalement nu quelques secondes plus tôt. Elle savait bien qu'il dormait en tenue d'Adam, et son caleçon gris tombant dangereusement sur ses hanches n'était qu'une timide concession à sa pudeur. À la pudeur de Cammie. Cela n'aurait pas dérangé Drake un instant d'entrer dans cette chambre nu comme un ver.

Passant les deux mains dans ses cheveux, il bâilla.

— Qu'est-ce qui lui arrive ?

Le menton de Cammie se mit à trembler.

— Je n'en sais rien. Il refuse de dormir. J'ai tout essayé, déclara-t-elle d'une voix brisée.

L'expression de Drake s'adoucit, il avait l'air de sincèrement compatir.

— Je suis désolé. Tu as l'air épuisée, Cam. Laisse-moi prendre la relève. Je ne suis pas un expert, mais je peux arpenter des couloirs comme n'importe qui d'autre.

Sentiment de culpabilité et instinct de survie s'affrontaient en elle. Drake avait explicitement dit que prendre soin de ce bébé était son idée, son projet à elle. Lui ne fournissait que l'autorisation légale et l'endroit pour le faire.

D'un autre côté, si elle ne dormait pas un minimum, elle serait incapable de s'occuper du bébé le lendemain.

— Tu es sûr ? dit-elle, envahie par une émotion qu'elle ne comprenait pas.

— Donne-le-moi, va te coucher et éteins la lumière, dit Drake en tendant les bras.

Cammie lui confia le bébé avec un immense soulagement et l'impression d'être un imposteur. Elle qui prétendait tant vouloir des enfants s'avérait incapable de tenir ne serait-ce qu'une seule nuit.

Le bébé dans les bras, Drake réussissait le tour de force d'être à la fois très à son aise dans ce rôle et outrageusement sexy.

Cammie se mordit la lèvre inférieure.

— Réveille-moi s'il refuse de se calmer.

— D'accord, dit Drake avant de s'engager dans le couloir et de refermer la porte sur le bébé et lui.

Pendant quelques secondes, Cammie faillit changer d'avis. Puis elle se glissa entre les draps du somptueux lit et sombra dans le sommeil.

Drake cala le bébé contre son épaule et se mit à déambuler de pièce en pièce dans sa maison plongée dans la pénombre. Il avait suffisamment dormi et était complètement réveillé. D'une manière générale, il avait besoin de peu de sommeil et les effets du décalage horaire se faisaient sentir également. Cammie, au contraire, avait besoin de ses huit heures de sommeil. Autrement dit, son projet de s'occuper de ce bébé était perdu d'avance.

Mais il n'avait pas l'intention de remuer le fer dans la plaie. Elle lui avait paru si abattue tout à l'heure dans la chambre qu'il en était désolé pour elle.

Bien sûr, il avait très envie qu'elle renonce à ses idées de grossesse, mais il ne voulait pas qu'elle souffre.

— Sois gentil avec elle. Elle est dans ton camp, dit-il au petit garçon en lui tapotant distraitement le dos.

Réveillé, le bébé suçotait son petit poing. Il avait l'air très intéressé par la promenade, même s'il ne distinguait probablement pas grand-chose. Drake n'alluma aucune lumière, espérant que le petit finirait par s'endormir.

C'était la première fois que Drake prenait le temps de souffler depuis qu'il était de retour à Royal. Et maintenant, au beau milieu de la nuit, il réfléchissait aux choix qui s'offraient à lui. Il avait pris un billet aller-retour et était censé repartir dans six jours. Il s'était dit que sa demi-sœur serait sur la voie de la guérison à ce moment-là. Mais pendant ce temps, en Australie, le travail s'amoncelait. Réunions, rendez-vous d'affaires, consultations, décisions à prendre.

Il avait une très bonne équipe sur place, mais tout le monde avait toujours besoin du patron.

Cependant, si on ne retrouvait pas la mère ou le père de Pumpkin dans les jours prochains, serait-il capable de s'envoler pour Sydney tout en sachant que Cammie vivait sous son toit ? Et puis, pourrait-il conserver le statut de parent adoptif s'il s'en allait ?

Il s'assit dans un fauteuil et fit passer le bébé sur sa poitrine en prenant bien soin de soutenir son cou.

— Dis-moi, petit, pourquoi les femmes veulent-elles toujours des bébés ? C'est tellement de travail.

Le bébé se tortilla légèrement. Sans répondre, bien sûr.

Drake poursuivit son monologue :

— Tu me trouves méchant ? Tout le monde n'est pas fait pour être père, tu sais.

Pas de réponse. Drake effleura les cheveux fins comme de la soie du bébé.

— Je la veux dans mon lit. Maintenant. Cette

semaine. Qu'est-ce que tu en penses ? demanda Drake en étirant les jambes.

Les muscles de ses mollets étaient un peu raides. Habituellement, quand il se réveillait aussi tôt, il allait courir un peu. Au lieu de ça, il restait assis là, un bébé dans les bras.

— Si je joue franc-jeu avec elle, peut-être qu'elle changera d'avis. Mais bien sûr, ta présence n'arrange rien. Elle ne pense qu'à toi. Je suis disqualifié par un autre homme. Tu es fier de toi, j'imagine ?

Pumpkin émit un petit bâillement comique. Comment un être aussi minuscule pouvait-il ouvrir une si large bouche ?

Drake calma sa respiration. Sur la cheminée, la pendule égrenait les minutes. Bientôt, le petit garçon s'endormit.

S'extraire du fauteuil relevait du défi, mais Drake y parvint sans réveiller le bébé. Il avait l'impression de transporter des explosifs. Un seul faux mouvement et...

Mais, Dieu merci, le bébé continua à dormir. Drake ouvrit la porte de la chambre d'amis et déposa délicatement le petit garçon dans son berceau.

Il retenait sa respiration. Peut-être que tout allait bien se passer.

Son regard se posa ensuite sur le lit. Cammie était si belle, avec ses cheveux s'épanouissant comme une corolle de feu sur son oreiller. Il tremblait, avait du mal à respirer et ne désirait qu'une chose : aller s'allonger à ses côtés.

Même s'il avait été à l'origine de leur rupture, il n'en avait pas moins cruellement souffert. Il s'approcha du lit sans faire un bruit et se pencha ; son petit top était tellement fin qu'il devinait la pointe de ses seins à travers le soutien-gorge.

Il n'allait quand même pas profiter de son sommeil pour la caresser, mais peut-être que si elle se réveillait…

— Cammie, murmura-t-il.

Si seulement elle avait pu ouvrir les yeux.

Mais elle ne bougea pas et il dut se résoudre à s'en aller. Le babyphone la réveillerait si le bébé se mettait à pleurer. Et d'ailleurs, le berceau était si proche du lit qu'elle l'entendrait, quoi qu'il arrive.

Drake resta longtemps à la regarder. À contempler ce qu'il ne pouvait avoir. Cammie avait besoin d'un homme qui ne s'éloignerait pas de Royal. De ce genre d'homme qui tond la pelouse le week-end et joue au football dans le parc le dimanche.

Il fronça les sourcils. Le père de Cammie était extrêmement fortuné, ce qui risquait d'attirer les chasseurs de dot. Ce genre d'homme était capable de dire à une femme tout ce qu'elle désirait entendre.

Puis il se dit que ça n'avait pas d'importance. Que tout ça ne le regardait pas. Cammie s'était engagée dans une voie où il n'avait pas sa place.

Cammie se réveilla en proie à la panique, certaine que quelque chose n'allait pas. Une fable lumière perçait à travers les rideaux, mais elle était complètement désorientée. Elle n'était pas dans sa chambre. Puis, lentement, les battements de son cœur ralentirent ; ce qui l'avait réveillée, c'était le petit cri d'un bébé.

Elle rejeta ses couvertures, se leva et attrapa un

biberon. Pumpkin avait-il dormi tout ce temps, depuis que Drake s'en était chargé et qu'elle avait sombré dans le sommeil ? Sûrement, parce que quand elle eut pris le bébé dans son berceau, qu'elle se fut assise dans le fauteuil et qu'elle lui présenta le biberon, il se mit à téter comme s'il n'avait pas mangé depuis des jours.

— C'est bien, fit-elle en le berçant doucement. Tu as bien dormi, on dirait.

Combien de temps était-il resté réveillé avec Drake ?

En repensant à Drake à demi nu dans sa chambre, elle eut un frisson. Si elle n'avait pas été aussi épuisée, peut-être l'aurait-elle plaqué sur le tapis et imploré de lui faire l'amour. Son torse nu et son ventre plat bronzés étaient encore plus musclés que dans son souvenir. L'Australie lui réussissait bien.

Elle redoutait qu'il décide de s'installer là-bas définitivement. Elle ne voulait pas imaginer la ville de Royal sans Drake Rhodes. Tant qu'il était encore au Texas, il restait un mince espoir qu'elle réussisse à le convaincre. Il ne pouvait pas être le célibataire endurci qu'il prétendait être.

Mais elle devait bien se rendre à l'évidence. Drake ne voulait pas d'enfants. Et sans doute ne voulait-il pas d'une femme non plus. Il ne fallait pas qu'elle soit naïve au point d'espérer le changer.

Et pourtant, elle voulait avoir droit à une seconde chance. C'était une réalité, même si elle ne l'avait vraiment compris qu'en le retrouvant sur le parking de l'hôpital. N'était-ce pas pitoyable ? *Il* avait choisi de rompre avec elle et malgré tout, elle espérait encore qu'ils avaient un avenir ensemble.

Quand Pumpkin eut fini son biberon et fut sur le point de s'endormir, elle le déposa dans son berceau afin de pouvoir prendre une douche rapide. Elle ouvrit sa valise. Il y régnait le désordre le plus total. Drake n'avait même pas essayé de plier ses affaires. Elle poussa un soupir d'exaspération et prit un pantalon bleu marine assez habillé et un haut assorti à rayures jaunes sans manches.

Même si elle n'allait pas au bureau, même si elle s'occupait du bébé, il était hors de question qu'elle traîne dans la maison de Drake en jogging et T-shirt. Elle voulait qu'il se rappelle ce à quoi il avait renoncé.

Mais sa stratégie fit long feu. Quand elle arriva dans la cuisine avec Pumpkin, elle ne vit Drake nulle part. Un petit mot sur le réfrigérateur l'informait qu'il était parti rendre visite à Ainsley à l'hôpital. Elle espérait que la demi-sœur de Drake allait mieux, mais il l'aurait certainement prévenue dans le cas contraire.

Il était tout à fait ridicule de sa part d'être déçue que Drake ne soit pas à la maison. Il fallait qu'elle se concentre sur ce qui était important – Pumpkin. Il lui incombait de le garder en bonne santé et heureux en attendant qu'il retrouve sa famille.

Tout en le berçant, elle se prépara un pot de café et un toast.

On sonna à la porte. Peut-être était-ce quelqu'un qui avait des informations au sujet du bébé. Cammie se précipita dans le hall et ouvrit la porte. C'était Haley Lopez, et à côté d'elle se tenait une femme plus âgée. La jolie policière lui sourit.

— Désolée de venir sans m'être annoncée, mais

je vous présente Mme Conner des services sociaux, qui a demandé à faire une visite pour voir comment M. Rhodes et vous vous occupiez de Pumpkin.

— Entrez donc, dit Cammie en s'effaçant. M. Rhodes est allé rendre visite à sa demi-sœur à l'hôpital, mais venez voir comment nous nous sommes organisés.

Mme Conner sourit.

— Je sais bien que vous n'avez pris le bébé en charge qu'hier. Je ne m'attends pas à des miracles.

Cammie éclata de rire.

— C'est mal connaître M. Rhodes. Il est du genre à ne pas faire les choses à moitié.

Cammie fit entrer les deux femmes dans la chambre d'amis et il y eut un moment de silence. Mme Conner regardait autour d'elle, les yeux écarquillés.

— Je suis impressionnée, déclara-t-elle, mais vous avez fait des folies. Vous savez, il y a de fortes chances qu'on retrouve la famille de cet enfant dans les prochains jours.

— Je sais bien, dit Cammie en rougissant. Mais M. Rhodes tenait à créer un environnement sûr et agréable pour Pumpkin.

— De ce côté-là, c'est réussi, dit la jeune policière avec un léger rire.

Mme Conner sortit un bloc-notes à spirales, l'ouvrit et s'arma d'un stylo.

— Y a-t-il des problèmes, madame Wentworth ?

— Des problèmes ?

— Les jeunes parents se posent souvent de nombreuses questions. S'occuper d'un nourrisson aussi jeune, c'est une tâche difficile, dit-elle en arrachant une page de son bloc-notes et en la tendant à Cammie. Voici le numéro d'une hot line où des bénévoles répondent à vos questions. Si vous vous trouvez dans une situation inquiétante ou si tout simplement vous n'en pouvez plus, appelez-les. C'est bon de ne pas se sentir seul.

La gorge de Cammie se serra. Savoir qu'il y avait des gens prêts à aider les jeunes parents était très émouvant.

— Merci.

Haley Lopez tendit les bras.

— Puis-je le prendre un petit moment ?

— Bien sûr, dit Cammie sans la quitter des yeux un seul instant. Est-ce que la recherche de sa mère donne quelque chose ?

— On croyait avoir une piste, dit Haley avec une petite moue. Une femme à l'identité inconnue qui a été admise à l'hôpital le soir du carambolage sur l'autoroute. Mais ça a été tellement intense ce jour-là qu'on n'a pas réussi à déterminer quelle ambulance l'avait transportée. À moins qu'elle ne soit venue par ses propres moyens. Elle est toujours inconsciente. Reste qu'il est étrange que le bébé ne se soit pas trouvé avec elle. Sauf si elle l'a abandonné et qu'elle s'est *ensuite* trouvée mêlée à l'accident. L'ennui, c'est que les horaires ne coïncident pas. On sait à quelle heure vous avez trouvé le bébé et à quelle heure le carambolage s'est produit et il semble impossible que l'un des accidentés ait un lien avec Pumpkin.

— Et il y a d'autres pistes ?

— Pas pour l'instant. Et puis, il y a un autre problème. La femme de l'hôpital ne semble pas avoir donné naissance récemment. Mais ne vous inquiétez pas, nous avons mis plusieurs enquêteurs sur l'affaire. Nous prenons cela très au sérieux.

— Ça n'est pas pour moi que je m'inquiète, c'est pour Pumpkin. Il est si petit. Je ne veux pas qu'il oublie sa maman ni son papa.

Mme Conner rangea son bloc-notes dans son sac.

— Les enfants sont résilients et vous lui apportez toute la sécurité et le confort dont il a besoin pour l'instant. Vous savez, ça n'est pas facile de disparaître à notre époque, avec toute cette technologie. On finira par trouver quelqu'un.

Après le départ des deux femmes, Cammie berça doucement Pumpkin tout en marchant, et le bébé ne tarda pas à s'endormir. Elle l'installa dans son berceau, alluma son ordinateur et consacra une demi-heure à répondre à ses mails avant d'appeler son père.

Elle se garda bien de parler du bébé. Si la situation devait durer, elle finirait par tout lui dire, mais pour l'heure, elle n'avait aucune envie de l'entendre lui faire la liste des raisons pour lesquelles prendre soin d'un bébé abandonné était incompatible avec sa carrière.

Son père avait beau s'être un peu adouci après la mort de Danae, il n'en restait pas moins un homme au caractère difficile et il n'apprécierait sûrement pas que sa fille se soit impliquée dans ce genre de situation. Sans parler de sa réaction s'il apprenait que Cammie vivait en ce moment chez Drake.

Drake ne rentra pas à l'heure du déjeuner. Cammie trouva une boîte de salade au poulet faite maison par la femme de ménage et elle constata qu'elle réussissait maintenant très bien à manger avec une seule main. De son côté, blotti contre elle, Pumpkin semblait ravi.

Elle lui parlait beaucoup. Était-ce normal ? Bizarre ? Est-ce que toutes les mères faisaient ça ?

En tout cas, elle s'attachait de plus en plus à l'adorable bébé. Même si elle savait qu'elle ne pourrait pas le garder, Pumpkin lui avait déjà volé un morceau de son cœur.

Elle et le bébé jouaient sur le grand lit de la chambre d'amis quand Drake rentra enfin à la maison au milieu de l'après-midi. Aucune visite à l'hôpital ne dure aussi longtemps, aussi y avait-il fort à parier que Drake cherchait à l'éviter.

Elle entendit ses pas dans le couloir, puis il apparut sur le pas de la porte de la chambre.

— Salut, dit-il d'une voix neutre. Comment ça se passe ici ?

Comme toujours, quelque chose dans son regard à la fois brûlant et froid la troubla. Elle chatouilla les pieds du bébé pour cacher à Drake l'effet qu'il produisait sur elle.

— Tout va bien. Une dame des services sociaux est passée vérifier que tout était bien organisé pour Pumpkin. L'officier Lopez était avec elle. On a réussi l'examen haut la main grâce à ton accès de fièvre acheteuse.

Il passa sa main derrière sa nuque comme si ce dernier commentaire le mettait mal à l'aise.

— L'argent facilite les choses et j'ai été heureux de faire ça.

— Et toi ? demanda Cammie. Qu'est-ce que tu as fait aujourd'hui ?

Elle espérait que la question l'embarrasserait un peu, mais visiblement, il n'en était rien.

— J'ai passé plus de temps avec Ainsley que prévu. Elle a déclaré une infection avec une forte fièvre que les médecins essayent de juguler.

Cammie se sentit coupable.

— Je suis désolée. Je ne savais pas que son état avait empiré.

— Je ne pense pas qu'elle soit vraiment en danger, mais il vaut mieux rester prudent. Bien sûr, elle a hâte de rentrer à la maison, mais ils ne la laisseront pas sortir avant d'avoir écarté tout danger. Il y a quand même eu rupture de l'appendice.

— Je vais lui écrire un petit mot. Tu le lui donneras à ta prochaine visite.

— Ça va lui faire plaisir. À l'époque où on sortait ensemble, Ainsley m'a dit que c'était la première fois que j'avais eu bon goût en matière de femmes.

Cammie éclata de rire.

— J'ai toujours adoré ta demi-sœur.

Drake était encore sur le pas de la porte. On aurait dit qu'il avait peur d'attraper des poux au contact du bébé.

— J'ai une amie qui est cheffe au Bellamy, annonça-t-il. J'ai commandé à dîner pour toi et moi. On devrait être livrés vers 19 heures. Tu penses que Pumpkin dormira à cette heure-là ?

— Je n'en ai aucune idée. À mon avis, il est encore trop petit pour avoir des horaires réguliers. Mais s'il ne dort pas, je le prendrai dans mes bras.

L'expression grincheuse de Drake était si comique que Cammie dut lutter pour ne pas sourire.

— J'espérais quelque chose d'un peu plus romantique.

La gorge de Cammie se serra. Il fallait qu'elle se montre forte. Elle prit le temps de la réflexion, puis dit :

— Je serai très heureuse de dîner avec toi, mais avoir un chaperon n'est sans doute pas une mauvaise idée, parce que je ne veux pas que quoi que ce soit de romantique se passe entre nous. C'est hors de question. Si je suis ici, c'est uniquement parce que Pumpkin avait besoin d'une famille d'accueil *légale*.

Le visage de Drake se vida de toute expression. Il semblait calme et détendu.

— Et en échange, tu te retrouves sous mon toit. Tu étais d'accord. Ne sois donc pas surprise si je cherche à en tirer avantage.

Son cœur fit un bond dans sa poitrine. Il semblait croire que leur relation n'était pas morte et ça avait quelque chose d'inquiétant et d'excitant à la fois.

— Je n'aurais pas imaginé que tu étais le genre d'homme prêt à s'imposer à une femme, Drake Rhodes. C'est honteux.

Il ne parut pas du tout gêné par son commentaire. Il garda son attitude confiante si sexy et la boucle rebelle de cheveux noirs sur son front lui donnait un air canaille.

— Je n'aurai pas à m'imposer par la force, dit-il d'une voix lascive. Tu finiras dans mon lit, parce que ni toi ni moi ne pouvons résister à notre désir. Je suis patient, Cam, mais j'ai hâte de t'entendre crier mon nom quand tu jouiras dans mes bras.

- 4 -

En voyant la mine choquée de Cammie, Drake eut envie de rire, mais il n'osa pas. Il jouait un jeu dangereux et inconfortable. Plus il la titillait et la provoquait, plus son appétit à lui se faisait féroce. La nuit précédente, il était resté éveillé des heures à penser que la femme qu'il désirait dormait à quelques pas de lui seulement.

Il avait agi sur une impulsion en proposant de prendre ce bébé abandonné chez lui, mais il avait vite compris que c'était en réalité sa libido qui tenait les commandes de toute l'affaire. Chez lui, il était sur son terrain, et c'était un avantage dont il ne pouvait pas ne pas essayer de tirer parti.

Il lui adressa son sourire le plus innocent.

— Je vais prendre une douche. C'est mieux, avec tous les germes qu'il y a dans un hôpital. Après ça, je serais heureux de surveiller le babyphone pendant que le bébé dort. J'imagine que tu as du travail à rattraper.

Cammie hocha lentement la tête.

— Tu n'avais pas dit que tu ne voulais pas t'occuper de lui ?

— Je crois être capable de surveiller un écran du coin de l'œil, répliqua-t-il d'un ton amusé.

— D'accord.

Elle mâchonna sa lèvre inférieure, signe évident qu'elle était nerveuse.

— Il y a un problème ?

— Désolée de m'être montrée impolie au sujet du dîner.

— Tu n'as pas été impolie. Tu m'as simplement remis à ma place. *Il faut rester sérieux*. Message reçu, Cam.

Pumpkin installé au milieu du lit en sécurité, Cammie se leva et s'approcha de Drake.

— Tu t'amuses avec moi, l'accusa-t-elle.

Ses joues étaient en feu et ses yeux vert émeraude lançaient des éclairs.

— Tu m'as manqué, fit-il en lui touchant le bout du nez.

Comme elle était pieds nus, Cammie devait basculer la tête en arrière pour le regarder. Le vert de ses yeux s'était adouci. À moins qu'il n'interprète mal son expression. Peut-être lisait-il dans son regard des choses qui n'existaient pas.

Elle laissa échapper un profond soupir.

— Tu m'as manqué aussi, dit-elle comme à contrecœur. Comme si on lui avait arraché cet aveu.

Puis elle lui caressa la joue.

Son cœur cessa de battre.

— Ça n'est pas une bonne idée de me toucher, prononça-t-il d'une voix sourde.

De son pouce, elle suivit la ligne de son menton. Son regard était troublé.

— Ça a toujours été le problème, non ? Nous n'avons jamais réussi à être raisonnables. J'ai encore des sentiments pour toi, Drake. Peut-être en aurai-je toujours. Mais je ne peux être qu'une amie pour toi. Alors, oui, nous allons dîner ensemble, mais je ne coucherai pas avec toi.

Il prit son poignet délicat dans sa main. C'était la raison qui l'avait poussé à partir pour l'Australie. Il avait éprouvé le besoin de mettre la moitié du globe entre lui et la tentation qu'elle représentait. Il était incapable de parler et ce fut Cammie qui poursuivit :

— Est-ce que tu t'es proposé comme famille d'accueil pour Pumpkin pour que je vienne habiter chez toi et que je finisse dans ton lit ?

Il déglutit douloureusement.

— Non.

— Est-ce que tu l'as fait parce que tu te sentais coupable à cause de notre rupture et que tu voulais me faire plaisir ?

Il hocha lentement la tête.

— Oui.

Elle se dressa sur la pointe des pieds et vint déposer un léger baiser sur ses lèvres. Ce fut un baiser rapide, à peine un contact, mais cette brève caresse le transperça jusqu'à l'âme. Elle recula légèrement :

— J'apprécie ce que tu as fait et c'est une raison de plus pour ne pas remuer le passé. Tu es un homme bien, Drake. Tu as été honnête avec moi, et maintenant qu'on sait tous les deux où on en est, pourquoi est-ce qu'on gâcherait tout à cause du sexe ?

— Parce que ça serait agréable ?

— Oh ! Drake.

Elle devait croire qu'il plaisantait parce qu'elle eut un petit rire gentil, plein d'affection.

— Ça n'est pas une raison suffisante ?

En tout cas, pour lui, ça l'était.

— Tu as ton entreprise et Ainsley, et sans doute une demi-douzaine de femmes qui ne demanderaient que ça. Pumpkin et moi ne serons là que pendant quelques jours. Inutile de compliquer les choses. Je ne veux pas qu'on se fâche. Allez, je serai prête pour dîner à 19 heures.

Cammie n'avait pas tort ; ils avaient enfin trouvé un terrain d'entente. Alors, il allait battre en retraite pour le moment, mais elle ne pourrait pas faire comme s'il n'y avait pas ce désir intense entre eux. S'il savait se montrer patient, peut-être la situation s'arrangerait-elle d'elle-même.

Pumpkin dans les bras, Cammie le berçait doucement. Il avait goulûment avalé tout son biberon et maintenant, il était presque endormi.

On aurait dû lui décerner un prix pour ses qualités d'actrice. Il avait fallu qu'elle mente à Drake. Elle mourait d'envie de coucher avec lui, mais ça n'était pas si simple. C'était un homme qui refusait les attaches et si elle lui donnait le contrôle sur son propre bonheur, il finirait par lui briser le cœur une deuxième fois.

Drake voulait une relation purement sexuelle et temporaire.

Elle, elle attendait bien davantage d'un homme.

Sentant la tête du bébé devenir lourde sur son bras, elle alla le déposer dans son berceau.

— Où est ta maman ? murmura-t-elle. Elle ne peut pas avoir abandonné un bébé aussi adorable que toi.

Et pourtant.

Cammie alla se rafraîchir dans la salle de bains. Le bébé avait taché son joli top en soie. Elle aurait voulu se changer et porter quelque chose de plus adapté à un dîner intime, mais si elle voulait que les choses restent gérables, il ne fallait pas qu'elle envoie à Drake des messages contradictoires.

De son côté, il avait tenu parole. Pendant deux heures, il avait gardé le babyphone à côté de lui, et Cammie avait pu s'installer à la table de la cuisine et travailler sans être interrompue. Elle avait bien avancé et ne se sentait plus aussi stressée au sujet de son travail et de son planning.

En se faisant la grimace dans le miroir, elle humidifia une serviette de toilette et nettoya la tache de lait séché. Puis elle se brossa les cheveux avant de les relever en chignon. Pourquoi était-elle aussi nerveuse ? Il ne s'agissait que d'un repas avec un homme qui *avait* compté dans sa vie à une certaine époque.

Mais toute cette belle assurance s'effondra à la seconde où elle retrouva Drake dans la salle à manger. Contrairement à elle, il s'était changé. Avec son pantalon foncé et sa chemise gris pâle aux manches retroussées, il avait une allure à la fois décontractée et sexy. Et il était pieds nus, ce qui le rendait encore plus viril et attirant.

Quand elle entra dans la pièce, il leva les yeux vers elle en souriant.

— Tu arrives juste à temps.

La table croulait littéralement sous la nourriture.

— Combien de personnes as-tu invitées ? le taquina-t-elle.

— Il n'y aura que toi et moi.

Médaillons de bœuf en sauce. Courge sautée. Pointes d'asperges. Tuiles de cheddar. Et un saladier de fraises à la crème fraîche. Cammie s'assit et posa sa serviette sur ses genoux.

— Je devrais aller chez Bellamy plus souvent. Pendant la pandémie, j'ai pris l'habitude de me faire livrer. J'en ai presque oublié combien il est agréable de dîner dans un bon restaurant.

Drake la rejoignit à table.

— Ce soir aussi, on s'est fait livrer, mais je me suis dit que ça ne te plairait pas d'emmener le bébé chez Bellamy.

— Tu as raison. Je ne pense pas que les autres clients apprécieraient non plus.

— Sauf si Pumpkin dormait pendant tout le dîner.

— Et comme il n'y a aucune garantie, ajouta-t-elle en se servant, c'est bien mieux comme ça.

Pendant les vingt premières minutes, tout se déroula parfaitement bien, mais à mesure que le temps passait, Cammie comprit qu'elle ne pourrait pas éviter de poser la question qui la hantait depuis des mois.

— Drake, dit-elle en prenant une gorgée de vin pour se donner du courage.

Il leva les yeux vers elle, l'air détendu.

— Oui ?

Elle allait gâcher cette belle humeur et s'en voulait.

— Je voudrais te demander quelque chose. Quelque chose que j'aurais dû te demander il y a deux ans.

Immédiatement, il fut sur ses gardes.

— Pourquoi ne l'as-tu pas fait à l'époque ?

— Je ne sais pas. Sur le moment, ça ne m'a pas paru important.

D'ailleurs, peut-être que ça ne l'était pas plus aujourd'hui, mais Drake ayant soulevé la question d'une relation purement sexuelle entre eux, elle avait besoin de comprendre pourquoi il avait rompu avec elle.

Il se carra dans sa chaise, les bras croisés.

— Vas-y, Cam. Je t'écoute.

Elle avala péniblement sa salive, la gorge et la bouche sèches malgré le vin.

— Dis-moi pourquoi tu ne veux pas avoir d'enfants. Je ne te juge pas et je ne cherche pas à te faire changer d'avis, c'est juste que je ne comprends pas.

Drake n'avait pas l'air en colère, ni même énervé, juste résigné.

— Ça n'a rien de mystérieux, marmonna-t-il, regrettant visiblement de lui avoir demandé d'être franche.

— Pour moi, ça l'est, précisa-t-elle calmement. Et j'aimerais savoir.

— Ainsley, dit-il en haussant les épaules. Ça m'a vacciné.

— Je ne comprends pas.

— Je te rappelle qu'elle avait quinze ans quand elle est devenue orpheline. Il ne lui restait personne à part moi. Elle était sur le point de devenir une autre de ces ados englouties dans le système. Mais c'était ma demi-sœur, je ne pouvais pas laisser faire ça. Alors, j'ai fait une demande de certification et je suis devenu famille d'accueil.

— D'accord…

— Une personne normale se serait montrée reconnaissante, non ?

— Mais pas Ainsley ?

— Oh ! non. Elle était en colère. Elle s'en prenait à tout le monde autour d'elle.

— Et tu étais la cible la plus proche.

— Exact. J'ai avancé la date de mes examens à l'université, j'ai quitté l'appartement que je partageais avec un ami et je suis rentré à Royal. J'ai acheté cette maison. J'ai laissé Ainsley décorer sa chambre comme elle voulait. Je ne demandais pas sa reconnaissance éternelle, mais un petit merci de temps en temps ne l'aurait pas tuée.

— Elle souffrait.

— Je *sais*. Je le savais aussi à l'époque. Mais ça ne rendait pas les choses plus faciles. Les filles de quinze ans, ça n'est jamais évident à gérer, mais Ainsley était horrible. Sans doute qu'elle avait toutes les raisons de l'être, mais nos relations étaient épouvantables.

— Je suis désolée, Drake. Tu ne m'avais jamais vraiment parlé de tout ça.

— J'étais encore presque un gamin quand je me suis chargé d'elle. J'avais vingt-deux ans et je voulais conquérir le monde. Je voulais voyager, rencontrer un tas de filles et découvrir qui j'étais, au lieu de quoi je me retrouvais coincé à Royal.

— Où, soit dit en passant, tu as rapidement fait ton chemin dans les affaires. Tu as réussi très jeune, Drake. Et finalement, tu as très bien éduqué Ainsley.

— J'ai eu de la chance dans les deux domaines.

— Tu es très intelligent et tu as un grand cœur, même si tu ne veux pas le reconnaître. En tout cas, à un moment donné, Ainsley a arrêté de t'affronter. En quand on a commencé à sortir ensemble, elle a été adorable avec moi.

— Tu as vu le bon côté de l'histoire. Les choses s'étaient tassées. Mais je n'arrive pas à oublier les années difficiles. Jusqu'à ce qu'elle termine le lycée et parte à l'université, j'ai cru que j'allais devenir fou. Être responsable d'un autre être humain, c'est un fardeau énorme. Je l'ai fait une fois et je ne veux pas recommencer.

À son ton définitif, elle comprit que le sujet était clos.

Il se remit à manger, mais il était évident que le cœur n'y était plus.

Cammie se força à finir son assiette mais elle se sentait un peu nauséeuse. Cet homme ne changerait pas d'avis. Il avait vécu une expérience traumatisante quand il était encore tout jeune et cela l'avait profondément marqué.

Malgré son mal de cœur, elle s'efforça de sourire et de sauver la soirée.

— Changeons de sujet. Dis-moi sur quoi tu travailles en Australie.

Le corps de Drake se détendit instantanément.

— Je diversifie les activités de mon entreprise de conseils financiers en changeant complètement d'approche. En fait, c'est un peu à Ainsley que je dois cette idée. Tu sais sans doute qu'elle a eu son diplôme au printemps. Et elle n'avait qu'une chose en tête… aider ses camarades en difficulté. Ils ne voulaient plus vivre chez leurs parents mais ne trouvaient pas les emplois qui leur permettraient d'être indépendants financièrement.

— Peut-être qu'ils étaient trop exigeants. C'est normal que ça ne soit pas facile au début. Mon père m'aidait, mais il voulait aussi que je passe par la case jobs mal payés pour que je comprenne que la vie peut être difficile, même quand on a un diplôme universitaire.

— Tu as eu de la chance.

— Oui. Et en quoi consiste cette toute nouvelle approche ?

Il eut un sourire enfantin et plein d'enthousiasme. C'était tellement sexy. Et vraiment pas du jeu. Pourquoi fallait-il qu'il soit aussi charmant ? Aussi créatif et déterminé ? Aussi fascinant.

— J'enseigne comment investir aux étudiants.

— Tu plaisantes, c'est ça ?

— Mais non. Ils peuvent commencer avec seulement cinq dollars par semaine et s'ils réussissent à s'y tenir, ils pourront prendre leur retraite plus jeune, avec un joli bas de laine. Je travaille à une application qui rendra ça encore plus simple.

— Et pourquoi l'Australie ?

— J'ai rencontré un type à une conférence et ça a collé tout de suite. Pendant un brain-storming, on a trouvé l'idée de l'application. Il est australien et là-bas, les vingt-vingt-neuf ans représentent plus de quatorze pour cent de la population. Ça fait un énorme réservoir de clients potentiels. En plus, l'Australie est un endroit très agréable.

Son cœur se serra.

— Tu penses t'y installer définitivement ?

— Peut-être. J'en doute, mais tout est possible. Tu adorerais ce pays, Cam, dit-il avec un sourire séducteur. Et j'espérais réussir à te convaincre de venir y passer quelques semaines avec moi.

Elle fronça les sourcils.

— Tu espérais ? Quand ça ?

— Hier. Cette nuit. Tu me manques.

— Et mon travail, et Ainsley, et Pumpkin ?

— À chaque problème sa solution, et les plans, ça se change.

— Dans ton monde, peut-être. Pas dans le mien. C'est de la folie.

Il tendit la main et saisit doucement son poignet, posant les doigts à l'endroit où l'on sentait son pouls. Il battait vite. Les yeux de Drake virèrent au bleu nuit.

— J'ai toujours été incapable d'avoir les idées claires quand tu es près de moi. Et toi, je te mets au défi de me dire que tu ne te rappelles pas à quel point c'était bon entre nous.

C'était bien le problème. Elle s'en souvenait très bien. *Trop* bien.

— Je vois parfaitement ce que tu veux dire, Drake. Mais une bonne entente physique ne fait pas tout.

Étrangement, elle ne réussissait pas à trouver l'énergie de retirer sa main. Il la rendait faible. Annihilait tout son bon sens. Elle se mit à trembler violemment.

Drake se leva et elle en fit autant. Il fit glisser son pouce sur ses pommettes, un geste intime qui détruisit ses dernières défenses.

— J'ai envie de t'embrasser, Cam, lâcha-t-il d'une voix un peu rauque.

— Oh…

— C'est un oui ou un non ? demanda-t-il en faisant mine de plaisanter, mais son visage était sombre, tendu. Sois honnête, Cammie. Dis-moi ce que tu veux vraiment.

Et voilà. Elle se retrouvait face à un choix qui la déchirait.

Sagesse et choix raisonnable d'un côté, une nuit avec Drake de l'autre. Mais elle pouvait aussi l'embrasser et s'arrêter ensuite. Un seul baiser ne menait pas obligatoirement à des heures de débauche.

Elle pouvait lire dans les yeux de Drake que son silence l'agaçait. Pourtant, elle ne parvenait pas à bouger les lèvres. Sa voix ne lui obéissait plus.

Il la saisit par les épaules, fermement, mais sans violence aucune.

— Dis-moi ce dont tu as envie.

Ça n'était pas facile, mais c'était inévitable. Depuis qu'elle l'avait revu sur le parking de l'hôpital, elle n'attendait que ça.

— Embrasse-moi, murmura-t-elle.

Le temps sembla se figer. Les doigts de Drake se refermèrent sur ses épaules et il s'immobilisa, tel un prédateur qui attend le moment parfait pour passer à l'attaque.

— Tu es sûre ? Je veux que tu sois sûre…

— Mais oui, fit-elle en attirant son visage contre le sien, sa bouche contre la sienne. J'ai envie de toi. Voilà. C'est dit. Tu es content, maintenant ?

Le son grave qui monta du fond de la gorge de Drake lui donna la chair de poule. Ses lèvres s'emparèrent des siennes et elle eut le souffle coupé. Dans sa poitrine, son cœur battait de joie. D'une joie indicible.

Elle inhala profondément son odeur si virile. C'était si délicieux… mais aussi tellement dangereux.

Contre son corps, le corps de Drake était brûlant. Tout en lui caressant le dos, celui-ci la plaqua contre lui. Et elle sentit son érection.

Elle s'était imaginé un baiser plein de nostalgie. Une sorte de baiser d'adieu. Un baiser qui serait une façon de dire qu'une relation entre deux êtres aussi différents était vouée à l'échec.

Visiblement, l'objectif de Drake n'était pas du tout le même. Son baiser était sauvage, tout à tour tendre et passionné. Elle avait l'impression que ces deux dernières années disparaissaient dans la brume. Dans les bras de Drake, elle était chez elle.

Mais non. C'était faux. Ce n'était pas ce que Drake voulait. Il n'avait aucune envie de se sentir responsable d'elle. Aucune envie d'avoir des enfants avec elle.

Quand il passa la main dans son chignon et libéra ses cheveux, elle sut que le terrain était miné. Un homme qui décoiffait une femme, c'était pour elle aussi intime que s'il la déshabillait.

En voyant les épingles éparpillées sur le tapis, elle eut soudain chaud. Trop chaud, en dépit de son petit haut sans manches et de la climatisation haut de gamme de la maison.

Une voix dans sa tête ne cessait de lui répéter que bientôt il serait trop tard. Elle et Drake étaient très excités, comme affamés. Et ce n'était pas une première rencontre. Ils savaient très bien l'un et l'autre ce qui allait suivre. Du plaisir, encore du plaisir. Enivrant. Jusqu'au bout de la nuit.

— Je te veux dans mon lit, Cammie. Maintenant, dit-il d'une voix altérée.

Elle était bien consciente qu'elle se mettait en danger, mais elle était incapable de se refuser à lui.

— Oui, murmura-t-elle. Oui.

Le regard de Drake se fit brûlant et il eut un sourire triomphant. Mais peu lui importait. Elle avait perdu toute capacité de réfléchir.

— Je devrais te prendre ici, sur la table. Pour que tu ne changes pas d'avis.

Cammie lui mordit la lèvre inférieure avec gourmandise.

— Je ne changerai pas d'avis.

Elle désirait être nue contre son corps et se laisser emporter par ses caresses. Elle aimait l'intensité virile avec laquelle il la voulait. Faire l'amour avec lui lui avait tellement manqué.

Mais il défit d'un geste sa chemise, se retrouvant torse nu face à elle, et dit dans un souffle :

— Le lit est trop loin. On passe au plan B.

Et sans attendre, il s'attaqua à ses vêtements à elle, la débarrassant de son pantalon et de son petit top. En à peine le temps d'un soupir, elle se retrouva devant lui en dessous et talons hauts.

Le regard de Drake était rivé sur ses seins et il vint effleurer les mamelons qui pointaient sous la fine dentelle de son soutien-gorge.

— Tu es magnifique.

La main de Drake tremblait, réalisa soudain Cammie. Elle avait donc ce pouvoir sur lui ou était-ce quelque chose qui se créait entre eux à chaque fois qu'ils se touchaient ? Un état d'ivresse et de passion qui ne devait rien à l'alcool et tout à la soif qu'ils avaient de l'autre, à la puissance de leur désir.

— Tu as raison, murmura-t-elle. Le lit, ça sera pour plus tard.

Lentement, elle descendit la fermeture Éclair de son pantalon et commença à le caresser.

Il gémit.

— Cam…

— Oui, Drake ?

Il se débarrassa de son pantalon puis de son caleçon. Son érection était impressionnante et Cammie ne put s'empêcher de frissonner. Le désir qu'il avait d'elle était presque effrayant.

Elle dégrafa son soutien-gorge et quand elle le laissa tomber sur le tapis, elle entendit Drake déglutir. Puis un sourire carnassier apparut sur le visage de ce dernier.

— Penche-toi en avant. Prends appui sur la table, chérie.

— À tes ordres, dit Cammie avec un sourire complice.

Dos à lui, elle étendit les bras sur la table… et fit tomber le babyphone sur le sol.

Tout son corps se glaça et elle se sentit envahie par la nausée et la culpabilité.

— Oh ! non !

Drake lui toucha le bras tendrement.

— Calme-toi, ma chérie. Tout va bien. Il ne s'est pas réveillé.

Cammie était en état de choc. Dans sa frénésie, dans sa hâte de retrouver le corps de Drake, elle avait totalement oublié le bébé. Elle était vraiment minable. Était-ce ça, la femme qui soi-disant désirait un enfant plus que tout au monde ? Il suffisait que Drake claque des doigts pour qu'elle perde la raison et abandonne le fragile nouveau-né qu'on lui avait confié.

Fébrilement, elle ramassa ses vêtements et le babyphone. Ses joues étaient couvertes de larmes brûlantes. Elle se sentait malade et blessée. Serrant ses vêtements contre sa poitrine nue, elle se tourna vers lui. Vers l'homme qui voulait son corps mais surtout pas partager son avenir.

— Bravo, dit-elle d'une voix amère et brisée. Tu voulais me prouver que je ne suis pas digne d'être mère et c'est réussi.

Il fit un pas vers elle, le visage tendu.

— Mais non, chérie. Calme-toi. Il ne s'est rien passé.

Cammie se sentait profondément humiliée et mal à l'aise. Pas parce qu'elle était nue ; Drake l'avait si souvent vue nue. Non. Ce n'était pas ça. Mais qu'il ait été témoin de son incompétence en tant que mère, ça l'anéantissait.

— Laisse-moi passer, lança-t-elle d'une voix rauque.

Drake ouvrit les bras.

— Viens là, dans mes bras. Tu es bouleversée.

— Oh ça, oui. Tu t'es servi du sexe pour faire une démonstration.

— Arrête, chérie. On s'est tous les deux laissé

emporter par le moment. C'était spontané et merveilleux. Et puis, tu sais, les parents aussi font l'amour.

Sa plaisanterie tomba complètement à plat. Elle eut un soupir exaspéré et le bouscula pour passer.

— Je ne suis pas une mère, pas plus que tu n'es un père. Pumpkin et moi irons nous installer à l'hôtel dès demain.

La saisissant par l'épaule, Drake la retourna vers lui. Il semblait furieux.

— Tu n'as pas le droit. Je te rappelle que c'est *moi* qui suis légalement habilité à recueillir ce bébé.

— Je te déteste, hurla Cammie.

Il croisa les bras sur sa poitrine, totalement à l'aise avec sa nudité.

— Tu peux essayer de t'en convaincre, Cam, mais on sait tous les deux que c'est faux.

- 5 -

Cammie ouvrit la porte avec d'infinies précautions et se glissa dans la chambre d'amis telle une adolescente qui rentre tard à la maison et a peur de se faire surprendre. Elle laissa tomber ses vêtements sur une chaise et s'approcha du berceau sur la pointe des pieds. Son pouls reprenait enfin un rythme presque normal.

— Je suis désolée, Pumpkin, murmura-t-elle. Je ne t'avais pas vraiment oublié. Enfin, si, peut-être une minute. Mais il faut que tu me comprennes, Drake Rhodes est particulièrement doué pour me faire perdre la tête.

Le bébé dormait paisiblement, ses minuscules petits poings de part et d'autre de sa tête.

Il était déjà tard, Pumpkin n'allait pas tarder à réclamer son biberon. Avait-elle le temps de prendre une douche ? Sûrement, oui.

Elle voulait laver chaque partie de son corps que Drake avait touchée. Elle était *heureuse* qu'ils n'aient pas couché ensemble. Vraiment heureuse.

Comme le bébé dormait bien, elle se rendit dans la salle de bains et ferma la porte derrière elle. La douche chaude l'apaisa mais elle décida de ne pas se laver les cheveux. Il y avait fort à parier qu'elle n'aurait jamais le temps de les sécher.

Pumpkin allait-il lui faire revivre la même chose que la veille ou allait-il laisser sa maman par intérim dormir un peu ? Pendant que Drake le surveillait, Cammie avait pris quelques minutes pour lire des articles sur les étapes des nourrissons. Apparemment, les choses pouvaient changer rapidement et il était possible qu'un bébé de six semaines commence à dormir par périodes de cinq heures d'affilée.

Ça, elle pourrait le gérer. C'était les pleurs incessants qui étaient durs à supporter. Et puis surtout, elle ne connaissait pas exactement l'âge de Pumpkin. Mais il était inutile de se faire du mauvais sang, elle verrait bien comment les choses se passaient.

Pendant qu'elle se préparait pour la nuit, Pumpkin s'était réveillé. Il but tranquillement son biberon au son de la voix de Cammie qui lui chantonnait une berceuse. Après quelques rots et une fois sa couche changée, Cammie s'installa avec lui sur le grand lit pour jouer. Au bout d'à peine trente minutes, les paupières du bébé commencèrent à tomber.

Elle l'installa dans le berceau, puis se glissa avec délice sous les couvertures. Elle était épuisée et dériva bientôt dans le sommeil, hantée par Drake. Il était là, avec elle. Il l'embrassait, la caressait, prêt à lui faire l'amour toute la nuit.

Pourquoi ne la laissait-il pas tranquille ?

Et pourquoi était-elle incapable d'oublier ce qu'ils avaient partagé jadis ?

Pourvu que Pumpkin puisse retrouver vite sa famille... avant qu'elle fasse quelque chose qu'elle regretterait.

Le lendemain matin, tout comme la veille, Cammie donna son biberon au bébé, et quand ils furent tous deux habillés, elle sortit de la chambre d'amis et constata que Drake était parti. La porte de sa chambre était ouverte et elle eut l'impression qu'il n'avait pas dormi dans son lit.

Que s'était-il passé hier soir quand elle l'avait laissé ? Où était-il allé ? Elle savait bien qu'il était adulte et qu'il était ridicule de s'inquiéter pour lui, mais elle ne pouvait s'empêcher de ressentir un certain malaise.

Elle se dirigea vers la cuisine pour prendre son café. La femme de ménage venait de rapporter de la salle à manger les restes de leur dîner de la veille.

— Je suis désolée, dit Cammie, très embarrassée. J'aurais dû m'occuper de tout hier soir.

— Bien sûr que non, lui répondit aimablement Mme Hampton. C'est mon travail. Vous, vous êtes censée vous occuper de ce petit bout de chou. Drake m'a raconté toute l'histoire. Est-ce que je peux le tenir pendant que vous prenez votre petit déjeuner ?

— Bien sûr, dit Cammie en souriant.

— Il est tellement mignon, dit Mme Hampton. J'ai eu quatre enfants et j'ai du mal à me rappeler qu'ils ont été aussi petits.

— Il est vraiment adorable, oui. J'espère qu'on retrouvera vite sa maman.

— En tout cas, c'est bien de votre part à vous et Drake de prendre soin de lui.

— Je sais qu'il y a sûrement de meilleures familles d'accueil à Royal, mais comme je l'ai retrouvé sur ma voiture, c'est idiot, mais je ne pouvais pas supporter l'idée qu'on me l'enlève.

— Vous aimez les bébés ?

C'était une simple question, dénuée de tout jugement, mais Cammie était sur la défensive.

— Oui. Et je veux en avoir au moins deux à moi un jour.

— Et vous avez déjà trouvé le papa ?

Mme Hampton travaillait depuis de longues années chez Drake et avait croisé Cammie ici même à l'époque où ils sortaient ensemble. Était-ce une question orientée ? Cherchait-elle à se mêler de ce qui ne la regardait pas ? Ou se montrait-elle seulement amicale ?

Cammie s'adossa contre le plan de travail, l'air détendue, alors qu'intérieurement, elle bouillait. Elle prit un peu de café pour faire passer le morceau de pain aux raisins qui restait coincé dans sa gorge.

— Je n'ai personne en vue, non. Mais j'espère bien que cet homme existe. Sinon, je ferai un bébé toute seule.

— Pas facile, dit simplement Mme Hampton. Mon mari était dans l'armée et il partait en mission dans le monde entier. J'étais une bonne épouse de militaire, mais je vous assure que parfois, j'enviais sa liberté. Au moins, il pouvait s'échapper de temps en temps. Moi, avec deux bébés qui portaient encore des couches, je n'avais pas de vie à moi… Je ne faisais que travailler. Et dur.

— Ça ne me fait pas peur, dit Cammie, avant de se rappeler que la nuit précédente, Drake avait dû venir à son secours. Si elle élevait seule un enfant un jour, elle en aurait la pleine et entière responsabilité.

Repoussant ces sombres pensées, elle tendit les bras vers Pumpkin.

— Je vais lui donner un bain. J'ai tout préparé dans ma salle de bains. Souhaitez-moi bonne chance.

— Vous avez besoin d'aide ?

— Non, merci. Je pense pouvoir me débrouiller.

Une fois dans la salle de bains, Cammie lança un regard faussement sévère au bébé.

— Ne me rends pas les choses trop difficiles, mon chou. Déjà que j'ai une peur bleue de te faire tomber, sois gentil et on va s'en sortir comme des chefs.

Pumpkin cligna ses yeux ensommeillés et fit quelques bulles baveuses avec sa petite bouche comme pour lui dire qu'il ne se laissait pas avoir par son petit jeu. « Ce n'est pas toi, la dame qui a oublié que j'existais hier soir parce qu'elle s'amusait avec son ex-petit ami ? »

— Je n'ai aucune envie de parler de ça, dit Cammie. Et je t'assure que j'ai bien compris la leçon. À partir de maintenant, *tu* es le seul homme de ma vie.

Donner un bain n'était pas une mince affaire, mais Cammie était bien décidée à le faire. Cela prit sans doute beaucoup plus longtemps que ça n'aurait dû, mais enfin le bébé se retrouva sur le grand lit, tout propre, changé et sur le point d'être revêtu d'une grenouillère bien chaude.

La porte donnant sur le couloir était ouverte, mais Mme Hampton toqua poliment. Cammie ferma les deux derniers boutons-pressions en prenant bien soin de ne pas pincer la peau de Pumpkin.

— Qu'y a-t-il ? demanda-t-elle.

— Il y a quelqu'un qui veut vous voir, madame Wentworth.

— Appelez-moi Cammie, s'il vous plaît. Et c'est bientôt l'heure du biberon, dit Cammie en prenant le bébé dans ses bras et en le calant contre son épaule.

— C'est une femme d'environ votre âge, Sierra Morgan, je crois. Elle dit qu'elle vous a donné sa carte de visite il y a quelques jours.

— Oui. Je la connais, dit Cammie en soupirant.

— Je l'ai installée dans le salon et je lui ai offert un verre de thé glacé.

— Merci, madame Hampton. Allons-y, mon chéri. Voyons ce qu'elle a à nous dire.

Sierra Morgan était aussi belle que dans le souvenir de Cammie. Menue, longs cheveux blonds et yeux verts. Mais derrière cette apparence douce et vulnérable, Cammie avait l'intuition que se cachait une femme très déterminée.

Intuition qui se confirma quand, Cammie à peine assise, Sierra se mit à la bombarder de questions.

— Madame Wentworth, bonjour. Je suis venue écrire un article sur le bébé abandonné pour la *Royal Gazette*. Avez-vous des nouvelles de sa mère ou de son père ? Comment va le petit ?

Cammie leva une main pour la faire taire.

— Hé. Doucement. Pour commencer, c'est Cammie, pas madame Wentworth. Et deuxièmement, je ne comprends pas… Vous m'aviez dit travailler pour le magazine *America*.

— C'est exact. Et vous avez raison, les prénoms, c'est moins formel. Appelez-moi Sierra. Bien sûr, je prépare toujours un article sur le gala et sur la célébration de la date où le Club des éleveurs du Texas a enfin admis les femmes en son sein, mais cette histoire de bébé m'intéresse. J'ai discuté avec quelqu'un à la *Gazette* et ils veulent couvrir l'histoire si c'est moi qui signe l'article.

— Mais pourquoi vous, Sierra ? Vous n'êtes pas d'ici. Pourquoi vouloir vous impliquer dans tout ça ?

Une expression étrange passa sur le visage de Sierra, vite remplacée par un air déterminé.

— Et pourquoi pas moi ? *Vous*, vous êtes bien impliquée. Et bien davantage que moi. J'imagine qu'on fond tous quand il s'agit de protéger des bébés innocents.

— Je vois.

Cammie était un peu surprise par l'enthousiasme de Sierra et son envie de faire connaître l'histoire. Elle n'avait aucune envie de rendre Pumpkin tout de suite, mais elle était bien consciente qu'un article était peut-être la meilleure chance pour le bébé d'être identifié. Pourtant, elle trouvait un peu indécent d'étaler tout ça dans les journaux. Toute cette publicité ne risquait-elle pas de faire sortir du bois toute la cohorte des gens qui aiment se repaître du malheur d'autrui ?

Les doutes qui traversaient Cammie n'échappèrent pas à Sierra.

— Ne vous inquiétez pas. Je ne dirai rien au sujet de vous et de M. Rhodes. Personne n'a besoin de savoir où vit le bébé abandonné en ce moment.

— Nous l'appelons Pumpkin, dit Cammie. Il avait besoin d'un prénom.

— J'aime. C'est charmant, dit Sierra avec un sourire.

Mais je vais plutôt me concentrer sur l'endroit et l'heure où on l'a trouvé et faire appel à toute la communauté pour nous fournir des renseignements. On donnera bien sûr les numéros où joindre les enquêteurs. L'article va provoquer un buzz et c'est l'intérêt de Pumpkin.

— Peut-être.

Cammie avait remarqué une chose un peu bizarre. Alors que la plupart des femmes ont du mal à résister au plaisir de câliner un nouveau-né, Sierra ne manifestait aucune velléité dans ce sens.

— Vous voulez le prendre dans vos bras ? lui proposa-t-elle.

— Non, merci, dit Sierra avec un sourire forcé. Il a l'air très heureux, je ne veux pas l'effrayer. Je préfère me concentrer sur ce qui m'amène ici.

Sans laisser à Cammie le temps d'analyser son étrange comportement, la journaliste sortit un bloc-notes et se remit à poser des questions. Après avoir répondu plusieurs fois « Je ne sais pas », Cammie, exaspérée, poussa un soupir.

— Écoutez, vous en savez autant que moi. Vous étiez là aussi… Et franchement, je doute que vous puissiez tirer un article digne du Pulitzer à partir d'aussi peu d'éléments.

Cette fois, Sierra eut un vrai sourire.

— Ne vous inquiétez pas, il me suffit d'un rien pour faire un article. J'ai ça dans le sang. De toute façon, vous avez ma carte, n'est-ce pas ? dit-elle en attrapant son sac et en se levant.

Cammie se leva également, Pumpkin dans les bras.

— Oui.

— Bon. Envoyez-moi un SMS si jamais vous avez une information. Il faut qu'on aide ce petit gars à retrouver sa maman.

La journaliste avait absolument raison et Cammie n'avait aucun motif de se sentir menacée, mais elle ne put s'empêcher de serrer le bébé un peu plus fort contre elle.

— J'espère que ça sera très vite, répondit-elle, parfaitement consciente de mentir. La seule idée de confier l'adorable Pumpkin à quelqu'un d'autre lui donnait mal à l'estomac. Ce bébé était heureux avec elle. Était-ce vraiment mal de sa part d'espérer que la recherche de ses parents prenne un peu plus longtemps ?

L'après-midi passa vite. Pendant la sieste du bébé, Cammie travailla devant son ordinateur en grignotant des cacahuètes. La structure de la fondation Danae commençait à prendre forme. C'était l'argent de son père qui allait financer la soirée de gala, même si Cammie n'était pas directement impliquée dans l'organisation des festivités.

Vers 16 heures, Drake revint à la maison. Et comme Pumpkin dormait encore, Cammie travaillait dans le salon. Drake entra dans la pièce, se laissa tomber dans un fauteuil face au divan sur lequel elle s'était installée.

— Je suis désolé, dit-il.

— À quel sujet ?

Elle était incapable de le regarder. La catastrophe de la veille était encore trop fraîche. Elle se sentait terriblement embarrassée.

— J'ai franchi la limite, soupira-t-il. Je suis désolé

de t'avoir mis la pression pour faire quelque chose dont tu n'avais pas envie.

Il aurait été tellement facile de laisser les choses en l'état. De lui laisser croire que tout était sa faute à lui.

Elle secoua lentement la tête.

— Ça n'est pas ce qui s'est passé. J'aurais très bien pu quitter la pièce à n'importe quel moment. Je ne l'ai pas fait. Parce que j'avais envie de toi, Drake. Et c'est encore le cas.

— Mais ? demanda-t-il, sous le choc.

— Mais je sais que la passion n'a qu'un temps. C'est la compatibilité entre deux personnes qui fait vivre une relation.

— Disons alors que nous ne sommes pas d'accord, c'est entendu ?

— Si tu veux.

Un silence un peu pesant s'installa.

— Ça n'est pas trop difficile de devoir travailler à distance ? demanda-t-il en désignant son ordinateur. J'espère qu'ils sont compréhensifs.

Cammie comprit alors que Drake ignorait que les circonstances avaient changé.

— Je ne travaille plus pour la compagnie pétrolière.

— Ah non ? fit-il d'un air étonné.

La dernière fois qu'ils s'étaient vus – avant que Drake parte pour l'Australie –, Cammie travaillait toujours dans les relations publiques d'une grosse compagnie pétrolière de Royal. C'était un travail qu'elle aimait et qu'elle faisait bien, mais elle était certaine d'avoir pris la bonne décision.

Drake attendait une explication.

Elle se demandait s'il allait critiquer son choix.

— Mon père a créé une fondation qu'il a baptisée Danae et il m'a nommée directrice générale.

— Et c'est ce que tu voulais ?

Il la regardait attentivement, comme s'il cherchait à percer son âme. Mais elle n'avait aucune envie de se faire psychanalyser.

— Je ne lui ai rien demandé, si c'est ce que tu veux dire. Mais il se trouve que c'est un travail très excitant et qui représente un défi. Et puis, je vais te dire un secret si tu me promets de ne rien répéter.

Il mima le geste de se coudre les lèvres.

— Tu peux me faire confiance.

Et c'était vrai. Elle pouvait lui faire confiance. Pour tout, à l'exception de son cœur.

— La fondation s'apprête à faire une grande révélation lors du gala en association avec le club et l'hôpital, déclara-t-elle en refermant son ordinateur. D'où ma présence à l'hôpital le jour où on est tombés l'un sur l'autre. Tout un groupe de premiers intervenants choisis parmi les pompiers, les services d'urgence et les agents hospitaliers vont être nommés membres honoraires du Cattleman's Club, le club des éleveurs.

— Dis donc, quel progrès de la part d'une institution aussi conservatrice.

— Mais il était plus que temps, tu ne trouves pas ?

— Tout à fait, affirma-t-il en se penchant en avant, visiblement très intéressé par la conversation. Ces gens ont mis leur vie en danger après la tornade de 2013 et pendant l'épidémie de covid. Mais à quel niveau ton père intervient-il ? Et la fondation ?

Cammie sourit, le cœur empli de fierté.

— Mon père payera les études universitaires des enfants de tous les gens qui vont être nommés membres honoraires.

— Bon sang, dit Drake, l'air étonné. Je connais ton père. Ça ne lui ressemble pas du tout.

— Danae l'a beaucoup fait changer, de son vivant mais aussi après sa mort. Je suis tellement heureuse. Mon père a beaucoup trop d'argent de toute façon. C'est le moins qu'il puisse faire et j'espère que ces dons redoreront un peu le blason de la famille Wentworth.

— Sans vouloir être désagréable, ton père s'est mis à dos pas mal d'habitants de Royal.

— J'espère que tout le monde comprendra que son changement est sincère et lui donnera une chance de repartir sur de nouvelles bases.

— Espérons, dit Drake d'un ton dubitatif.

Cammie ne se formalisa pas. Elle savait bien que dans des villes comme Royal, les gens avaient la mémoire longue et la rancune tenace. Son père avait commis des erreurs, mais elle espérait que Danae avait réussi à le mettre sur le droit chemin et que, peut-être, elle veillait encore sur lui, de là où elle était.

Comme Cammie était malgré tout un peu inquiète de la façon dont la générosité de son père serait accueillie lors du gala, elle préféra changer de sujet.

— Tu es allé à l'hôpital ? Comment va Ainsley ?

Drake s'enfonça dans son fauteuil et étendit ses jambes sur le divan. Puis il croisa les mains sur son ventre parfait, Cammie frissonna intérieurement. Il était tellement beau. Tellement viril et sexy. Absolument irrésistible.

Voulait-elle qu'ils fassent l'amour ? Il allait bientôt repartir, alors pourquoi pas ? Une dernière fois. Pour mettre un point final à leur histoire.

L'art de se trouver de bonnes excuses.

L'objet de son désir semblait à moitié endormi mais finit par répondre à sa question.

— Ça va. Bien mieux, en fait. D'après les médecins, elle pourra sortir dès après-demain si ses analyses sont bonnes.

Le cœur de Cammie se serra. Une fois Ainsley de retour, c'en serait terminé de leur intimité, et Drake ne pourrait plus passer tout son temps libre à tenter de séduire une femme avec laquelle il avait rompu deux ans plus tôt.

— Ça me fait plaisir qu'elle aille mieux. Et qu'est-ce que tu as fait d'autre, aujourd'hui ? Tu es resté absent longtemps.

Tout à coup, Drake sembla un peu mal à l'aise. Il se redressa et se frotta le menton.

— Eh bien… Il fallait que je fasse visiter le ranch à quelqu'un.

Son ventre se crispa.

— Pourquoi ça ?

— Un acheteur potentiel, indiqua-t-il en haussant les épaules.

Cammie sentit son corps se glacer. Outre cette maison où vivait Ainsley, Drake possédait une immense et magnifique propriété en dehors de la ville.

— Mais tu adores ton ranch.

— Oui.

Sa mâchoire se crispa. Il était évident qu'il n'avait pas envie de parler de tout ça, mais Cammie était inquiète.

— Dans ce cas, pourquoi envisager de le vendre ?

— Ce n'est plus moi qui dirige personnellement le ranch depuis des années. J'ai d'abord vécu à New York quelque temps et maintenant, je suis en Australie. Ça n'a pas de sens de le garder. Les choses changent. Il faut aller de l'avant.

Les doigts de Cammie se crispèrent sur l'accoudoir du divan.

— Ça veut dire que tu comptes t'installer en Australie pour de bon ?

— Quelle importance pour toi, Cam ? Tu as été très claire au sujet de notre relation.

— C'est *toi* qui as rompu avec moi. Moi, j'ai toujours des sentiments, Drake.

— Ce qui veut dire ? demanda-t-il d'un ton provocateur, presque hostile.

Cammie s'était imaginé que trouver un bébé sur le capot de sa voiture était un moment charnière dans son existence. Mais ça n'était rien comparé à ce qu'elle venait d'entendre. Il était possible que Drake s'en aille *pour toujours*. Comment pourrait-elle survivre à ça ? Elle prit une profonde inspiration, cherchant ses mots.

— On ne peut pas balayer les sentiments d'un simple revers de la main.

— Parce que tu as des sentiments ? dit-il d'un air amusé.

— Je t'interdis de te moquer.

Le regard de Drake s'adoucit.

— Ce n'est pas le cas, je t'assure. Mais c'est si facile avec toi… Tu démarres au quart de tour.

— Je ne veux pas que tu ailles vivre en Australie, murmura-t-elle.

Il se leva et alla s'appuyer contre la cheminée, affichant une expression indéchiffrable.

— On s'est à peine adressé la parole ces deux dernières années. Quelle importance où je vis ?

Son regard était perçant comme un laser ; il la regardait avec une intensité qui déplaisait à Cammie. Qu'est-ce qui lui donnait le droit de savoir ce qu'elle pensait ? Mais elle avait peut-être perdu assez de temps. Ou bien Drake allait reprendre un avion pour l'Australie, ou bien la famille de Pumpkin allait se manifester. Ou bien les deux. Et elle se retrouverait à nouveau toute seule.

Son frère refusait de revenir s'installer à Royal, sa mère préférait vivre dans une grande métropole et son père, encore en deuil de Danae, n'était pas disponible pour elle. Bien sûr, elle avait une vie sociale active, mais il ne lui avait pas échappé que l'une après l'autre, ses amies se mariaient et se rangeaient.

Elle détestait cette expression. Cela évoquait trop l'immobilisme, la perte de toute intensité des sentiments.

— C'est important, dit-elle lentement, parce que j'ai besoin de savoir que je pourrais te croiser par hasard dans la rue, besoin de savoir qu'on voit les mêmes levers et couchers de soleil. Tu fais partie de Royal, Drake.

— Ça me donne l'impression d'être un lampadaire ou un restaurant.

— Tu sais très bien ce que je veux dire, murmura-t-elle.

Elle s'était laissé entraîner si loin dans cette conversation qu'elle ne voyait pas comment elle allait pouvoir s'en sortir.

- 6 -

Drake avait l'impression d'être sur des sables mouvants. Cammie lui avait bien plus manqué qu'il n'osait se l'avouer. Deux ans plus tôt, il s'était convaincu que rompre avec elle était la chose la plus gentille qu'il pouvait faire. Mais ce geste noble, si tant est que ça en ait été un, lui avait beaucoup coûté.

— Je ne comprends pas ce que tu attends de moi, Cam.

Et c'était la pure vérité. Il n'y comprenait rien et avait l'impression de perdre pied ; une sensation qu'il détestait.

Elle se tenait assise comme une petite fille, mais c'était une femme. Une femme vibrante et attirante qui possédait toujours le pouvoir de le chambouler complètement.

Comme il n'ajoutait rien, elle lui lança un regard noir.

— Sois honnête, Drake. Si on ne s'était pas croisés par hasard sur le parking de l'hôpital, est-ce que tu avais l'intention de passer me dire bonjour ?

Attention, danger. Il avançait en terrain miné. Mais il était incapable de lui mentir.

— Franchement, je n'en sais rien. Il fallait que je m'occupe d'Ainsley et qu'ensuite je rentre le plus vite possible. J'avais des tas de choses à régler. Alors, oui, ça m'a probablement traversé l'esprit, mais j'avoue que tu n'étais en haut de la liste de mes priorités quand j'ai quitté l'Australie.

Presque immédiatement, il regretta sa franchise, mais étrangement, sa réponse ne semblait pas avoir perturbé Cammie. Elle hocha lentement la tête.

— Je comprends.

— Qu'est-ce que ça veut dire ?

— Que je réfléchis.

— À quoi ?

— À savoir si je vais oui ou non coucher avec toi.

La manière totalement dépassionnée qu'elle avait eue de dire ça lui coupa le souffle. De son côté, il était plutôt du genre à foncer sans trop réfléchir quand il s'agissait de sexe. Un peu comme la plupart des hommes, sans doute.

Il avait la gorge sèche.

— Si jamais je peux peser sur la décision…

Cammie fronça le nez, amusée.

— Je n'en doute pas, assura-t-elle en l'observant, la tête penchée. As-tu changé d'avis concernant le fait d'avoir un jour des enfants ?

Il ne s'attendait pas à cette question.

— Pas du tout, répondit-il sans prendre le temps de réfléchir.

Et voilà, il venait d'anéantir toutes ses chances de l'entraîner dans son lit. Quel pauvre imbécile.

Cammie se leva et fit deux pas pour venir le rejoindre.

— D'accord.

— D'accord ?

— Oui. Je suis d'accord. Il nous reste cette nuit et

demain avant le retour d'Ainsley. Tâchons d'en profiter au maximum. Puisque tu vas sans doute aller t'installer au bout du monde, c'est notre dernière chance, dit-elle en lui caressant la bouche de son pouce. Embrasse-moi, Drake. S'il te plaît.

Il vécut les minutes suivantes comme dans une sorte de transe. Il se sentait à la fois maladroit et désespéré. Si elle changeait d'avis, il n'était pas sûr de pouvoir le supporter. Ça avait été un tel supplice d'être sous le même toit, si près d'elle, sans pouvoir la toucher.

Quand leurs bouches se retrouvèrent, les deux dernières années s'effacèrent comme par magie. Ils formaient à nouveau un couple. Parfait. Plein de désir.

Comment un simple baiser pouvait-il être si profondément excitant alors qu'ils étaient habillés tous les deux ?

Il allait la déshabiller quand le babyphone émit un bruit reconnaissable entre tous.

— Ce n'est pas vrai…

Drake s'écarta d'elle si brusquement que son épaule faillit heurter le manteau de la cheminée. Il avait envie de hurler tellement il se sentait frustré.

Il se consola un peu en constatant que Cammie semblait l'être autant que lui. Elle remit un peu d'ordre dans ses cheveux qu'il avait décoiffés. Elle avait les joues en feu et une petite marque rouge sur la gorge, là où il l'avait tendrement mordillée.

— Désolée, dit-elle. Visiblement, on va devoir attendre jusqu'à ce soir. Mais l'attente fait la moitié du plaisir, non ?

Son expression disait toutefois clairement qu'elle n'en croyait pas un mot.

— Va le chercher. Donne-lui à manger. Fais ce qu'il y a à faire. Moi, je pars courir un peu. Je prendrai une pizza sur le chemin du retour.

Il sortit de la pièce et Cammie ne fit rien pour le retenir. Elle ne dit pas un mot.

Après s'être rapidement changé, il sortit de la maison par la porte de derrière. Il ne voulait pas croiser Cammie. Il se sentait sur le point d'exploser et ne voulait pas risquer de dire quelque chose d'irréparable.

Il n'était pas jaloux d'un bébé sans défense. Pas du tout.

Il choisit un itinéraire dont il avait l'habitude et apercevait de temps en temps des têtes connues. Alors, il bifurquait dans une rue plus petite pour éviter d'avoir à parler à qui que ce soit.

Il courut, courut jusqu'à ce que sa poitrine lui fasse mal et que ses yeux brûlent. Il savait qu'il s'apprêtait à faire quelque chose d'égoïste et il en avait honte. Il allait prendre ce que Cammie lui offrait, sachant pertinemment que *lui* ne lui donnerait pas ce dont elle avait besoin.

Était-il si important qu'il se soit montré franc ? La balance de la justice était-elle équilibrée parce qu'il n'avait pas menti ?

Il avait beau courir, les kilomètres avaient beau s'additionner, les réponses à ses questions continuaient de lui échapper.

Au bout d'une heure, il s'obligea à faire demi-tour. Cammie allait avoir faim et il avait promis de rentrer avec de quoi dîner. Et il n'était pas question qu'il manque à ce devoir-là aussi.

Adossé à la façade d'un immeuble, à bout de souffle, il prit son téléphone portable et commanda une pizza. Puis, il alla sur son application de covoiturage en espérant que le conducteur accepterait de le prendre, couvert de sueur comme il était.

Heureusement, le jeune homme qui arriva six minutes plus tard s'avéra très aimable. Et même trop bavard. Drake ne désirait qu'une chose ; s'installer confortablement et fermer les yeux, mais ce fut impossible. Le jeune homme ne s'arrêta pas une seconde de parler. Et quand Drake remonta en voiture après être descendu chercher la pizza, le monologue repartit de plus belle.

Drake paya le trajet via l'application et ajouta même un pourboire de trente dollars. Le pauvre conducteur n'y était pour rien si son passager était d'aussi mauvaise humeur.

De retour à la maison, il prit une douche. La pizza allait refroidir. Pourquoi ne se l'était-il pas fait livrer ? Visiblement, son cerveau ne fonctionnait plus correctement.

Il se sécha, enfila un jean et une chemise Henley et récupéra le carton de la pizza. Il était encore un peu chaud en dessous, heureusement.

Cammie était dans la cuisine avec le bébé. Elle avait préparé une salade et mis le couvert dans la salle à manger.

— Je ne savais pas ce que tu aurais envie de boire, précisa-t-elle d'un ton un peu froid.

Il aurait volontiers bu du vin mais il avait besoin de garder les idées claires.

— Un Coca, ça serait parfait.

Quand elle passa près de lui en allant vers le réfrigérateur, il la prit par l'épaule et l'attira à lui.

— Je suis désolé d'être parti comme ça. Mais je me sentais si…

Comment lui dire à quel point il avait été déçu ? Il ne voulait se mettre en position de vulnérabilité. Il avait besoin de garder le contrôle de la situation.

Tout en berçant le bébé, elle passa une main dans les cheveux de Drake. On aurait dit qu'elle avait jonglé avec deux hommes toute sa vie.

— Moi aussi, j'ai été déçue, répondit-elle simplement. Mais ce petit bout de chou ne savait pas qu'il nous empêchait de prendre un peu de bon temps.

Drake se raidit. Est-ce qu'il s'agissait juste d'un peu de bon temps ? Il ne croyait pas, non.

Cammie s'écarta légèrement. Le moment était passé.

Tout en mangeant leur pizza jambon-champignons, ils entretenaient une conversation fluide et sans conséquence. Ils parlèrent du temps, de l'équipe de football locale, du fait que Ainsley avait trop attendu pour se faire soigner et de la peur que Drake avait ressentie quand le médecin l'avait appelé pour l'informer de ce qui se passait.

— Tu es vraiment un imposteur, dit Cammie en adoucissant ses paroles d'un sourire.

— Pardon ?

— Tu dis que ça avait été horrible de devoir t'occuper d'Ainsley quand elle est devenue orpheline, que votre relation était toxique. Mais à la seconde où il lui arrive quelque chose, tu laisses tout tomber et tu reviens de l'autre bout du monde pour être à ses côtés. Tu l'aimes, Drake.

Il vida son verre pour échapper au regard trop perspicace de Cammie.

Quand il leva les yeux, elle secoua la tête lentement, le regardant avec tendresse. Ce n'était pas ce qu'il attendait d'elle. Ce qu'il voulait, c'était du sexe. Et rien que ça.

Cammie devait avoir perçu son malaise car elle changea de sujet.

— Si tu veux bien tenir le bébé, je vais débarrasser. Pas question que je laisse encore faire Mme Hampton. Je ne veux pas qu'elle pense que nous sommes des cochons.

Drake prit le bébé et effleura ses cheveux de ses lèvres.

— C'est ma *femme de ménage*, Cam. Ça ne me semble pas déplacé de lui demander de nettoyer la salle à manger et la cuisine.

— Peut-être, mais je tiens à le faire quand même.

Soudain, un souvenir lui revint en mémoire. Un jour qu'ils étaient chez Cammie, sur le point de faire l'amour, elle avait insisté pour débarrasser la table après leur repas. D'après lui, ça pouvait attendre. Cam, elle, tenait à ce que tout soit toujours impeccable. Elle semblait même prendre un certain plaisir aux tâches ménagères.

À l'époque, il n'avait pas pris le temps de réfléchir à la question, mais maintenant qu'il y pensait, c'était peut-être le chaos qui avait régné dans sa vie de petite fille qui créait ce besoin que tout soit en ordre. Et peut-être pourrait-il davantage prendre en compte ses besoins à elle, même si ça l'obligeait à attendre un peu avant d'assouvir ses propres envies.

Il frotta doucement le dos du bébé.

— C'est toi, l'homme du moment, petit. Moi, je suis relégué à la deuxième place.

Comme la soirée était agréable, il alla prendre l'air dehors avec Pumpkin. Le bébé semblait s'intéresser aux bruits et à ce qu'il voyait autour de lui. Des oiseaux gazouillaient dans l'érable, près de l'allée. Une légère brise agitait les branches du grand chêne.

Drake songea qu'il devrait sans doute faire don de cette maison à Ainsley. Ainsi, elle aurait des racines et son propre foyer. Et la maison était bien assez grande pour que Drake y séjourne quand il viendrait en visite à Royal.

Et le ranch ? C'était vraiment douloureux pour lui de le vendre, mais s'il ne vivait pas à Royal, à quoi bon le garder ? Comme investissement ? Peut-être. Même si ce qu'il ressentait pour le ranch n'avait rien à voir avec l'argent.

Il entendit la porte s'ouvrir et se refermer. Cammie descendit les marches et vint les rejoindre.

— Alors, que pense-t-il du vaste monde ? demanda-t-elle en souriant.

Elle semblait plus calme maintenant. Plus heureuse.

Cette bonne humeur se répercuta aussitôt sur ses propres tensions et il sentit les muscles de son cou se détendre.

— Je crois que ça lui plaît.

Ils devaient avoir l'air d'une famille, songea Drake, et il sourit intérieurement en tendant le bébé à Cammie.

— À mon avis, il a besoin d'être changé. Je le ferais bien, mais tu es plus rapide.

Elle leva les yeux au ciel.

— Quelle excuse bidon.

— Désolé, ça n'est vraiment pas mon truc.

Cammie cala le bébé contre son épaule et lui murmura quelques mots à l'oreille que Drake ne put pas saisir.

— Tu connais quelqu'un qui aime ça ? Mais ça fait partie des choses qu'on doit faire. Comme aller chez le dentiste et payer ses impôts.

— Si tu veux, je remplis ta feuille d'impôts et tu t'occupes de ses couches ?

— Très bien, dit-elle avec un soupir faussement exaspéré.

Mais à la façon dont ses yeux brillaient, il voyait bien que cette petite scène l'amusait beaucoup.

— Tu viens ?

— Dans une minute, indiqua-t-il.

Une fois seul, il fourra les mains dans ses poches et se mit à arpenter le jardin. Ici, en ville, les terrains étaient de taille correcte, les maisons n'étaient pas collées les unes aux autres, mais cela n'avait rien à voir avec l'espace dont il jouissait au ranch.

Il avait grandi à Royal et y avait été scolarisé jusqu'à l'université. Puis, il y était revenu pour s'occuper d'Ainsley et monter une entreprise. Mais Ainsley était une adulte désormais et ses activités professionnelles s'étaient diversifiées. Plus les années passaient, plus il avait besoin de voyager à travers le monde entier et moins il avait d'occasions de revenir dans cette ville.

Serait-il capable de tout abandonner ici ? L'Australie était un pays fascinant. Il avait adoré les quelques mois qu'il venait d'y passer et avait hâte d'y retourner.

Mais pas sans Cam.

Le problème, c'était qu'elle était profondément enracinée ici. Dans cette ville, cette région, auprès de ses habitants. Elle aimait cette vie.

Et elle voulait un enfant. C'était à la fois très simple et très compliqué.

Il décida de rentrer. De toute façon, il ne résoudrait pas la question maintenant. Dans quelques heures, le bébé dormirait et Cammie serait enfin dans son lit à lui.

Il les retrouva tous les deux dans le salon. Cammie était assise sur le tapis et Pumpkin sur une petite couverture, juste à côté d'elle. Du seuil de la porte, Drake les observa un moment sans manifester sa présence.

Cam chatouilla le ventre du bébé.

— Oui, je sais, tu es encore trop petit pour rire. Où est ta maman, mon chéri ? Qu'est-ce qu'elle fait ? Est-ce qu'elle a peur ? Est-ce qu'elle est blessée ? Pourquoi est-ce qu'elle t'a laissé sur ma voiture ?

Aucune réponse. Le bébé se contentait de faire des bulles de salive.

Drake s'assit par terre avec eux. Adossé au canapé, il attira Cammie entre ses jambes.

— Le témoin fait de l'obstruction, on dirait, constata-t-il.

Cammie renversa sa tête contre son torse avec un soupir.

— Oui. Je suis très heureuse de prendre soin de lui, mais je sais qu'il a besoin de sa famille.

— Tu as eu des nouvelles de la police, aujourd'hui ?

— Haley Lopez a appelé, oui. Rien de neuf. Ils continuent à enquêter. Elle m'a dit d'être patiente, mais je ne comprends pas comment ça a pu arriver et pourquoi on met si longtemps à retrouver ses parents. On est au XXIe siècle.

— C'est vrai. Mais peut-être que sa mère ne veut pas qu'on la retrouve. Peut-être qu'elle avait tout prévu depuis longtemps.

— J'imagine, oui.

Drake pencha la tête et caressa l'oreille de Cammie du bout de la langue. Elle poussa un petit gémissement et frissonna dans ses bras.

— J'ai envie de toi, Cammie.

Elle se tourna vers lui, ses magnifiques yeux verts remplis de passion, et elle lui effleura la joue.

— Moi aussi, j'ai envie de toi. Tu m'as tellement manqué. Mais ne t'inquiète pas, je ne me fais aucune illusion. Je suis heureuse que les choses soient claires entre nous.

Curieusement, ces dernières paroles provoquèrent une réaction désagréable au creux de son estomac, mais au lieu de s'arrêter à cette sensation, il posa ses lèvres sur les siennes.

Leurs langues se mêlèrent dans une danse tranquille, mais la position n'était pas très confortable. Il avait envie de sentir ses douces courbes contre son torse.

De sa main libre, il trouva sa poitrine. Elle portait

un petit haut très fin et une jupe courte. Comment avait-il pu passer à côté de ce détail ?

Il continua à explorer et découvrit avec délice qu'elle avait les jambes nues. Sous sa jupe, elle ne portait qu'une petite culotte en soie très douce.

Tout en continuant à l'embrasser, il se mit à caresser son intimité.

Elle se mit à gémir mais le repoussa immédiatement.

— Pas maintenant, Drake, murmura-t-elle. On peut attendre.

— Je n'en peux plus, marmonna-t-il.

Il se détacha d'elle et se releva.

— Dans combien de temps est-ce qu'il va dormir ?

— D'ici une demi-heure. Peut-être un peu plus. Et j'ai besoin d'une douche.

Il lui prit la main et l'aida à se relever.

— Est-ce que tu viendras dans ma chambre ? Quand tu seras prête ? Je t'attendrai.

Pendant l'heure qui suivit, Cammie passa un millier de fois de l'excitation à l'angoisse. Elle se rappelait encore très clairement la façon dont sa relation avec Drake s'était achevée. Elle avait pleuré toutes les larmes de son corps. Elle avait perdu toute confiance en elle. Et elle avait cru son cœur mort à jamais.

Et voilà qu'elle allait le suivre dans son lit, parfaitement consciente qu'ils ne formeraient jamais un vrai couple. Mais même si elle savait comment tout cela allait se terminer, elle ne pouvait pas s'en empêcher. Elle voulait plus que tout être dans les bras de Drake, même si c'était dangereux pour elle.

Pumpkin se montra d'humeur coopérative. Il but rapidement son biberon, émit quelques petits rots, gazouilla et s'amusa pendant un petit quart d'heure avant de sombrer dans le sommeil. Elle le coucha dans le berceau et le regarda dormir. Comment était-il possible d'aimer autant un être qui n'était pas censé faire partie de votre vie ?

Malheureusement, elle semblait vouée à ce cas de figure. Avec ce bébé qui finirait par retrouver sa famille et avec Drake qui n'allait pas tarder à repartir. Pourquoi s'autorisait-elle à les aimer autant, à les laisser lui prendre un morceau de son cœur ? Si elle avait été un peu plus intelligente, elle aurait mieux contrôlé ses sentiments.

Mais elle n'avait jamais réussi à apprendre à faire ça. Ses parents et son frère étaient particulièrement doués pour garder leurs distances, se rendre inaccessibles. Cammie, elle, avait toujours aimé trop fort. Ses amies d'enfance, ses camarades d'école, ses professeurs. Elle avait le cœur tendre et voyait toujours ce qu'il y avait de plus beau chez l'autre. Ça n'était certainement pas la façon la plus prudente de vivre sa vie mais elle n'en connaissait pas d'autres. Elle n'y pouvait rien si depuis toujours, elle passait son temps à souffrir et à être déçue. Mais au bout du compte, même si elle avait pu, elle n'aurait pas changé celle qu'elle était.

Après s'être assurée que Pumpkin dormait profondément, elle prit une douche rapide. Ensuite, vint le choix délicat de sa tenue. Chez elle, dans son dressing, elle avait de nombreux très jolis dessous. Des nuisettes en soie. Des déshabillés en satin. Mais quand elle avait demandé à Drake d'aller lui chercher quelques affaires, elle ne l'avait évidemment pas dirigé vers ce genre de lingerie fine.

Et maintenant, elle le regrettait.

Puisqu'elle ne pouvait pas donner dans le glamour, elle opta pour le confort et enfila un vieux T-shirt de softball à rayures marine et rouge. C'était un de ses anciens petits amis du lycée qui le lui avait rapporté d'une visite à l'université. Le petit ami en question avait depuis longtemps disparu de la circulation, mais Cammie adorait ce T-shirt trop grand pour elle qui lui arrivait à mi-cuisses.

Elle se brossa les cheveux et les laissa lâchés.

Son cœur battait si fort qu'elle se sentait un peu nauséeuse. Pourquoi n'avait-elle pas demandé à Drake de venir la rejoindre, lui ?

Elle jeta un dernier coup d'œil au bébé, prit le babyphone et sortit de la chambre. La maison était plongée dans le silence. Sous ses pieds nus, le parquet du large couloir était froid.

Quand elle ouvrit la porte de la chambre de Drake, elle constata que la luxueuse suite était vide. Elle en resta interdite, puis elle vit comme un ruban de lumière filtrer sous la porte de la salle de bains.

Et quelques secondes plus tard, Drake en sortit, ne portant qu'une serviette humide enroulée autour de ses hanches.

Il lui sourit.

— Tu tombes à pic.

La gorge de Cammie se serra et elle fut incapable d'émettre un son. Pour se donner une contenance, elle se retourna pour déposer le babyphone sur la magnifique commode ancienne. Inconsciemment, elle restait le plus loin possible de l'immense lit recouvert d'un boutis de velours taupe brodé de fils d'or invitant à tous les plaisirs.

Drake lui sourit.

— Tu as l'air terrifiée, Cam ! Est-ce que je te fais si peur ?

— Non, mentit-elle.

Elle retint sa respiration le temps qu'il vienne jusqu'à elle et prenne ses mains dans les siennes. Ses doigts à elle étaient glacés. Les siens, brûlants.

— C'est toujours toi et moi, dit-il simplement. Il n'y a pas de quoi avoir peur.

Elle scruta son visage. Elle avait besoin d'être rassurée et elle savait bien que Drake ressentait *quelque chose* pour elle. Qui allait au-delà du simple désir physique. Ils avaient vécu une histoire ensemble et il avait de l'affection pour elle.

Le moment était particulièrement mal choisi pour comprendre qu'elle était encore amoureuse de lui. Cela la rendit triste. Elle ne se sentait pas capable de faire semblant, de faire croire à une simple partie de jambes en l'air. Elle allait sûrement se trahir.

Rien n'avait changé en deux ans. Elle avait essayé de se convaincre qu'elle avait tourné la page… que la blessure était guérie. Mais tout au fond d'elle, inconsciemment, elle avait toujours su la vérité. Drake était l'unique homme de sa vie. Elle l'aimait en dépit du fait qu'il avait mis un terme à leur relation. Elle l'aimait même si elle savait qu'il ne voulait pas de son amour.

Pourquoi sinon aurait-elle commencé à s'intéresser à la fécondation in vitro, à l'adoption ? Parce qu'elle savait au fond que si Drake ne pouvait pas être son mari et le père de ses enfants, il n'y aurait aucun autre homme dans sa vie.

Avec un enfant, elle pourrait fonder une famille. Pas une famille au sens traditionnel du terme, bien sûr, mais faisait-elle du mal à qui que ce soit en voulant ça ? Non…

Drake ne devait pas comprendre pourquoi elle gardait le silence. Il l'attira à lui et l'enveloppa dans ses bras. C'était à la fois si réconfortant et si excitant… Comment cela pouvait-il être les deux en même temps ?

Il l'embrassa sur le front.

— Parle-moi, Cam. Dis-moi.

Son corps était tellement plus puissant que le sien. Et la différence de taille se voyait encore plus maintenant qu'elle était pieds nus. Dans ses bras, elle se sentait à la fois infiniment fragile et infiniment forte.

— Je suis prête, indiqua-t-elle.

— Ça n'est pas un concours de calcul mental, chérie. On ne fera rien tant que tu n'en auras pas vraiment envie.

À cet instant, elle prit conscience que lui aussi était nerveux. Sous sa joue, elle sentait son cœur battre à tout rompre.

Se dressant sur la pointe des pieds, elle posa un baiser sur ses lèvres.

— Je veux coucher avec toi, Drake. Je t'assure que c'est ce que je veux.

- 7 -

Drake ne la crut pas. Du moins, pas complètement. Mais il préféra prendre ce qu'elle disait pour argent comptant. Pourtant, l'ancienne Cammie aurait dit « faire l'amour »+. C'était une différence non négligeable.

Il savait qu'elle ne l'aimait plus. C'était le prix à payer pour avoir rompu avec elle. À l'époque, il l'avait fait pour elle sans s'imaginer à quel point ce serait dur pour lui de voir sa douce Cam le regarder avec dédain pendant des mois après ça.

Elle *l'avait aimé* et il l'avait repoussée.

Ces derniers mois en Australie, il avait été très occupé. Lancer une nouvelle entreprise à partir de rien était très chronophage et Royal lui avait fait l'impression d'appartenir à une autre vie.

Mais tout avait été chamboulé dès qu'il avait revu Cammie. Il comprenait qu'il avait fait en sorte de bloquer ses souvenirs. Peut-être qu'il avait tout simplement été dans le déni ou peut-être qu'il avait refusé de s'avouer qu'il avait commis une erreur monumentale.

Mais au diable le passé.

Il retira son grand T-shirt à Cammie et la prit dans ses bras pour aller la déposer sur le lit. Il perçut l'instant exact où elle repéra les préservatifs qu'il avait posés sur la table de chevet, mais elle ne dit pas un mot.

Il la déposa doucement et elle se décala pour lui faire de la place. Il laissa tomber son drap de bain et la rejoignit.

Il la serra contre lui et leurs bras, leurs jambes se mêlèrent. Son corps était si doux. Elle sentait si bon.

— C'est si bon, gémit-il en l'embrassant fougueusement.

Il avait faim d'elle, se sentait comme une bête sauvage, à peine capable de se contrôler.

Quand il passa sur elle, Cam enroula ses bras autour de son cou et lui sourit. Le sourire d'une sirène, d'une tentatrice.

— C'est difficile de te résister, dit-elle.

— Si ça peut te consoler, tu as failli me rendre complètement dingue. Tu es encore plus belle qu'avant, Cam. Depuis qu'on s'est croisés sur le parking l'autre jour, je ne pense plus qu'à une chose. Je te voulais tellement.

Son intensité sembla la mettre mal à l'aise. Elle détourna légèrement le regard.

— Eh bien, tu as réussi à m'avoir.

— Oui, et peut-être que c'est moi qui ai peur, plaisanta-t-il. Après deux ans, j'ai la pression. Je ne voudrais pas te décevoir. *Encore une fois.*

— Tu sais très bien que tu es un merveilleux amant. Je suis sûre que même les Australiennes sont au courant maintenant.

Venait-elle à la pêche aux informations ? Il s'éclaircit la gorge, cherchant ses mots.

— Je n'ai pas fait vœu de chasteté depuis notre séparation, Cam, mais ma vie sexuelle n'est pas aussi…

animée que tu sembles le croire. En tout cas, il n'y a rien eu de sérieux.

Elle posa les doigts sur ses lèvres pour le faire taire.

— Ça ne me regarde pas. Embrasse-moi plutôt.

Quelque chose dans son attitude trop désinvolte l'inquiétait. Était-elle vraiment en train d'essayer de se convaincre qu'il ne s'agissait que de sexe ? Mais non. Elle comptait pour lui. Beaucoup. Peut-être que la meilleure solution était de le lui *prouver*.

Maintenant qu'elle était là, dans son lit, il trouva en lui la force d'être patient et de ralentir. Il déposa de doux baisers du bout de son nez ravissant jusqu'à la plante de ses pieds, si chatouilleuse… et partout entre les deux. Leur complicité dans l'intimité était merveilleuse. Entre eux, ça avait toujours été comme ça. Leurs corps s'accordaient parfaitement, se répondaient naturellement… Ils étaient en harmonie.

Il enfouit son visage dans le creux de son ventre et s'enivra de son odeur, tremblant à la perspective d'être à nouveau en elle après si longtemps. D'un doigt, il la caressa. Elle était chaude et humide. Son corps prêt à l'accueillir.

Il intensifia la caresse mais elle repoussa doucement sa main.

— Attends d'être en moi…

Il ne se le fit pas dire deux fois. Les mains tremblantes, il mit un préservatif puis il entra en elle.

— J'ai envie de toi, Cam, prononça-t-il d'une voix sourde.

Elle souleva les hanches, venant à sa rencontre, et il

s'enfonça plus loin. La sensation était extraordinaire. Comment avait-il pu vivre sans ça ?

En appui sur ses coudes, il la regardait tout en allant et venant doucement en elle et garda ce rythme lent jusqu'à ce qu'il la sente jouir. Quelques secondes plus tard, ce fut à son tour d'atteindre l'orgasme et il hurla son nom tout en donnant un dernier coup de reins plein de fougue.

Il eut l'impression que le monde s'écroulait. Il était physiquement et émotionnellement épuisé et tout devint noir.

Quand il se réveilla un peu plus tard, Cammie avait disparu.

Son corps tout entier était engourdi et apaisé. Cammie était satisfaite. Après tout, ça n'était pas si difficile, le sexe sans sentiments.

Quand elle avait entendu Pumpkin se réveiller, elle ne savait pas combien de temps elle-même avait dormi. Drake, lui n'avait pas bougé une oreille.

Parfait. C'était mieux comme ça. Elle n'avait pas besoin de son aide. Après avoir changé et nourri le bébé, elle lui caressa doucement le front jusqu'à ce qu'il s'endorme dans ses bras. Ensuite, elle le déposa doucement dans son berceau.

Elle ne se sentait pas le courage d'aller retrouver Drake dans son lit, mais elle savait qu'il serait contrarié s'il ne la trouvait pas en se réveillant.

Alors qu'elle hésitait, Drake apparut sur le seuil la chambre.

— Tout se passe bien ? dit-il à voix basse.

— Oui. Il a mangé et il s'est rendormi tout de suite.

— Merveilleux, dit Drake avec un sourire radieux avant de l'embrasser tendrement dans le cou. Ne perdons pas une minute.

Ils retournèrent dans la chambre de Drake où ils dormirent par intermittence. Ils firent l'amour encore et encore. Il était infatigable. Comme affamé.

Quand le soleil se leva, elle gémit. Le bébé manifestait déjà sa présence.

— Continue à dormir, Cam. Je vais m'en occuper.

Elle secoua la tête. Elle n'avait aucune envie de dormir alors que les deux hommes de sa vie seraient réveillés.

— Non, c'est à moi de le faire. J'y vais.

Il se pencha sur elle et lui donna un baiser.

— Non. Reprends des forces pour plus tard, lança-t-il d'une voix pleine de promesses. Dors, mon ange. Je t'assure que je fais ça par pur égoïsme.

Ce que ni l'un ni l'autre n'avait anticipé, c'est que Cammie pourrait entendre tout ce qui se passait dans la chambre d'amis. Elle entendit donc Drake murmurer des mots tendres au bébé pour le calmer pendant qu'il le changeait. Et quand il chantonna doucement en s'installant dans le fauteuil pour lui donner son biberon, elle l'entendit aussi.

Et cela lui brisa le cœur.

Pourquoi un homme capable d'autant de tendresse s'obstinait-il à ne pas vouloir fonder une famille ? se demanda-t-elle avant de sombrer dans le sommeil.

Drake bâilla tout en ayant l'œil sur le bébé. Ils étaient tous les deux sur le lit de Cammie, ne faisant rien en particulier.

Cammie avait encore besoin de dormir. Lui aussi, mais comme elle avait assuré le biberon du milieu de la nuit, c'était son tour.

Trop épuisé pour rester assis, il finit par s'allonger, un bras replié sur son visage. À côté de lui, le bébé babillait. Heureux. Petit veinard.

La vie est plus facile quand tout ce dont on a besoin, c'est de lait et de quelques siestes.

Lui qui s'était imaginé que Cammie et lui fileraient au lit à chaque fois que le bébé dormirait, il devait revoir ses ambitions à la baisse. Un bébé demandait de l'attention et de l'énergie, et Drake et Cammie étaient épuisés. La journée allait être très, très longue.

— Réveille-toi, entendit-il chuchoter.

— Je ne dormais pas, je te jure. Je le surveillais.

— Tout va bien. Ce matelas est immense, on ne risque pas de lui rouler dessus.

— On ? demanda Drake en se frottant le visage.

— Décale-le un peu, que je puisse me coucher près de toi.

Drake ferma les yeux. Le corps de Cammie tout contre le sien l'excitait, mais il était assez fatigué pour se contenter de la garder dans ses bras, collée à lui.

Le bébé finit par s'endormir.

Le corps de Cammie était doux et chaud, et Drake sentit que son sexe durcissait contre ses fesses nues.

— J'ai une confession à te faire, murmura-t-il. Je pensais qu'on profiterait de tous les moments où le bébé dormirait, mais c'est impossible. Il faut bien qu'on dorme un peu.

Cammie roula sur le dos, les joues en feu.

— On aura bien le temps de dormir quand on sera morts. Mais on ne peut pas faire ça sur ce lit à côté de lui, objecta-t-elle en glissant la main vers son sexe. Si tu allais chercher un préservatif, je te donne rendez-vous par terre.

Le temps qu'il fasse l'aller-retour jusqu'à sa chambre, Cammie avait étalé un plaid douillet sur le sol, près du lit, et elle l'attendait. Allongée nue. Offerte.

Il se mit à genoux à côté d'elle et prit le temps de la contempler.

Elle avait l'air si heureuse. Elle lui souriait.

Plus jamais il ne considérerait ça comme acquis.

— Arrête de me regarder, dit-elle. Viens plutôt me tenir chaud.

— À vos ordres, madame.

Ils essayaient de faire le moins de bruit possible mais Cammie n'arrêtait pas de glousser, alors il plaqua la main sur sa bouche.

— Si tu réveilles le bébé, tu auras droit à une fessée.

Elle opina de la tête, faussement soumise.

De sa main libre, il réussit tant bien que mal à enfiler un préservatif et, d'un genou, il lui écarta les cuisses.

Quand enfin il entra en elle, son cœur battait si fort qu'il se sentait un peu étourdi. Elle demeurait totalement immobile sous lui.

Il la pénétra plus profondément et il perçut son gémissement étouffé. Enfouissant son visage dans le cou de Cammie, il murmura :

— Mets tes jambes autour de moi. Serre-moi fort.

Elle fit ce qu'il demandait et il entra encore plus loin. Ce souvenir aussi, il l'avait enfoui. À quel point c'était bon. À quel point c'était à la fois excitant et doux.

Elle ne disait rien. Mais c'était inutile. Leur communion physique était si parfaite… Il l'embrassa fougueusement.

— Je n'arrive pas à me rassasier de toi, chérie.

— Je ne me plains pas, souligna-t-elle d'une voix langoureuse et provocante qui acheva de le faire venir.

Ils jouirent ensemble et elle enfouit son visage dans son épaule pour étouffer son cri.

Une fois qu'ils eurent repris leur souffle, ils se glissèrent dans le lit, sous les couvertures. Cammie posa sa joue sur son torse et sa main sur son ventre.

— C'était sympa.

— Pas plus que ça ? fit-il en lui caressant les cheveux. Tu dois pouvoir trouver mieux.

— Ne deviens pas trop exigeant, répliqua-t-elle en bâillant. Et si on dormait ? Je ne sais pas combien de temps sa sieste va encore durer.

Vingt minutes. Cammie et Drake avaient sombré dans le sommeil quand elle entendit le bébé s'agiter. Elle en aurait pleuré.

Elle avait mal à la tête et ses yeux la piquaient.

Drake se réveilla quelques secondes après elle. Il poussa un gémissement.

— Je suis trop vieux pour les nuits blanches.

— Si tu allais te doucher et t'habiller pendant que

je lui donne son biberon ? Ensuite, tu prends la relève. Et interdiction de dormir dans la salle de bains.

— Très drôle.

Cammie enfila son peignoir, attrapa un biberon et alla s'asseoir dans le fauteuil, le bébé dans les bras. Elle lui présenta le biberon et elle sourit en le voyant se jeter littéralement dessus.

Drake et elle avaient beau plaisanter sur le sujet, ils ne tiendraient pas le coup à ce rythme. Le manque de sommeil allait les transformer en zombies. Mais surtout, elle éprouvait le besoin de prendre un peu de recul, de se protéger.

Ces dernières heures avec Drake avaient été à la fois merveilleuses et très douloureuses. Goûter à ce que la vie pourrait être avec l'homme qu'elle aimait ne l'avancerait à rien. Drake avait été très clair.

Il allait retourner en Australie. Et s'il décidait de ne pas revenir pour de bon à Royal, Cammie ne pourrait pas l'épouser… À supposer qu'il le lui demande. Ce qu'il ne ferait pas. Elle ne lui avait pas caché son désir d'enfant et d'une vie de famille.

Et il ne voulait ni l'un ni l'autre.

Pumpkin venait de finir son biberon quand Drake revint, les cheveux encore humides après sa douche et l'air revigoré. Cammie se sentait complètement défraîchie. Elle avait besoin d'une douche chaude pour faire disparaître toute trace de sa nuit avec Drake.

Il lui prit le bébé.

— Je vais lui faire faire son rot. Va te préparer, toi.

Quand Cammie se leva, il l'attira à lui de son bras

libre et l'embrassa sur les lèvres. Un long baiser, plein de promesses.

Cammie s'écarta.

— Je ne serai pas longue.

— On va se tenir compagnie, hein, Pumpkin ? Et préparer le petit déjeuner.

Après s'être douchée, elle se sécha les cheveux et les laissa retomber sur ses épaules. Puis elle s'assit à la coiffeuse et se maquilla légèrement. Un peu d'ombre à paupières et une couche de mascara.

Elle voulait être présentable s'ils recevaient une visite cet après-midi et même si Drake l'avait vue au saut du lit, elle tenait aussi à ce qu'il la voie sous son meilleur jour.

Puis, elle suivit la délicieuse odeur de café jusqu'à la cuisine.

— Il est prêt, dit Drake, tu m'en sers une tasse aussi ?

Il avait l'air parfaitement à l'aise avec le bébé lové contre son épaule, et avait même réussi à se beurrer un toast. Il y en avait d'autres, tout chauds dans le four.

L'estomac de Cammie gronda.

Drake sourit.

— On dirait qu'on a brûlé pas mal de calories cette nuit.

Il semblait parfaitement détendu, comme si rien d'extraordinaire ne s'était passé. Cammie préféra ne rien dire et se concentra sur son petit déjeuner.

Au fil des minutes, elle sentit que la tension montait. Celle-ci était en partie sexuelle, bien sûr, mais il y avait autre chose. Tout un tas de vérités douloureuses dont personne n'osait parler.

Bientôt Pumpkin allait se rendormir.

Mais Cammie ne put s'imaginer au lit avec Drake en plein jour. Elle était trop à vif. Son cœur était trop près de se rompre. Mais qu'allait-elle pouvoir dire ? Ils avaient décidé d'en profiter jusqu'au bout une dernière fois.

Au lieu de quoi, elle éprouvait le besoin urgent et vital de s'éloigner de Drake. Mais elle n'avait pas le droit d'emmener le bébé et elle n'allait pas demander à Drake de quitter sa propre maison.

Elle était piégée par les circonstances et son amour pour lui.

Le téléphone de Drake sonna. Elle lui prit le bébé pour qu'il puisse répondre.

Elle vit son visage se décomposer mais ne réussit pas à entendre la conversation.

Il raccrocha.

— Qu'est-ce qui ne va pas ? Un problème ?

La belle humeur de Drake s'était envolée.

— C'était Ainsley. Le médecin pense qu'elle va assez bien pour qu'il puisse la laisser sortir plus tôt que prévu. Aujourd'hui. Après le déjeuner.

— Oh ! fit Cammie tristement, même si au fond, c'était sûrement mieux comme ça. C'est une bonne nouvelle. Je sais que tu étais inquiet.

— Cam ?

— Oui.

— Je pensais qu'on aurait plus de temps pour parler et aussi, tu sais…

— Ne t'inquiète pas. On a eu ce dont on avait besoin.

— Comment ça ?

— La possibilité de faire notre deuil. De finir sur une jolie note.

- 8 -

Drake pénétra dans l'hôpital le ventre noué. Il avait besoin d'évacuer sa colère et dans d'autres circonstances, il serait allé à la salle taper quelques coups dans un punching-ball.

« Faire son deuil » ? Qu'est-ce que ce charabia voulait dire ? Cammie et lui avaient passé une nuit fantastique et elle parlait de *faire son deuil* ? C'était grotesque.

Mais qu'est-ce qui lui prenait, enfin ? Franchement, il ne comprendrait jamais comment les femmes fonctionnaient.

Dans l'ascenseur, il prit plusieurs profondes inspirations. Il devait se calmer. Il ne fallait pas qu'Ainsley s'imagine qu'il était contrarié de la voir rentrer à la maison.

Il ouvrit la porte de la chambre, affichant un grand sourire.

— Hello, ma poule. Comment ça va ?

Ainsley était encore pâle mais son sourire à elle était rayonnant.

— Pas encore au top, mais prête à quitter les lieux.

— En tout cas, tu as un peu meilleure mine. Tu es moins cadavérique.

— Super compliment, dit-elle. Je voulais te dire,

Drake, merci d'être revenu d'Australie. Ça me touche beaucoup.

Il posa son menton sur le crâne de la jeune femme et la serra dans ses bras.

— Bien sûr que je suis revenu, ma chérie. Tu es ma petite sœur.

Une infirmière passa leur faire signer une décharge pour la sortie et leur donner une ordonnance. Ensuite, on fit asseoir Ainsley dans un fauteuil roulant. Bien contre son gré, mais c'était le règlement de l'hôpital.

Quelques minutes plus tard, Drake installait Ainsley dans la voiture, mais elle semblait déjà fatiguée.

— Je vais te déposer et ensuite j'irai chercher tes médicaments.

— Mais non. On passe devant la pharmacie. Ça va aller, ne t'inquiète pas.

Heureusement, on le servit rapidement à la pharmacie et Ainsley n'avait pas l'air d'avoir souffert de cette courte attente.

— J'ai trop hâte de voir Cammie et ce mystérieux bébé, déclara-t-elle quand ils se garèrent devant la maison.

L'estomac de Drake se crispa.

— Elle aussi a hâte de te voir.

Il fit le tour de la voiture pour aider Ainsley à descendre, mais elle tenta de le repousser.

— Ça va. Je peux me débrouiller.

— Dans tes rêves, dit-il en la soutenant le long de l'allée.

La porte s'ouvrit avant qu'il ait eu le temps de sortir

sa clé. Cammie se tenait sur le seuil, le bébé sur la hanche.

— Ainsley, dit-elle avec un sourire chaleureux. Je suis si heureuse que tu ailles assez bien pour rentrer. D'après ce que Drake m'a raconté, tu as dû avoir peur.

— Un peu, mais honnêtement, au début, j'étais trop mal pour réaliser ce qui se passait.

— Allez vous asseoir dans le salon pour bavarder un peu. Pendant ce temps, je monte les affaires d'Ainsley.

Cammie regarda l'escalier, les sourcils froncés.

— J'ai dit à Drake que le bébé et moi devions te laisser la chambre d'amis. On s'installera en haut.

— Non, merci. Je rêve de retrouver ma chambre et mon lit. Et le médecin a dit que monter et descendre l'escalier me ferait du bien si je fais attention.

Cammie suivit Ainsley qui se choisit un fauteuil confortable.

— Tu veux quelque chose ? À boire ? À manger ?

La jeune femme replia ses jambes sous elle avec une petite grimace de douleur.

— Non, merci. J'ai mangé avant de quitter l'hôpital.

Ainsley portait les cheveux courts. Elle était très brune, et avec ses yeux bleus, on aurait pu la prendre pour la vraie sœur de Drake. Mais Cammie savait qu'il n'en était rien.

— Comment te sens-tu ? Vraiment ?

— Ça va, répondit Ainsley. Je me sens un peu faible mais ça devrait s'arranger d'ici quelques jours. C'est si bon d'être à la maison. Le Royal Memorial est un bon hôpital, mais j'ai cru devenir dingue.

— Et en plus, tu te retrouves avec des invités surprises. J'espère que la famille de Pumpkin sera vite retrouvée. J'imagine que Drake t'a tout raconté ?

— Oui, dit Ainsley en plongeant son regard dans celui de Cammie. Est-ce qu'il va bien ? Il a l'air très tendu aujourd'hui.

Cammie ne put s'empêcher de rougir.

— Il va bien, je pense, mentit-elle. Peut-être que quelque chose au travail le contrarie.

— Ça me gêne atrocement qu'il ait tout laissé tomber en Australie pour venir me voir.

— Il ne faut pas. Drake n'est pas du genre à se forcer. Il t'aime et il était mort d'inquiétude pour toi. Je trouve ça adorable qu'il prenne soin de toi. Même si tu es une adulte maintenant, bien sûr, se hâta-t-elle d'ajouter.

Ainsley éclata de rire.

— Ça ne me vexe pas. C'est vrai qu'il prend soin de moi et je lui en suis reconnaissante. Mais on a chacun notre vie et je m'en sortirai très bien quand il retournera en Australie.

— Je comprends, dit Cammie en avalant sa salive. Je te promets que Pumpkin et moi, nous ne t'encombrerons pas longtemps.

— Tout va bien, dit Ainsley en l'observant. Alors, qu'est-ce qui se passe entre vous deux ? Je croyais que vous aviez rompu ?

Seigneur. Cammie ne s'attendait pas à un interrogatoire en règle.

— Mais oui. Si je suis ici, c'est parce que je voulais garder Pumpkin jusqu'à ce qu'on retrouve sa famille.

Comme il est habilité à être famille d'accueil, Drake s'est proposé. Et moi, je m'occupe du bébé concrètement.

— Tu m'étonnes, gloussa Ainsley. Drake m'a dit que vous vous étiez rencontrés sur le parking de l'hôpital ?

— Oui.

— Une sacrée coïncidence.

— Pas vraiment. J'avais une réunion de travail là-bas et Drake venait te voir.

Cammie était mal à l'aise. Elle ne voulait surtout pas que Ainsley découvre ce qui s'était ensuite passé entre eux.

Et elle semblait clairement dubitative. Cammie décida de détourner la conversation.

— Je ne t'ai pas félicitée pour ton diplôme.

— Merci. Drake m'a dit de prendre mon temps pour trouver le boulot qui me rendra heureuse.

— Surtout ne le lui répète pas, mais c'est un homme intelligent.

— C'est vrai. Je m'en veux de lui avoir donné tant de mal.

— Tu étais jeune… et tu souffrais. Drake l'a bien compris.

— Peut-être.

Cammie ne pouvait pas lui dire la vérité, à savoir que cette période l'avait marqué de manière indélébile. Depuis, leurs relations s'étaient améliorées et ils s'aimaient profondément, mais le mal était fait.

Elle profita du retour de Drake pour se lever.

— Il faut que je nourrisse le bébé. Je vous retrouverai tous les deux pour dîner.

Drake pensait avoir réussi à masquer sa contrariété, mais tandis qu'ils gravissaient lentement l'escalier, Ainsley lui donna un petit coup de coude.

— Qu'est-ce qui se passe entre Cammie et toi ?

— Je ne vois pas de quoi tu parles, objecta-t-il d'un ton peu convaincant.

— Oh ! je t'en prie. Soit vous vous détestez à mort, soit vous vous désirez comme des fous. Alors ?

— Tu as besoin d'une petite sieste.

— Le déni, c'est mauvais pour la santé.

— Laisse tomber, Ainsley.

Il essaya de contenir sa colère ; après tout, elle n'y était pour rien.

Elle se dressa sur la pointe des pieds pour l'embrasser.

— Désolé, grand frère. Je peux aller à l'hôtel si ça t'arrange.

— Arrête ça. Tu es ma priorité numéro un, dit-il tout en rabattant le couvre-lit. Il faut que tu te retapes.

Elle s'installa dans son lit en poussant un petit gémissement.

— Promets-moi de guérir.

— Mais oui, dit-elle tout en le scrutant du regard. Mais j'ai besoin que tu sois heureux. Tu as sacrifié tant de choses pour moi. Tu mérites d'avoir la vie… ou la femme que tu veux.

— J'adore ma vie, Ainsley. Ne t'inquiète pas pour moi.

— Si, je m'inquiète. Parce que je t'aime. Tu as un cœur énorme mais personne ne le sait.

Il soupira et s'assit au bord du lit.

— Moi aussi, je t'aime. Tu ne pourrais pas être

davantage ma sœur si on était du même sang. Tu le sais, j'espère ?

Elle avait les larmes aux yeux.

— Oui. Mais, Drake…

— Quoi ?

— Cammie est faite pour toi. Ne la laisse pas repartir.

Le regard troublé d'Ainsley le mit mal à l'aise. Elle ignorait que c'était lui qui avait rompu. Elle serait furieuse si elle le savait.

Il eut un sourire forcé.

— Cammie et moi ne sommes que des amis. Mais tu as raison. Il y a peut-être une femme qui m'attend quelque part.

Le visage d'Ainsley s'éclaira.

— Et tu jures de lui passer la bague au doigt si tu la trouves ?

— Si je trouve la femme idéale, tu seras la première à le savoir.

Et la journée de Drake n'alla pas en s'améliorant. Il ne revit Cammie qu'au dîner et elle l'ignora royalement.

Puis, tous les trois – quatre en comptant le bébé – passèrent au salon. Drake était sûr que Cammie profiterait de la première occasion pour s'éclipser, mais on sonna à la porte de la maison.

— J'y vais, dit Drake.

C'était un policier.

— Bonsoir, je m'appelle Haley Lopez.

— Je me souviens, oui. Que puis-je pour vous ?

— J'aimerais vous parler, à Mme Wentworth et vous.

— Entrez donc, fit-il en s'effaçant. Cammie et ma sœur Ainsley sont au salon.

— J'ignorais qu'elle était sortie de l'hôpital. Vous devez être soulagé.

En voyant la policière, Cammie blêmit et Drake aurait juré qu'elle avait serré le bébé un peu plus fort. Il présenta Haley Lopez à sa sœur, puis lui proposa de s'asseoir.

— Vous avez du nouveau ? demanda Cammie.

— Malheureusement, non, mais je suis passée vous poser une question.

Drake fronça les sourcils.

— Rien de nouveau de notre côté non plus.

— Il ne s'agit pas de ça. Comme l'enquête prend plus de temps que prévu, les services sociaux se demandent si vous ne préféreriez pas confier l'enfant à quelqu'un d'autre. Vous travaillez tous les deux et Mme Conner a une famille qui serait prête à prendre Pumpkin en charge.

Un lourd silence tomba sur la pièce.

— En fait, ça dépend, dit Cammie. M. Rhodes… Drake… repart pour l'Australie dans quelques jours. Serai-je autorisée à garder Pumpkin une fois qu'il aura quitté le pays ?

— Honnêtement, je n'en sais rien. Je vérifierai.

— Si c'est possible, je voudrais le garder. Je ne voudrais pas trop perturber ses habitudes.

— Et je peux aider, intervint Ainsley. Après le départ de Drake, Cammie et moi, on pourrait s'en occuper à deux.

— Je ne suis pas encore parti, marmonna Drake.

— J'expliquerai la situation à Mme Conner. Si vous êtes prêtes à vous en occuper toutes les deux, peut-être que les services sociaux fermeront les yeux sur le fait que M. Rhodes doit repartir pour l'Australie.

— Je peux changer mon vol de retour.

D'accord, le travail s'accumulait et on avait besoin de lui en Australie, mais il restait libre de ses décisions et pouvait jusqu'à un certain point travailler à distance.

Pour la première fois depuis longtemps, Cammie leva les yeux sur lui. Son regard était froid.

— Ainsley et moi, on pourra se débrouiller. Si Mme Lopez peut arranger les choses, ne change pas tes plans. Reprends l'avion le plus vite possible.

Pourquoi tout cela le contrariait-il autant ? Il voulait retourner en Australie, après tout. Mais il était encore chez lui ici et il partirait quand *il* l'aurait décidé.

Le lendemain matin, une fois qu'elle et Pumpkin furent prêts, Cammie se rendit dans la cuisine, où elle trouva Mme Hampton.

— Bonjour, je suis la première levée ?

— Drake est allé courir et Ainsley dort encore. Je vous prépare quelque chose ?

Cammie était soulagée. Étant donné l'humeur de Drake, elle n'avait pas envie de le voir.

— Non, merci. J'ai un rendez-vous ce matin. Je prendrai quelque chose en route. Pouvez-vous dire à Drake et Ainsley que je serai de retour dans l'après-midi ?

— Bien sûr. Et j'ai apporté le journal, dit Mme Hampton

en montrant le plan de travail. Il y a un article sur votre petit bonhomme.

Bien que pressée, Cammie ne put résister. Elle parcourut les trois colonnes. Sierra Morgan avait fait de l'excellent travail. L'article était émouvant sans être racoleur.

— C'est bien, dit Cammie avec un soupir de soulagement. J'espère qu'on aura des résultats bientôt.

Trois quarts d'heure plus tard, assise dans la salle d'attente, elle sentit son cœur s'emballer un peu. C'était sa deuxième visite récente chez sa gynécologue, et aujourd'hui, elle aurait les résultats des examens.

Le Dr Nash, une femme d'une cinquantaine d'années, calme et professionnelle, la fit entrer dans son cabinet.

— Bonjour, madame Wentworth. À qui est ce joli bébé ?

Cammie rougit.

— J'en ai la garde pendant quelque temps. Il a été abandonné.

— Ah oui, j'ai lu l'article dans le journal ce matin. C'est fou qu'on n'ait pas encore retrouvé sa famille.

— Oui. J'espère qu'il ne sera pas traumatisé.

— S'il retrouve vite sa maman, ça devrait aller, dit le médecin en ouvrant le dossier de Cammie. Je ne comprends pas. Vous êtes jeune, sans problème médical, hétérosexuelle… Pourquoi vouloir tenter l'insémination artificielle ?

— Je veux avoir un enfant.

— J'ai bien compris, mais pourquoi pas la bonne vieille méthode des fleurs, du vin et de la musique ?

Cammie songea aux dernières trente-six heures… Du moins, avant le retour d'Ainsley.

— Je ne suis pas en couple.

— Mais ça pourrait arriver bientôt. Pourquoi une telle précipitation ?

Ça n'était pas facile, mais peut-être qu'en parler lui ferait du bien.

— En fait, j'étais avec quelqu'un il y a deux ans. Et il a rompu quand il a compris que je voulais des enfants.

— Beaucoup d'hommes pensent ne pas en vouloir et finissent par changer d'avis.

— Pas lui, dit Cammie, la gorge serrée.

— Le problème de l'insémination artificielle, c'est notamment celui du donneur de sperme. Vous en avez un ?

— Non.

Le médecin soupira.

— Dans ma pratique, je rencontre de nombreux couples qui doivent affronter d'énormes difficultés pour concevoir. Vous êtes une anomalie.

Elle sentit les larmes lui monter aux yeux mais les refoula.

— Donc, vous ne voulez pas m'aider ?

— Bien sûr que si. Je suis médecin. Mais je vais vous donner les coordonnées d'une consœur qui conseille les couples qui envisagent une insémination artificielle.

— J'ai déjà pris ma décision.

— Je vous conseille néanmoins d'y réfléchir encore.

— Bien, dit Cammie, déçue mais toujours aussi sûre d'elle. Et concernant mes examens ?

Le médecin sourit.

— De ce côté, pas d'inquiétude. Vous êtes très fertile et vous n'aurez pas de mal à tomber enceinte.

— Oh. Tant mieux, dit Cammie.

— Avez-vous déjà envisagé l'adoption ? Il y a beaucoup d'enfants qui ont besoin d'une famille.

— J'y ai pensé. Et j'adopterai peut-être aussi. Mais je veux d'abord vivre une grossesse.

— Je comprends, dit le Dr Nash avant de noter quelque chose dans le dossier. Passez voir ma secrétaire avant de partir pour fixer un autre rendez-vous d'ici deux mois.

- 9 -

Courir lui avait fait du bien. Après une bonne douche, Drake se rendit dans la cuisine, alléché par une délicieuse odeur de cookies. Il espérait y retrouver Cammie, mais il n'y avait que Mme Hampton s'affairant devant la cuisinière et Ainsley en train de lire un journal.

— Je croyais que la presse écrite était morte, dit-il.

— Cette Sierra Morgan n'est pas mauvaise, répliqua sa demi-sœur. C'est un bon article.

Drake secouait nerveusement son genou sous la table. Il ne demanderait pas où était Cammie. Ça, non.

Mme Hampton posa une assiette devant lui.

— Mangez tant que c'est chaud.

Ça sentait délicieusement bon le bacon frit, les œufs brouillés et les biscuits nappés de beurre et de sirop d'érable. Il en avait l'eau à la bouche mais il ne pouvait pas se décider à manger.

— Pourquoi mets-tu autant de temps à lire cet article ?

Ainsley lui fit passer le journal avec un soupir exagéré.

— C'est bon de t'avoir à la maison, mon vieux. Ta mauvaise humeur me manquait.

Surtout, ne demande pas où est Cammie…

— Comment tu te sens ce matin ?

— Mieux.

Ne demande pas où est Cammie…

— Tu as pris tes médicaments ?

— Drake…

— Pardon, marmonna-t-il. Les vieilles habitudes.

Ainsley lui tapota la main.

— Je sais que tu cherches à bien faire. Allez, mange, ça va refroidir.

Drake se força à mâcher et à avaler, mais la nourriture avait un goût de carton. Il n'arrêtait pas de repenser à ses repas en tête à tête avec Cammie. À son visage qui rayonnait quand elle regardait le bébé. À ses yeux dans le vague quand *il* lui donnait du plaisir.

Il s'étouffa avec un morceau de bacon et faillit s'ébouillanter la bouche en tentant de faire passer le morceau avec du café.

— Qu'est-ce qui t'arrive ? chuchota Ainsley. Tu me fais peur.

— Mais rien.

— Oh ! mais oui. C'est Cammie. Tu flippes parce que tu ne sais pas où elle est.

Il évita son regard.

— Et *toi*, tu le sais ?

— Mme Hampton a dit qu'elle avait un rendez-vous et qu'elle rentrerait près le déjeuner. Tu as une bonne nouvelle à m'annoncer, peut-être ? J'ai toujours pensé que vous étiez faits l'un pour l'autre.

— Laisse-moi déjeuner en paix, grommela-t-il.

La matinée s'étira en longueur. Du fait du décalage horaire, son bureau à Sydney était fermé. Ce qui lui laissa tout loisir de se demander où était allée Cammie et pourquoi.

Mme Hampton quitta son service à midi et Ainsley passa la matinée au téléphone.

Après être passé une dizaine de fois devant, il finit par entrer dans la chambre d'amis. Il regarda le lit et le berceau. Comment sa vie si bien réglée avait-elle pu basculer ainsi ? Pour mettre Cammie dans son lit, il s'était résolu à accueillir Pumpkin chez lui. Voilà qui n'était pas très glorieux. Mais ça ne faisait pas de lui un sale type. Il avait le droit de ne pas vouloir d'enfants.

À 13 heures, il tournait comme un lion en cage. Vers 14 heures, sa colère s'était muée en inquiétude. Cammie n'avait pas l'habitude de conduire avec le bébé à l'arrière. Et s'il l'avait distraite ? Si elle avait eu un accident ?

Quand on sonna à 14 h 30, il faillit ne pas aller ouvrir. Il ne voulait voir personne. Mais à la réflexion, il se dit que c'était peut-être les services sociaux ou la police.

Il alla ouvrir et fut submergé par le soulagement.

— C'est toi.

C'était Cammie, chargée de Pumpkin d'un côté et de deux sacs de courses de l'autre.

— Désolée. J'ai oublié de prendre mes clés dans mon sac avant de sortir de la voiture.

— Pas de souci.

Il recula, mais la chaussure de Cammie se prit dans le seuil et elle trébucha.

— Donne-moi le bébé avant de te faire mal.

Mais quand elle lui tendit Pumpkin, la bandoulière de son sac glissa et tout ce qu'il contenait se répandit par terre, de même que les sacs à provisions.

Il s'accroupit pour l'aider à ramasser et se figea en lisant une brochure qui était tombée du sac à main.

— Tu envisages l'insémination artificielle ? Mais pourquoi, bon sang ?

— Ça n'a rien à voir avec toi, répliqua-t-elle sèchement.

Son sang ne fit qu'un tour.

— Ainsley ! cria-t-il en direction de l'escalier.

Sa demi-sœur apparut dans le couloir, un livre à la main.

— Pas la peine de hurler. Je suis là.

— Tu peux t'occuper du bébé une minute ? Cammie et moi devons discuter. En privé.

— Pas du tout, et en plus Ainsley est censée se ménager.

Il tendit l'enfant endormi à cette dernière.

— Cette crevette ne pèse rien. Ainsley va se débrouiller.

— Je n'ai aucune envie de te parler, siffla Cammie, le visage en feu.

— Dommage, répliqua-t-il en la prenant par le poignet pour l'entraîner dehors.

— Où étais-tu aujourd'hui ?

Elle releva le menton en signe de défi.

— J'ai fait des courses.

— Et ?

— En quoi est-ce important ?

Il la plaqua contre le mur de la maison. Ils étaient si près l'un de l'autre qu'il voyait la petite veine battre au creux de son cou.

— Tu m'as manqué cette nuit, murmura-t-il.

Son regard s'adoucit.

— Tu m'as manqué aussi, Drake. Mais c'est comme ça. Ainsley est rentrée, tu vas repartir et la famille de Pumpkin va bientôt venir le chercher. Je t'en supplie, ne complique pas les choses.

— Embrasse-moi, Cam.

Elle l'embrassa avec fougue, son corps pressé contre le sien.

— Tu me rends dingue, dit-il d'une voix rauque. Je ne peux plus réfléchir, me concentrer sur mon travail, même pas me rappeler pourquoi je suis en colère, là.

Comme elle se sentait sur le point de commettre une énorme bêtise, Cammie remit délibérément l'histoire de la brochure sur le tapis.

— Oh si, tu le sais… c'est à cause de la brochure que j'ai prise chez le médecin.

Drake se rejeta en arrière, le regard fou.

— Dis-moi ce que tu comptes faire.

— Rien n'est décidé encore, indiqua-t-elle calmement. Mais je veux un enfant, et l'insémination artificielle est une option.

— Qui est-ce ? Qui est le type qui te donne son sperme ?

— Personne. Et si je choisis cette option, ce sera probablement un don anonyme.

— C'est de la folie, Cam.

Il s'ébouriffa les cheveux, ce qui le rendit encore plus sexy.

— J'y réfléchis depuis des mois. *Toi* tu veux créer un empire, moi une famille. C'est mon droit.

Il se rapprocha d'elle, soudain l'air aussi dangereux qu'un fauve.

— Je vais être ton donneur. Je n'aime pas l'idée qu'un inconnu soit le père de ton enfant.

— Tu es fou ? Jamais tu ne serais capable de faire abstraction du fait que tu as un enfant ici, à Royal.

Une ombre passa sur son visage et, l'espace d'un instant, elle perçut sa vulnérabilité. Un spectacle rare. Drake était un mâle dominant. Il savait ce qu'il voulait et faisait ce qu'il fallait pour l'obtenir. Il était confiant, arrogant, sûr de ses décisions.

Cammie lui avait souvent envié ses certitudes. Elle était si différente.

— Je dois rentrer, dit-elle, soudain épuisée.

— Attends, protesta-t-il en l'attirant dans ses bras et en lui donnant un baiser langoureux.

Dans ses bras, elle se sentait en sécurité, et c'était à la fois doux et excitant. Elle l'aimait profondément. Trop pour lui résister et il n'était pas encore parti qu'il lui manquait déjà.

Il glissa sa main sous sa robe légère et la caressa entre les cuisses. Elle poussa un gémissement.

— Je t'en prie, supplia-t-elle en se lovant contre son corps puissant.

— Viens, murmura-t-il. Viens, mon amour.

Ces deux derniers mots lui firent mal parce qu'ils n'étaient que le fruit du désir charnel de Drake. Mais elle ne put s'empêcher de le laisser l'amener jusqu'à la jouissance, jusqu'au plaisir où elle se perdit.

Quand elle redescendit sur terre, elle sentit sa main puissante sur sa nuque et ses doigts qui caressaient ses cheveux réchauffés par le soleil. Elle aurait voulu lui dire… Mais comment lui demander d'être quelqu'un qu'il n'était pas ?

— Viens me retrouver dans ma chambre ce soir, lança-t-il d'une voix sourde. Je connais tous les obstacles, mais je m'en fiche. Et toi ?

Oh ! non. Au contraire. Mais il avait raison. Même si elle devait souffrir ensuite, elle le désirait tellement.

— D'accord, mais Ainsley ne doit rien savoir. Elle est chez elle et tu es son frère. On passera le reste de l'après-midi et la soirée avec elle.

Assise dans le fauteuil en train de nourrir le bébé, Cammie laissa ses pensées vagabonder. Elle voulait un enfant, elle en avait besoin. Parce qu'elle se sentait seule au monde. Son père était devenu un peu plus généreux, oui, mais il demeurait froid avec sa fille.

Rafe, lui, était loin, dans tous les sens du terme. Quant à sa relation avec sa mère, elle avait été gâchée par le divorce d'avec son père, des années plus tôt.

C'était grâce à Drake qu'elle avait découvert ce que c'était qu'être chérie. Même si elle savait qu'il n'éprouvait que de l'affection pour elle, il l'avait soutenue, avait passé du temps avec elle, avait cherché à la rendre heureuse. Et puis, un jour, ça n'avait plus été possible pour lui.

Le désir d'enfant de Cammie était la limite qu'il ne voulait pas franchir.

Pendant le dîner, Ainsley, plus en forme, se montra très bavarde, et elle et Drake firent les frais de la conversation, ce qui convenait très bien à Cammie.

— Au fait, Drake, dit Ainsley, quand est-ce que

tu repars pour Sydney ? J'aimerais autant le savoir maintenant.

— Heu… J'avais réservé un vol pour après-demain, mais je vais sans doute repousser de deux jours.

Cammie eut le souffle littéralement coupé par le choc. À l'intérieur, elle pleurait, mais elle essaya de faire bonne figure.

— Tu ne devrais pas dépenser tout cet argent pour changer ton billet, commenta-t-elle.

— C'est la vie, dit Drake en haussant les épaules. Et mon équipe peut gérer seule deux jours de plus.

Quand elle regagna enfin sa chambre, elle ferma la porte et s'y adossa. Les larmes coulèrent sur ses joues. Elle avait les genoux flageolants et mal à la tête.

Quarante-huit heures. Drake serait parti dans quarante-huit heures. Peut-être quatre-vingt-seize s'il repoussait son départ. Et elle espérait qu'il ne le ferait pas.

Il était 21 h 30 quand la petite tête de Pumpkin commença à dodeliner, signe qu'il s'était endormi, et il ne se réveillerait sans doute pas avant 2 heures ou 3 heures du matin.

Cammie se doucha rapidement et enfila le petit négligé et le peignoir assorti qu'elle s'était fait livrer le matin même.

Elle prit le babyphone et ouvrit sa porte.

C'était la fin. Elle le sentait au plus profond d'elle-même. Et elle allait profiter de cette dernière nuit. Si c'était tout ce qu'elle devait jamais obtenir de Drake, il fallait que ce soit inoubliable.

- 10 -

Drake était sur des charbons ardents. Il ne tenait pas en place. Il avait déjà verrouillé toutes les portes de la maison et éteint les lumières. Ensuite, il s'était douché. Et maintenant, il faisait les cent pas dans sa chambre.

Il savait que des mails l'attendaient mais il était incapable de penser au travail. Il ne pouvait penser qu'à elle. À Cammie.

Comment pouvait-elle envisager d'élever seule un enfant ? C'était si dur. On se sentait si seul.

Et il ne voulait même pas l'imaginer en train de sélectionner un donneur dans une banque de sperme. C'était trop clinique, trop impersonnel.

C'est alors que Cammie entra dans la chambre. Elle portait une nuisette couleur café rehaussée de dentelle crème très décolletée entre ses seins et encore plus dans le dos, révélant la naissance de ses fesses.

Ce spectacle ne fit qu'aiguiser son appétit. Lui qui s'était juré d'être très tendre, ça n'allait pas être facile.

Cammie s'avança vers lui, posa les mains sur ses épaules et se dressa sur la pointe des pieds pour déposer un baiser sur ses lèvres.

— Ne perdons pas de temps, lança-t-elle.

Il la prit dans ses bras et la porta jusqu'au lit.

— Tu es magnifique. Dommage que je ne puisse pas t'autoriser à garder cette charmante tenue au lit.

— Ah non ? dit-elle d'un air mutin. Et dire que ça m'a coûté une fortune.

— Je veux que tu sois nue pour faire à ton corps toutes les vilaines choses auxquelles je pense.

— Oh. Je suis censée être excitée ou avoir peur ?

Drake éclata de rire, se débarrassa de son caleçon et la rejoignit.

— Pourquoi pas les deux ?

Quand son corps rencontra le sien, il se dit qu'il jouait un jeu dangereux. À la fois avec Cammie et avec sa vie à lui.

Tout aurait dû être si simple. Simplement profiter d'un bon moment. Mais il avait l'impression de sombrer, au contraire. Ce qui lui arrivait était à la fois enivrant et terrifiant. Il devait prendre une décision, mais il redoutait qu'elle ne bouleverse sa vie à jamais.

Pour faire taire ses doutes, il embrassa Cammie. Elle émit une sorte de gémissement guttural qui le remplit de joie. Leurs langues se mêlèrent puis elle lui mordit la lèvre inférieure. Il fut surpris ; ça n'était pas dans les habitudes de Cammie. Elle semblait différente ce soir.

Peut-être voulait-elle profiter jusqu'à la lie du plaisir charnel. Ce serait la dernière fois. Ou pas. Il n'avait pas encore modifié son billet.

Cammie passa ses bras autour de son cou et vint lui lécher l'oreille avec un résultat immédiat sur son érection. Il poussa un râle.

— Il est temps qu'on te déshabille. Assieds-toi.

Il remonta la nuisette sur ses hanches, puis le long de son ventre et de ses seins, avant de la jeter au pied du lit. Il saisit ensuite ses seins si merveilleux et elle rejeta la tête en arrière, les yeux fermés. Du pouce, il caressa la pointe rosée de ses tétons et elle murmura son nom.

— Drake.

— Je suis là, chérie. Je suis là, dit-il en l'allongeant et en se glissant à côté d'elle.

Puis, il roula sur elle et lui ouvrit les cuisses, mais elle posa une main sur son torse pour le retenir.

— Le préservatif, indiqua-t-elle.

— Laisse-moi te donner un bébé, Cam. Je renoncerai à tous mes droits. Je ne me mêlerai de rien. Mais tu auras la famille que tu désires tant.

Une larme se forma au coin de l'œil de Cammie et coula sur sa joue.

Elle prit le visage de Drake entre ses mains et le regarda avec tendresse.

— C'est une proposition merveilleuse, Drake, mais je ne peux pas l'accepter. Tu finirais par regretter ta décision et par m'en vouloir.

Elle l'embrassa tout en lui caressant le dos et les fesses. Il était un peu vexé qu'elle ait rejeté son offre, mais il avait trop envie d'elle pour gâcher ce moment délicieux.

Tendant le bras, il attrapa un préservatif sur la table de nuit.

Il ne parvenait pas à chasser de sa tête la vision de Cammie, ravissante et enceinte… d'un enfant qui n'était pas le sien.

Il la pénétra lentement et, soulevant une de ses jambes, s'enfonça profondément en elle.

Elle gémit. Il se sentait au paradis. Le corps de Cammie l'accueillait, l'enserrait. Il n'arrivait plus à penser. Elle accompagnait ses coups de reins, passa son autre jambe autour de sa taille. Sa vision se troubla. Il la voulait tellement qu'il ne pouvait plus respirer. Il cherchait son oxygène.

Il la prit encore et encore. Il cherchait quelque chose mais il ne savait pas quoi. Il entendit Cam crier son plaisir. Il aurait voulu se retenir, ne pas jouir. Pour prouver quoi ? Et à qui ?

Mais il n'était qu'un homme et l'orgasme le saisit, traversa tout son corps, et il étouffa son hurlement de jouissance contre l'épaule de Cammie.

Son corps échoué sur le sien comme après une tempête, il comprit enfin qu'il l'aimait. Mais ça ne changeait rien. Il allait prendre son avion pour l'Australie et la décision que prendrait ensuite Cammie n'aurait rien à voir avec lui…

Quand Drake se fut endormi, Cammie repensa à sa proposition de lui donner un enfant. Elle aurait dû être heureuse mais il n'avait pas changé d'avis. Il ne voulait pas devenir père ni construire une famille avec elle. Il lui offrait son ADN, et c'était tout.

Or, Cammie ne pouvait rien imaginer de pire que d'avoir un enfant ressemblant à Drake, l'empêchant à jamais d'échapper à son souvenir.

Elle posa un léger baiser sur l'épaule de Drake et essaya de le pousser de son côté du lit.

— C'est le bébé ? demanda-t-il dans un demi-sommeil.

— Non, dit-elle en se dégageant de ses bras. Je dois passer à la salle de bains.

Dans le miroir, elle étudia son reflet. Elle y vit le bonheur d'une femme comblée physiquement, sexuellement. Mais elle y vit aussi la tristesse de savoir que Drake ne serait jamais à elle.

Elle retourna dans la chambre et prit quelques instants pour contempler le corps magnifique de Drake, allongé sur le ventre. Il faisait frais et elle avait la chair de poule. Elle récupéra sa nuisette et son peignoir et se rhabilla.

C'était dur de devoir le quitter.

Elle s'assit sur le bord du lit et effleura l'épaule de Drake.

Il lui fallut quelques secondes pour se réveiller.

— Qu'est-ce que tu fais ? s'enquit-il en se frottant les yeux.

— Je retourne dans ma chambre.

Elle déposa un baiser sur ses lèvres.

— Non.

— Si. Pumpkin ne va pas tarder à se réveiller. On se verra demain matin.

— Je ne serai pas là.

Elle sentit son cœur se serrer.

— Mais ton vol n'est pas après-demain ?

— J'ai rendez-vous chez le médecin. Juste pour régler un détail. Ainsley est la bénéficiaire de mon assurance-vie et comme je vis une partie de l'année en Australie, il faut changer le contrat. Et inutile de le dire à Ainsley, elle déteste qu'on aborde ce sujet.

— D'accord. À demain.

— Et si on profitait de ce que le bébé dort encore ? proposa-t-il en défaisant le nœud de son peignoir.

Cette fois, il prit son temps, la caressant, lui murmurant qu'elle était belle et combien il aimait son corps. C'était si bon.

Et tandis qu'il couvrait son ventre de légers baisers, elle se demanda si Drake pourrait envisager une vraie relation avec elle s'il n'était plus question d'enfants. Drake était un homme merveilleux, drôle et charmant. Intelligent et volontaire. Ils pourraient partager une belle vie ensemble. Voyager. Voir le monde. Et elle pourrait parfaitement diriger la fondation Danae à distance. Des tas de gens vivaient très heureux sans enfant.

Il y avait très longtemps qu'elle était convaincue de *devoir* en avoir, mais peut-être pouvait-elle changer. Pourtant, quand elle tentait de s'imaginer sans enfant jusqu'à la fin de sa vie, son cœur refusait l'idée.

Comme il se refusait à imaginer que Drake reparte en Australie et ne revienne à Royal que pour de courts séjours. Elle l'aimait. Serait-elle capable de renoncer à son rêve pour lui ? Et quand bien même elle ferait ça, est-ce que *lui* l'aimait ?

Il lui donna un baiser long et profond et elle ne put plus réfléchir à rien.

— Drake, murmura-t-elle.

La faisant rouler sur le côté, il vint se plaquer contre son dos et la pénétra par-derrière. Elle ne voyait pas son visage mais être lovée dans ses bras et le sentir en elle, si doux, lui fit monter les larmes aux yeux. Ce qu'ils partageaient était si précieux. Comment pouvait-il ne pas s'en rendre compte ?

- 11 -

Drake quitta la maison sans avoir vu Cammie. Sans doute le bébé s'était-il rendormi et en profitait-elle pour se reposer.

Son corps était à la fois douloureux et totalement détendu. Cette nuit avait été merveilleuse.

Alors, pourquoi cette humeur morose ?

Son téléphone sonna.

— Allô ! dit-il tout en cherchant un endroit où se garer.

C'était son agent immobilier.

— Vous n'allez jamais le croire, annonça-t-elle d'une voix surexcitée. On a une offre pour le ranch. Dix pour cent de plus que le prix demandé.

Il coupa le moteur et agrippa le volant des deux mains.

— Je vois, répondit-il d'une voix morne.

— Je pensais que vous seriez content.

— Combien de temps ai-je pour y réfléchir ?

— Vous plaisantez ?

— Je n'ai pas officiellement mis le ranch en vente.

— Mais vous avez autorisé quelqu'un à le visiter, rappela-t-elle sèchement.

Elle n'avait pas tort.

— Je vous ai dit que j'hésitais à vendre. Vous

m'avez un peu poussé, mais pour moi, il n'y avait rien d'officiel. Nous n'avons rien signé.

Elle était coincée, mais pas prête à renoncer. Elle changea de tactique.

— Je sais que c'est une décision difficile. Vous aimez votre ranch. Mais vous ne vivez plus à Royal, Drake. Il faut être réaliste.

— Combien de temps avant de devoir leur donner une réponse ? demanda-t-il à nouveau.

— Quarante-huit heures, répondit-elle dans un soupir douloureux. Et ils voudraient que la vente se fasse dans deux semaines.

Vingt minutes plus tard, dans la salle d'attente de son médecin, Drake réfléchissait. Tout allait si vite. Le lendemain, il était censé reprendre l'avion pour Sydney. Cammie lui avait envoyé un SMS disant que les services sociaux étaient d'accord pour qu'Ainsley et elle s'occupent de Pumpkin, du moment qu'elles restaient sous le même toit.

Il avait l'impression qu'on lui arrachait toute sa vie à Royal. Il aimait cette ville et la vie qu'il avait vécue ici. Et même s'il avait du mal à se l'avouer, il aimait Cammie. Alors pourquoi s'en allait-il ?

L'infirmière l'appela et vérifia ses constantes.

— Votre tension est plus élevée que d'habitude.

— J'ai reçu un appel juste avant d'arriver.

— Je comprends. Le stress peut faire augmenter la tension, mais je préfère que vous voyiez le médecin.

Il attendit un moment et enfin, la porte s'ouvrit et le Dr Brad Stockton vint le saluer.

— Heureux de te voir, Drake.

— Moi aussi.

Ils se connaissaient depuis l'enfance.

Dans son cabinet, le médecin reprit sa tension.

— Tout va bien. Ça ne posera pas de problème pour l'assurance, mais c'est mon rôle de te dire de calmer un peu le jeu. Trouve-toi un hobby. Prends du bon temps.

— Bien, docteur. Tu signes tous les papiers ? Il faut que tout soit réglé au plus vite.

— Parce que tu repars en Australie ?

Le mot faillit rester coincé dans sa gorge.

— Oui.

Le médecin alla s'asseoir à son bureau.

— Pour les dossiers d'assurance, je fais toujours une vérification assez détaillée. Toi, tu es jeune et en forme, donc il ne devrait pas y avoir de problème, sauf que…

Son ami d'enfance fit la grimace.

— Tu sais qu'on a accès à tout l'historique des prescriptions de médicaments de nos patients… et je vois qu'en Australie, tu as pris des antibiotiques et des stéroïdes.

— Oui, dit Drake, soulagé. Il y a quelques mois, j'ai fait du *snorkeling* et je me suis blessé sur du corail. Je ne suis pas allé voir de médecin tout de suite et ça s'est infecté. Mais regarde, dit-il en retroussant son pantalon, la cicatrice est très belle.

— C'est vrai, mais ils t'ont donné un antibiotique très puissant. Et pendant quatre semaines.

— Ils voulaient prévenir tout risque. Ils avaient eu des cas de bactéries mangeuses de chair. Mais… je ne suis pas danger, hein ?

— Non, mais un antibiotique aussi puissant peut provoquer une infertilité masculine…

Un quart d'heure plus tard, Drake était dans la rue et en état de choc. Sa vie venait de basculer. Il eut même du mal à ouvrir sa voiture.

Comment avait-il pu songer à vendre le ranch ? Se demanda-t-il alors qu'il passait le portail, s'engageait sur la route privée et saluait au passage quelques employés. Habituellement, cet endroit qu'il aimait et où il avait grandi l'apaisait. Pas aujourd'hui.

Il dépassa la luxueuse demeure et s'enfonça plus loin dans ses terres. Enfin, à quelques kilomètres de l'exploitation principale, il gravit une petite colline, gara sa voiture et descendit s'asseoir à l'ombre d'un petit peuplier d'Amérique. De là, son regard embrassait tout le paysage.

Ce qu'il ne voyait plus, c'était son avenir.

Tout à l'heure, en entendant le mot « infertilité », il avait compris que son inconscient avait échafaudé plusieurs scénarios dans lesquels il pourrait garder Cammie tout en conservant le statu quo, comme d'emmener Cammie avec lui en Australie et la convaincre de renoncer à tomber enceinte. Ou encore l'emmener en Australie en promettant de rentrer ensuite à Royal pour y fonder une famille.

Il savait désormais que s'il s'obstinait à refuser d'avoir des enfants, il risquait de perdre la seule femme qui le faisait se sentir invincible.

Il n'avait pas décalé son billet, mais ses tripes lui disaient qu'il ne pouvait pas prendre cet avion avant d'avoir réglé les choses avec Cammie. Il l'aimait. Peut-être l'aimait-il depuis toujours. D'ailleurs, pendant ces mois en Australie, il ne s'était jamais vraiment senti à sa place. Il lui manquait quelque chose.

Non. Pas quelque chose, *quelqu'un*. Cammie.

Et au fil de ces derniers jours, une petite part de lui en était venue à penser que donner un bébé à Cammie ne serait pas du tout une mauvaise chose.

Mais maintenant ? S'il lui disait qu'il l'aimait sachant ce qu'il savait désormais, ne risquait-il pas de lui briser le cœur ? Si jamais il ne pouvait pas la mettre enceinte, que se passerait-il ?

Cammie et Ainsley avaient passé une matinée délicieuse avec Pumpkin. Après une petite sieste d'une demi-heure, Cammie revint au salon et s'écroula dans un fauteuil en bâillant.

— Ça va ?

— J'ai mal dormi cette nuit.

— Pourquoi ?

— Je m'inquiétais pour le bébé. Je me demandais si on retrouverait bientôt sa famille.

— Tu l'aimes, hein ?

— Bien sûr, dit Cammie en s'efforçant de ne pas céder à l'émotion. Au début, je croyais que ça ne serait que pour un jour ou deux, mais plus le temps passe, plus je m'attache. Dis, si tu me parlais un peu de toi et Drake.

Ainsley allongea le bébé sur ses genoux.

— La mère de Drake est morte jeune d'un cancer.

— Oui.

— Et mon père est mort d'une crise cardiaque quand j'avais treize ans, mais ma mère n'est pas restée seule longtemps. Au bout d'un an, paf… Elle a épousé le père de Drake.

— Et vous viviez tous au ranch ?

— Oui, mais Drake était déjà à l'université. Quand nos parents se sont tués dans un accident de voiture, je me suis retrouvée seule.

— Et Drake aussi…

— Oui, mais il avait l'âge que j'ai maintenant. Il pouvait s'assumer.

— Ça a quand même dû être dur pour lui aussi.

— Bien sûr, dit Ainsley. Mais lui, on n'allait pas l'envoyer chez des étrangers. Je sais que la plupart des parents adoptifs sont géniaux, mais j'avais entendu des histoires horribles et j'étais terrifiée.

— Quand as-tu su ce que Drake allait faire ?

— Presque tout de suite. Après l'enterrement, on était tous les deux au ranch, tranquilles, et là, il m'a dit qu'il allait demander à devenir famille d'accueil pour que je puisse rester avec lui.

— Et qu'en as-tu pensé ?

— Au début, j'étais contente. Mais après, il s'est mis à se comporter comme un vrai père et je lui en ai fait voir de toutes les couleurs. Je sais que c'est à cause de moi qu'il ne veut pas avoir d'enfants.

— Tu savais qu'il songeait à vendre le ranch ? demanda Cammie, curieuse de voir la réaction d'Ainsley.

— Jamais il ne ferait ça.

— Il l'a fait visiter à quelqu'un la semaine dernière. J'en déduis qu'il va s'installer définitivement en Australie.

— Mais il adore le ranch.

— C'est ce que je lui ai dit.

Elles restèrent silencieuses un moment, perdues dans leurs pensées.

Puis Pumpkin commença à s'agiter.

— Est-ce que je peux venir le changer avec toi ? Et lui donner son biberon ?

— C'est dangereux, tu sais.

Ainsley la regarda avec de grands yeux.

— Comment ça ?

— Tu vas t'attacher à lui autant que moi et quand il partira, toi aussi tu auras le cœur brisé.

— Je veux bien prendre le risque, dit Ainsley en souriant au bébé.

Cammie, elle, se souvenait de sa douleur quand elle avait perdu Drake. Et bientôt, tout allait recommencer.

Une fois le bébé changé, Ainsley s'installa dans le fauteuil pour le nourrir et Cammie en profita pour s'allonger un peu et ferma les yeux.

Elle revit les moments que Drake et elle avaient passés dans cette pièce, ses grandes mains viriles sur sa peau, ses cheveux en broussaille le matin, son sourire si lourd de désir quand il la regardait.

Il lui manquait déjà. Et pourtant, il n'y avait que quelques heures qu'elle ne l'avait pas vu.

Et si elle lui proposait de retarder son projet de grossesse et d'aller en Australie avec lui ? Il en avait parlé lui-même. Il ne pouvait pas avoir changé d'avis.

Pumpkin, qui avait été si sage toute la matinée, était maintenant très agité. Ainsley le berça en marchant un moment, puis ce fut au tour de Cammie. Il s'endormait mais se réveillait dès qu'on le bougeait.

Enfin, à presque 13 heures, il abandonna le combat. Cammie le posa dans son berceau en retenant son souffle.

Puis les deux jeunes femmes sortirent de la chambre sur la pointe des pieds, et une fois dans la cuisine, poussèrent un soupir de soulagement.

Cammie se sentait bien avec Ainsley. Entre elles, le courant passait naturellement et peut-être que, même Drake parti, elles pourraient devenir très amies.

Elles s'installèrent pour manger un morceau. Ainsley ne cessait de lui lancer des regards en coin.

— Tu ne ressens vraiment plus rien pour Drake ?

— C'est important ?

— Je crois, oui. Tu pourrais peut-être le convaincre de rentrer pour de bon. Il se plaît en Australie, mais quand on est né à Royal, ça vous colle à la peau.

— Pourtant, il songe à vendre le ranch.

— Mais Royal fait partie de son ADN. Ça ne serait pas amusant que vous transmettiez ça à une nouvelle génération ?

— Tu rêves, là. Tu l'as dit toi-même, s'occuper de toi à l'adolescence l'a vacciné contre la paternité.

— C'est vrai, mais je crois qu'il s'accroche à ça juste pour empêcher les femmes de l'approcher de trop près.

— J'étais proche de lui. Et il a rompu quand il a découvert que je voulais des enfants.

— Oh ! non. Je pensais que vous vous étiez juste éloignés l'un de l'autre.

— Non. Ton très saint demi-frère m'a laissée tomber. L'idée d'avoir un bébé avec moi lui faisait trop peur.

- 12 -

Juste à côté de la porte de la cuisine, Drake ne perdait pas une miette de leur conversation. Il aurait pu se joindre à elles pour déjeuner mais l'idée de la nourriture le rendait malade. Et ce que venait de dire Cammie acheva de lui nouer l'estomac.

Elle avait raison. Il avait bel et bien eu peur. Parce qu'il avait passé tant de nuits sans sommeil ces sept dernières années à se demander s'il n'était pas en train de gâcher la vie de sa demi-sœur.

Lui qui était si sûr de lui dans tous les autres domaines de sa vie avait été complètement déstabilisé par leurs rapports houleux. Parce qu'il avait l'impression que lui seul portait la responsabilité de cet échec. Alors, comment aurait-il pu imaginer avoir un enfant ? Il ne se sentait pas à la hauteur.

Au bout d'un moment, quand la conversation revint sur des sujets plus anodins, il entra dans la cuisine.

Cammie et Ainsley avaient l'air coupables. Avaient-elles deviné sa présence dans le hall pendant tout ce temps ?

— Des nouvelles au sujet de Pumpkin ?

— Non, dit Cammie. Haley Lopez m'a promis de me tenir au courant, mais apparemment, il n'y a rien de neuf.

— Tu veux un sandwich ? proposa Ainsley.

— Non, merci, dit-il en lui ébouriffant les cheveux. Et Sierra Morgan ? Des nouvelles ?

— Non plus, répondit Cammie.

Il voyait bien que cette conversation mettait Cammie mal à l'aise, alors il changea de sujet.

— Ains, je voudrais te parler de quelque chose d'important. On va dans mon bureau ?

— Je n'ai aucun secret pour Cammie, lui répondit Ainsley.

Drake fronça les sourcils. Il avait l'impression que les deux femmes de sa vie se liguaient contre lui.

— Mais moi, j'en ai peut-être.

— Je vous laisse, s'exclama Cammie en se levant d'un bond.

— Assieds-toi, dit-il en lui prenant le poignet. Je plaisantais. Je voulais juste ton opinion concernant la vente du ranch, Ainsley.

Silence.

Puis Ainsley soupira :

— Il t'appartient. Je n'ai pas mon mot à dire.

— Mon père avait négligé de refaire son testament, alors tout m'est revenu à sa mort, oui. Mais depuis, j'ai fait en sorte que la moitié t'appartienne, bien sûr.

Sa demi-sœur lui adressa un sourire radieux.

— Merci. Mais vraiment, c'est à toi de décider.

— Je te connais. Tu as toujours une opinion sur tout. Dis-moi ce que tu en penses vraiment.

Ainsley se leva et alla s'adosser à l'évier, les bras croisés.

— Vendre serait une terrible erreur. Je ne sais pas

si tu nous fais ta crise de la quarantaine en avance, Drake, mais c'est complètement débile.

— Je n'ai même pas encore trente ans, protesta-t-il.

— Tu as toujours adoré le ranch et je suis sûre que tu as regretté d'avoir acheté cette maison alors qu'on aurait pu vivre tous les deux là-bas.

Drake se renversa sur sa chaise.

— Peut-être, mais les choses ont changé. J'ai changé.

— Ah bon ? dit Cammie. Moi, il me semble que tu es toujours aussi fermé et solitaire. La plupart du temps, ni Ainsley ni moi ne savons ce que tu penses.

Drake aurait voulu se défendre mais il ne trouvait pas les mots.

— Je suis un peu fatiguée, dit alors Ainsley. Je vais aller me reposer un peu. Et puis, je suis sûre que vous avez des choses à vous dire avant ton départ demain.

Bientôt, ils l'entendirent qui marchait à l'étage.

— Elle a raison. Il faut qu'on parle, dit Drake.

Cammie blêmit.

— Mais de quoi ?

— De toi. De moi. Cette nuit.

— C'était agréable, commenta-t-elle d'un ton neutre.

— Assez pour recommencer ce soir ?

Il la testait. Il voulait voir comment elle allait réagir.

— J'ai vu ton billet, précisa-t-elle. Tu vas devoir quitter la maison à 4 heures du matin. Pas le temps de s'envoyer en l'air avant, j'en ai peur.

Il se leva et fit deux pas vers elle. Cammie recula vers le frigidaire, les deux mains dans les poches de son jean vieilli. Elle semblait si jeune et innocente. Si attirante aussi.

— Cam ?

— Quoi ?

— Je peux te demander quelque chose au sujet de ton projet de bébé ?

— Vas-y, dit-elle en fronçant les sourcils.

— Pourquoi l'insémination artificielle ? Pourquoi pas l'adoption ?

Il vit bien que sa question l'étonnait.

— Eh bien, j'ai toujours espéré avoir plusieurs enfants. Et pourquoi pas adopter un enfant un peu plus âgé… de sept ou huit ans. Un enfant dont personne n'a voulu…

— Ça ne répond pas à ma question.

— Je veux être enceinte. Je veux porter un bébé dans mon ventre.

Ça n'avait rien de surprenant. Pas vraiment. Mais pourrait-il supporter l'idée que Cammie porte l'enfant d'un autre homme ? C'était sûrement une réaction d'homme des cavernes, mais il n'était pas sûr d'en être capable.

Peut-être voulait-elle seulement changer de sujet, ou peut-être était-ce décidément la journée des surprises, mais tout à coup, le regard de Cammie s'adoucit. Elle vint vers lui et l'enlaça, posant sa joue contre sa poitrine.

— Moi aussi, il y a quelque chose que je veux te demander.

— Ah oui ?

— Je suis coincée ici jusqu'à ce que le gala ait eu lieu, mais que dirais-tu si je venais te voir à Sydney après ?

Cammie sentit le corps de Drake se raidir. Il s'éclaircit la gorge.

— Hum…

Elle était dévastée. Elle pensait qu'il serait heureux, mais il semblait plutôt… sous le choc.

Elle s'écarta de lui.

— C'était ton idée, fit-elle, les larmes aux yeux. Mais j'ai compris. Tu veux bien t'amuser un peu mais l'idée que je te rejoigne, c'est beaucoup moins tentant.

— Non, Cammie…

Il tendit la main vers elle, mais elle le repoussa.

— Je suis vraiment trop bête. Je m'obstine à croire que tu vas changer, mais tu es toujours celui qui m'a brisé le cœur il y a deux ans. Va au diable, Drake. Ou en Australie. Je m'en fiche. Mais rends-moi un service… Cette fois, ne reviens pas.

Cammie s'élança dans le hall et sortit de la maison comme une tornade. Dehors, le soleil brillait, le ciel était bleu et le vent jouait doucement dans les arbres, mais son monde à elle n'était plus que cendres.

Elle était tellement fatiguée d'espérer des choses qu'elle n'aurait jamais.

Son frère ne reviendrait jamais, son père ne s'intéressait pas à elle et sa mère était… C'était une étrangère maintenant. Et puis, il y avait Pumpkin. Lui aussi, il allait partir.

Qu'est-ce qui n'allait pas chez elle ? Pourquoi fallait-il que tout le monde la fuie, la rejette ?

Mais elle n'avait pas le temps de s'apitoyer sur elle-même, il fallait s'occuper du bébé. Elle essuya ses larmes et retourna à l'intérieur.

Personne dans la cuisine ni dans le salon. Pas trace de Drake, mais elle finit par trouver Ainsley dans la chambre d'amis en train de nourrir Pumpkin.

— Merci pour ton aide, dit Cammie en souriant malgré sa tristesse.

— On est une équipe, maintenant. Quand Drake partira demain, il ne restera que nous deux pour prendre soin de ce petit amour.

— Donc, il s'en va ?

— Pour autant que je sache.

Cammie prit une profonde inspiration. Elle n'allait pas le laisser la détruire une deuxième fois.

— Écoute, il faut que je m'achète une robe pour le gala et ça devient urgent. Tu crois que tu pourrais te débrouiller en solo avec le bébé pendant deux heures ?

— Bien sûr, dit Ainsley, rayonnant de joie. On va très bien se débrouiller tous les deux. Vas-y. Prends tout ton temps.

Cammie aurait voulu passer chez elle voir si tout allait bien, mais son appartement était de l'autre côté de la ville. Ça attendrait un autre jour.

Elle se rendit droit dans une boutique de luxe spécialisée dans les robes de mariage et pour les grandes occasions. Comme on était en pleine semaine en milieu d'après-midi, le magasin était désert. La vendeuse l'accueillit très aimablement et rassembla les robes que Cammie voulait essayer.

Après la première dizaine, elle était découragée.

— Ne vous inquiétez pas, dit la vendeuse. On va trouver.

Effectivement, Cammie repéra bientôt une robe qui sortait du lot. D'un vert profond, elle était longue et moulante avec de fines bretelles. Et elle était entièrement parsemée de minuscules perles brillantes.

— Je vais essayer celle-ci.

— Vous avez raison. Je pense qu'elle sera parfaite sur vous, avec vos cheveux roux.

Cammie entra dans la cabine. La robe était trop décolletée pour porter un soutien-gorge mais le haut était renforcé par des baleines, à la manière d'un corset. Après avoir enfilé la robe, elle se tourna vers le miroir. Elle rassembla ses cheveux dans une main et les releva. Oui. Elle tenterait un chignon pour la soirée de gala.

La robe lui allait parfaitement, mais elle avait besoin d'un autre avis. Elle ouvrit le rideau de la cabine.

— Qu'est-ce que vous pensez de celle-ci ?

Dans la pièce, tout se mit à tourner quand elle vit non pas la vendeuse, mais Drake. Il se tenait debout, les bras croisés, et la vendeuse avait disparu.

— C'est absolument parfait, dit-il d'une voix un peu sourde, le regard voilé. On dirait une princesse.

— Comment m'as-tu trouvée ?

— Ainsley m'a dit que tu étais allée t'acheter une robe pour le gala. Il n'y a pas beaucoup d'endroits dans cette ville où on trouve ce genre de robes.

— Pourquoi ? Qu'est-ce que tu viens faire ici ?

Dans ses yeux bleus comme la nuit, elle crut lire de la douleur… Mais ça n'aurait eu aucun sens.

— Est-ce que tu veux bien venir au ranch avec moi ?

Non. Ça serait trop douloureux. Elle ne pouvait pas continuer à jouer la comédie des bons amis qui prennent un peu de plaisir ensemble de temps en temps. Elle aimait cet homme et ça lui déchirait le cœur.

— J'ai presque fini ici, dit-elle lentement. Mais je suis déjà partie trop longtemps. Il faut que je rentre prendre la relève d'Ainsley.

— Je l'ai eue au téléphone. Mme Hampton est à la maison. Elles vont s'occuper du bébé en attendant qu'on soit rentrés.

Cammie ne savait pas quoi penser. Pourquoi diable Drake voulait-il l'emmener au ranch ?

— C'est gentil, mais non, merci.

Elle ne dit pas « une autre fois ». Si Drake vendait le ranch, elle ne le reverrait jamais. C'était si triste.

— Arrête, Cam. Je sais que j'ai été maladroit. Et j'en suis désolé. Tu m'as pris par surprise et…

Elle leva la main pour le faire taire.

— Non, non, Drake. C'est à moi de m'excuser. Je t'accuse toujours d'être inflexible, mais peut-être que moi aussi je devrais être plus souple. Si je t'aime, et c'est le cas, je dois être prête à renoncer à certaines choses que j'estime non négociables. C'est pour ça que j'ai parlé de l'Australie. Je me suis dit qu'en terrain neutre, on trouverait peut-être…

Elle ne termina pas sa phrase.

Son explication ne semblait pas avoir arrangé les choses. Au contraire, Drake semblait plus sombre que jamais.

— Cam. J'ai des choses à te dire et il faut qu'on puisse parler sans être dérangés.

Que restait-il à dire ? Il allait quitter Royal le lendemain. Et il n'avait aucune envie qu'elle le rejoigne en

Australie. Mais elle était curieuse de l'entendre et surtout, elle voulait profiter de ces quelques précieuses heures avec l'homme qu'elle aimait.

— D'accord, finit-elle par dire. Je vais payer la robe et je te retrouve dehors.

— Je vais t'attendre ici. Pas question que tu files par la porte de derrière.

Redressant le menton, elle fit volte-face et se dirigea d'un pas outragé vers la cabine… qui n'était qu'à trois pas à peine. Pas assez loin pour faire une sortie théâtrale.

Une fois dans la cabine, la seule barrière entre elle et Drake, c'était les lourds rideaux rayés bordeaux et doré. Et même fermés, ceux-ci n'offraient pas une protection absolue. Elle avait l'impression de sentir son regard sur son corps… et ne put s'empêcher d'être un peu excitée.

Elle retira la robe et la posa avec soin sur la chaise tendue de satin. Puis elle se rhabilla rapidement, avant de passer une brosse dans ses cheveux et de mettre une touche de gloss sur ses lèvres.

Le moment était venu de sortir. Elle écarta les rideaux et trouva Drake assis confortablement dans un des fauteuils destinés aux époux ou autres invités venus assister aux essayages.

Elle se demanda s'il avait remarqué la métamorphose de la reine du bal en garçon manqué. Un vieux jean et un pull couleur crème décontracté n'étaient certainement pas la tenue qu'elle aurait choisie pour un rendez-vous amoureux, mais au fond, qu'importaient ses vêtements. Drake l'avait vue nue et lui avait fait l'amour tant de fois. Si son intérêt pour elle n'était que physique, être élégante était bien le dernier de ses soucis.

- 13 -

Il aurait dû être en train d'amener doucement la conversation là où il voulait qu'elle aille, mais il était incapable de penser à autre chose qu'à Cammie dans cette somptueuse robe. Elle était si sexy, si désirable qu'il avait immédiatement eu envie de la renverser sur un canapé et de soulever sa robe…

Et maintenant, pour que ses mains ne tremblent pas, il devait littéralement s'agripper au volant.

Dans la voiture régnait un silence de plomb. On aurait dit qu'une gigantesque crevasse s'est ouverte entre eux. Cammie n'avait aucune envie d'être là et ça se voyait.

Cette fois, les portes du ranch étaient fermées. Il était tard, et les hommes devaient déjà être dans les baraquements à boire une bière en attendant le dîner.

Drake stoppa la voiture, ouvrit les portes, avança le véhicule et referma derrière eux. Les barres de métal étaient lourdes et difficiles à manier, mais Cammie ne lui proposa pas son aide et il ne la demanda pas.

Il prit la route qu'il avait suivie dans la matinée, mais cette fois, il s'arrêta devant la maison. Cammie descendit et contempla la demeure texane à deux étages où Drake avait grandi. Elle se tenait les bras enroulés autour d'elle comme si elle avait froid. Pourtant, malgré le soir qui approchait, l'air était doux.

— J'aimerais qu'on aille faire une balade à cheval. Tous les deux. Sur le même cheval. Tu es d'accord ?

— Oui, approuva-t-elle, apparemment peu enthousiaste.

Il contourna la maison pour se rendre aux écuries et Cammie le suivit. Il avait appelé plus tôt et demandé qu'on selle son étalon préféré.

Le cheval attendait, impatient, et leva la tête en hennissant quand il vit Drake approcher.

— Salut, mon grand. On va se dégourdir les jambes ?

Le cheval, lui au moins, avait l'air plus excité par sa proposition que son invitée humaine.

— Ça n'est pas Diablo ? demanda Cammie en plissant le nez.

— Si, dit Drake en vérifiant la sangle. Mais il a vieilli. Il va se tenir tranquille. Devant ou derrière ?

— Devant, dit-elle, les sourcils froncés. Je veux voir où je vais.

Elle prit un élastique dans sa poche et s'attacha les cheveux bas sur la nuque.

Drake monta en selle puis se pencha en lui tendant la main.

— Viens.

Ils avaient fait ça des dizaines de fois. Il la souleva sans effort et dès qu'elle fut installée, il prit les rênes.

— Et c'est parti.

La nuit n'allait pas tarder à tomber et Drake ne voulait pas mettre Cammie en danger. Il disposait de peu de temps. Il lâcha donc la bride à Diablo qui passa rapidement du trot au galop dès qu'ils eurent franchi la barrière. Cammie se retrouva plaquée contre lui.

Il respirait son parfum à pleins poumons. Il aurait voulu pouvoir galoper comme ça éternellement, avec la femme qu'il aimait dans ses bras. Mais il avait des choses à lui dire et, quand ils arrivèrent en vue du peuplier sous lequel il avait réfléchi plus tôt dans la journée, Drake ralentit le cheval et le fit s'arrêter au sommet de la petite colline.

Il attacha les rênes à la branche la plus basse, aida Cammie à descendre et la guida jusqu'à l'endroit qui faisait face au soleil couchant. Il y avait une souche et un rocher. Il lui laissa la souche et s'assit face à elle.

Le spectacle du coucher du soleil était magnifique et Cammie concentrait toute son attention sur les couleurs du ciel, incapable de le regarder lui.

Lui contemplait son profil. Son menton volontaire, son nez si mignon, de fins sourcils et les quelques mèches de cheveux qui flottaient dans la brise.

C'était le moment de parler mais les mots étaient comme bloqués dans sa gorge.

— Pourquoi sommes-nous ici, Drake ?

— J'ai besoin de ton avis.

— À quel sujet ?

— Dois-je vendre le ranch ou pas ?

À nouveau, elle fronça les sourcils.

— Pourquoi me demander à moi ? Je n'ai aucune compétence en immobilier.

— Parce que je t'aime, dit-il d'une voix étouffée.

Cammie n'était pas sûre d'avoir bien entendu. Pour un homme qui venait d'avouer son amour à une femme, il avait l'air particulièrement accablé.

— Je reviens à ma question, reprit-elle, refusant de le croire. Pourquoi me demander mon avis ? Soit tu veux garder ce ranch, soit tu ne veux pas.

Sans doute n'était-elle pas très délicate, mais elle était perdue. Et elle avait peur.

Drake se pencha, les deux mains sur ses genoux.

— À l'époque où on sortait ensemble, est-ce que tu nous imaginais vivant ici tous les deux ?

Pas facile de répondre à ça. Mais il la regardait avec tellement d'intensité qu'elle se devait d'être honnête.

— Ça n'était pas une relation sérieuse…

— Quand ça dure un an et demi, c'est sérieux. Peut-être qu'on n'a pas parlé d'avenir ensemble, mais c'était une vraie relation. Je suis sûr que tu y as pensé.

— Bon, d'accord, finit-elle par céder. Oui. Parfois. Ça m'est arrivé d'y penser. Je nous imaginais vieillir ensemble ici.

— Pourquoi tu ne m'as jamais rien dit ?

— Une femme doit savoir se protéger, Drake. Surtout avec un homme comme toi.

— Un homme comme moi ?

— Tu étais une véritable énigme pour moi. Je voyais bien que tu aimais le sexe, mais à part ça, je n'avais aucune idée de ce que tu pensais. Et quand on a enfin parlé de nos rêves, inutile de te rappeler que nous n'étions pas sur la même longueur d'onde. Et ensuite, tu m'as laissée tomber… Mais ça a été si imperceptible au départ, que je n'ai rien vu venir.

— J'ai commis une erreur, admit-il, le visage sombre. Je t'ai fait du mal et j'en suis désolé, Cammie.

Elle secoua la tête lentement.

— Il ne faut pas t'en vouloir. Tu essayais de te conduire correctement dans une situation difficile.

— Mais je n'ai fait qu'empirer les choses. Je n'ai compris qu'après notre séparation à quel point tu comptais pour moi. C'est bête, je sais, mais c'est vrai.

« Parce que je t'aime. » Ces mots revenaient en boucle dans sa tête et elle se demandait si elle les avait rêvés ou pas. Elle avait une imagination tellement débordante.

— Drake… Je t'avoue que je ne comprends rien à tout ça. On s'est rencontrés purement par hasard à l'hôpital. Tu venais voir Ainsley parce que tu étais inquiet pour elle. Tu l'as dit toi-même… me revoir n'était pas ta priorité.

— Tu dis que je suis compliqué. C'est peut-être vrai. Mais je suis surtout stupide. Concernant les femmes, en tout cas.

— On ne change pas du jour au lendemain, Drake. Surtout pas toi. Je comprends que tu hésites à vendre le ranch, mais ça n'a rien à voir avec moi.

Il serra les poings. Il luttait visiblement pour garder le contrôle.

— Bien sûr que si puisque je t'aime.

Il disait enfin ces mots qu'elle avait tant attendus, mais il était d'évidence si tourmenté, si perturbé, qu'elle ne pouvait pas le croire.

— Je t'ai proposé d'aller te retrouver en Australie.

Pour voir si on pourrait trouver un terrain d'entente. Et tu as eu… une réaction incompréhensible.

— Moi-même je ne me comprends pas, murmura-t-il. Mais j'ai pensé à cette histoire de bébé… Peut-être que ça n'est pas une si mauvaise idée.

Cammie se leva d'un bond. Elle ne pouvait pas poursuivre cette conversation. C'était trop dur.

— On peut rentrer ? J'ai froid.

Ça n'était pas entièrement vrai, mais ce moment avec ce coucher de soleil était à la fois trop beau et pas assez. Même si elle réussissait à le croire, l'un d'eux aurait à faire un choix. Sinon, leur relation serait condamnée d'avance.

Drake détacha le cheval sans un mot. Au retour, ils allèrent plus lentement. Quand le soleil disparut derrière l'horizon, les ténèbres s'installèrent vite et pendant la dernière partie du trajet, Diablo dut avancer avec précaution.

Une fois aux écuries, Cammie sauta de cheval.

— Tu vas devoir t'occuper de Diablo, non ?

Drake secoua la tête.

— Non. Un de mes hommes attend. Il viendra dès que je lui aurai envoyé un SMS.

Ils se dirigèrent vers la maison, côte à côte mais sans se toucher.

Drake ouvrit la porte et alluma une lampe. Quelqu'un avait disposé des bûches et du petit bois dans la cheminée. Il suffit d'une allumette et le feu commença à crépiter.

Cammie rapprocha un petit fauteuil de la cheminée et se mit à contempler les flammes. Son estomac grondait ostensiblement.

Ce qui finit par faire rire Drake.

— Ne bouge pas. J'apporte de quoi manger.

— Tu as besoin d'aide ?

— Non, merci.

Il revint avec des sandwichs à la dinde, deux bouteilles d'eau et un paquet de chips.

— Ça ne vaut pas le Bellamy, mais c'est tout ce que j'ai pu organiser en si peu de temps.

— C'est parfait.

Elle n'allait pas se plaindre. Elle n'avait mangé qu'un sandwich à midi et il commençait à être tard.

Drake tira un fauteuil pour s'asseoir à côté d'elle. Leurs genoux se touchaient presque. Ils se mirent à manger, affamés tous les deux.

— On devrait rentrer, dit Cammie brusquement. Je m'inquiète pour le bébé.

— J'ai reçu un SMS d'Ainsley. Tout va bien.

Drake empila les assiettes et les posa par terre.

— Tu sais, quand un homme dit à une femme qu'il l'aime, il s'attend à une réponse.

— Oh. Tu parlais sérieusement ?

La mâchoire de Drake se crispa.

— Bien sûr. Pourquoi dirais-je ça si ça n'était pas vrai ? Tu n'as pas quelque chose à me dire, Cam ?

— Comme quoi ? demanda-t-elle, submergée par l'angoisse.

— Est-ce que tu m'aimes ?

— Mais bien sûr que je t'aime, idiot. Sinon, tu crois que je serais revenue en courant après deux ans de séparation ? On ne fait pas ça juste parce qu'un homme est bon au lit.

— Je vois.

— Je suis sérieuse, Drake. Je crois que je pourrais renoncer à avoir des enfants pour être avec toi. J'en serais capable. Mais imagine que ça me rende méchante, que je t'en veuille et que je finisse par gâcher notre mariage ? Et l'adoption ne serait pas la solution. Même si on adoptait un enfant plus âgé, le problème demeurerait. Ainsley avait *quinze ans* et regarde ce qui s'est passé.

Il l'aida à se lever de son fauteuil et ils allèrent s'asseoir dans un énorme canapé tendu de velours couleur rouille, un peu moins près de la cheminée. Drake la prit tout contre lui et elle sentit combien son cœur battait vite.

Puis, il lui caressa les cheveux et soudain, elle eut envie de pleurer.

— Je veux qu'on ait des bébés ensemble, Cammie, dit-il d'une voix émue. Je te jure que c'est vrai. Et peu importe le moyen, adoption ou autre. Il faut simplement que tu me croies. Je ne dis pas ça juste pour obtenir ce que je veux.

— Et qu'est-ce que tu veux ? demanda-t-elle, la voix tremblante.

— Toi, répondit-il simplement. Et une famille. J'ai été égoïste et entêté. Et à cause de mon aveuglement, j'ai failli te perdre. J'ai beaucoup réfléchi ces jours-ci et j'ai compris que peut-être, j'avais peur, peur de ne pas pouvoir être un bon père. En général, je réussis ce que j'entreprends, mais être parent, c'est bien plus difficile que de gérer une entreprise. J'avais peur de prendre le risque. Mais maintenant, je sais. Je sais que toi et moi, ensemble, on peut tout réussir.

Soudain, la poche de Cammie vibra. Elle s'écarta légèrement pour prendre son téléphone. C'était Haley Lopez.

— Tu ne réponds pas ?

Elle était incapable d'appuyer sur le bouton.

— Imagine qu'ils aient retrouvé la mère de Pumpkin et qu'ils l'emmènent ce soir…

Elle éclata en sanglots. Quand Drake était revenu dans sa vie et qu'elle avait trouvé ce bébé sur le capot de sa voiture, sa vie avait été bouleversée. Et maintenant, Drake allait repartir et on allait lui enlever Pumpkin.

Elle laissa la messagerie se déclencher ; elle pleurait trop fort pour parler.

Drake la serra contre lui et lui caressa les cheveux en lui murmurant des choses douces. Combien elle était belle et intelligente et aimante. Et elle finit par se calmer.

— Désolée, murmura-t-elle. Ta chemise est trempée.

Il la serra plus fort contre lui.

— Épouse-moi, Cam. Je veux fonder une famille avec toi.

Elle posa sa joue tout contre son cœur.

— Oui. D'accord.

Et voilà. Tout était dit.

— Je devrais peut-être écouter le message de Haley maintenant.

— Elle travaille sans doute de nuit et elle appelle pour faire le point.

— J'espère, oui.

D'un doigt tremblant, elle appuya sur la touche du répondeur et écouta. Son visage se détendit. Elle était soulagée.

— Ils n'ont pas encore retrouvé les parents de Pumpkin, dit-elle les larmes aux yeux. Mais comme les choses prennent plus de temps que prévu, la dame des services sociaux doit passer faire une autre visite.

Il lui prit le poignet pour l'attirer vers lui et commença à l'embrasser.

— Tu es forte, Cammie. Tu sais depuis le départ qu'il te faudra rendre ce bébé. Mais tu t'en remettras, je te le jure. Je serai à tes côtés quand ça arrivera. Je t'aime, Cammie. Pardon d'avoir mis si longtemps à le comprendre.

— J'ai ma part de responsabilité. J'étais tellement obnubilée par l'envie d'être enceinte que j'étais incapable de voir que je t'aimais plus que je ne tenais à mon rêve. Mon rêve, c'est *toi*. Et avec ou sans bébé, du moment que je t'ai, toi, je serai heureuse.

— Déshabille-toi, dit-il avec un sourire.

— Pardon ?

— Ça n'est pas l'occasion rêvée de faire l'amour ?

— Tu vas devoir attendre qu'on soit rentrés et qu'on puisse profiter de ton merveilleux lit, fit-elle avec un sourire coquin avant d'ajouter : Et ma réponse est *non*.

— Non à quoi ?

— Non. Je t'interdis de vendre ce ranch.

Il prit son visage entre ses mains et lui donna un long et tendre baiser.

Puis il arrosa le feu, et ils quittèrent la vieille maison.

Dehors, le ciel était constellé d'étoiles.

Cammie soupira d'aise. Quelle soirée merveilleuse. Parfaite. Mais soudain, elle se figea, la main sur la poignée de la portière.

— Et ton billet d'avion pour demain ? Et le gala ? On n'a pas décidé ce qu'on allait faire.

Il se pencha pour l'embrasser.

— On a décidé le plus important, mon amour. Le reste s'arrangera tout seul.

NANCY ROBARDS THOMPSON

Une héritière au défi

Traduction française de
MURIEL LEVET

PASSIONS

HARLEQUIN

Titre original :
MADDIE FORTUNE'S PERFECT MAN

- 1 -

Kenneth Fortunado tapota sa flûte de champagne avec un couteau. Le son cristallin fit taire le petit groupe d'amis et de membres de la famille qu'il avait invités pour ce barbecue improvisé dans les jardins du domaine Fortunado.

— J'ai une annonce à faire, déclara-t-il.

Maddie fixa son père, le cœur battant plus vite soudain.

Enfin !

Elle en avait rêvé toute la journée. D'un geste vif, elle prit une flûte de champagne sur le plateau d'un serveur qui passait devant elle et, plantant son regard dans celui de son père, leva son verre. Avec un petit sourire entendu, il fit de même. Après quoi il sembla chercher quelqu'un dans la petite assemblée.

— Barbara ? Barbara, où es-tu ? Où est ma charmante épouse ?

Manifestement occupée à donner des instructions au traiteur, à l'autre bout de la terrasse, cette dernière lui sourit et lui adressa un signe de la main.

— Barbara, viens me rejoindre, ma chérie, je t'en prie.

Jamais pressée, Barbara leva gracieusement un doigt

pour lui signifier qu'elle serait là dans un instant. Après quoi elle se remit à parler calmement avec le traiteur.

Vaguement amusée, Maddie se tourna vers son collègue, Zach McCarter, qui bavardait avec ses sœurs, et sous le coup de l'émotion, sentit ses pieds se crisper dans ses sandales Jack Rogers. Comment parvenait-il à paraître aussi viril et sexy avec cette délicate flûte de cristal à la main ?

Cette petite fête était réservée à la famille et aux amis proches, lui avaient dit ses parents, mais apparemment, ils estimaient que Zach faisait partie de ce petit cercle.

— Au fait, lui avait dit sa mère un peu plus tôt, avant que tu sortes rejoindre les autres, je voudrais que tu saches que ton père a également invité Zach McCarter.

Maddie avait senti son cœur palpiter dans sa poitrine.

— Ici ? À déjeuner ?

— Oui. Il est dehors, sur la terrasse. Je n'étais pas d'accord, mais ton père a insisté pour l'inviter. J'espère que cela ne te dérange pas.

— Pourquoi est-ce que cela me dérangerait ? avait rétorqué Maggie en luttant pour maintenir une voix égale.

— Eh bien, il me semble que cette annonce que ton père et moi nous apprêtons à faire aurait plutôt dû avoir lieu dans un cadre strictement familial. Mais tu sais comment est ton père. Quand il a quelque chose en tête…

Oh oui ! Maddie ne le savait que trop.

Non, la présence de Zach à ce barbecue ne la gênait pas. Enfin, presque pas…

De nouveau, elle se tourna vers lui. L'air parfaitement à l'aise, il continuait de bavarder gaiement avec ses sœurs. Et ils étaient tellement beaux, tous autant qu'ils étaient, que l'on aurait dit une scène tirée d'une publicité pour Ralph Lauren.

La perfection semblait être la caractéristique principale de Zach.

Se délecter de sa beauté virile était un pur plaisir. Depuis ses cheveux blonds bouclés jusqu'à ses longues jambes musclées, il était pure perfection. Ses yeux bleu clair étaient légèrement bridés, et de petites rides se formaient quand il souriait.

Elle prit un moment pour admirer sa mâchoire carrée, ses larges épaules, son imposante stature. Il était grand, mais elle aussi, et pourtant, à côté de lui, elle se sentait... féminine. Son nez était très légèrement busqué, et cette cicatrice sur son menton qu'elle ne pouvait voir mais n'avait aucun mal à visualiser suffisait à conférer à sa beauté classique une intense virilité. Une bonne chose, car au volant de sa BMW décapotable, avec ses cheveux blonds décolorés par le soleil, il aurait facilement pu être qualifié de « mignon ». Or, il ne l'était pas. Il était beau. Viril. Parfait. Et particulièrement à son avantage, en ce bel après-midi dominical.

Tandis qu'elle rêvassait, sa sœur Schuyler avait passé la main sur l'une des mèches de Zach. Sans doute en lui disant que les gens seraient prêts à payer cher pour avoir des reflets tels que les siens. Il y eut quelque chose de vraiment hypnotisant dans la façon dont les yeux de Zach se plissèrent quand il se mit à rire de la remarque de Schuyler. Il semblait tellement bien dans sa peau. En somme, il était fascinant, et en continuant de l'observer, elle sentit un délicieux frisson courir le long de son dos. Pour essayer de le réprimer, elle serra le poing si fort qu'elle sentit ses ongles s'enfoncer dans ses paumes.

Il était tellement sexy…

Un léger sentiment de déception la gagna quand elle se rappela qu'il ne pourrait jamais être rien de plus pour elle qu'un fantasme. Elle ne pouvait même plus craquer pour lui en secret, chose qui lui était facile quand il travaillait à l'agence de San Antonio. Elle avait eu l'occasion de mieux le connaître, depuis qu'il avait été transféré à celle de Houston et qu'ils étaient devenus collègues de travail. Mais il allait falloir qu'elle se maîtrise quand elle serait devenue sa supérieure, ce qui allait arriver aussitôt que son père aurait fait son annonce.

Ce n'était plus qu'une question de secondes, à présent.

Des secondes dont elle allait profiter pour s'accorder une dernière petite rêverie.

Soudain, elle se figea. Zach venait de se tourner vers elle. C'était arrivé si vite et l'intensité de son regard était telle qu'elle ne pouvait se détourner. Du coin de l'œil, elle vit que sa sœur Valene parlait désormais à leur oncle Bill et que Schuyler s'était tournée vers son fiancé, Carlo Mendoza, laissant de côté le pauvre Zach. Si elle se détournait trop vite, il allait sans doute penser qu'elle ne voulait pas qu'il la surprenne en train de le regarder. Ce qui était au demeurant tout à fait vrai. Mieux valait recourir au subtil stratagème de flirt qui consistait à baisser puis relever les yeux. Après avoir contemplé sa flûte de champagne une seconde, elle replongea donc son regard dans le sien.

Qui allait se détourner le premier ?

Il lui fit un signe de la main qu'instinctivement elle lui rendit.

Au bout du compte, aucun des deux ne perdit le défi, car ils se tournèrent ensemble vers Kenneth qui avait rompu le charme en reprenant son discours.

Maddie reporta son attention sur son père. Sa mère était désormais à ses côtés.

— Ma famille, dit-il en désignant d'un geste de la main Maddie et ses sœurs. Madeleine, Valene, Schuyler et Carlo. Ainsi que Zach. Zach que nous considérons comme un fils, Barbara et moi. Zach qui fait partie de la famille pour nous tous.

De la famille ? Non. Cela ferait de lui son frère, songea Maddie. Et les sentiments qu'elle ressentait pour lui n'avaient rien de fraternel, avec tous les fantasmes qu'il lui inspirait…

Cependant son père avait raison. Comme Zach n'avait pas de famille à Houston, il était souvent invité au domaine Fortunado, pour partager des repas de fêtes ou des soirées.

— En parlant de fils, reprit son père, je regrette qu'Everett, Connor et Gavin ne soient pas là aujourd'hui. Everett et Lila sont en voyage de noces. Ces sales gosses se sont enfuis quand il a fallu payer l'addition du mariage. Je t'interdis de suivre leur exemple, Carlo.

Quelques éclats de rire s'élevèrent çà et là.

— Et Connor et Gavin n'ont pas pu venir puisqu'ils

doivent déjà se déplacer pour le mariage de Schuyler et Carlo, prévu à la fin du mois. Mais…

Son père s'interrompit et secoua la tête en souriant.

— … j'ai beaucoup de chance d'être entouré de tant d'amour, poursuivit-il en levant sa flûte vers Schuyler et Carlo. De mon adorable fille, de son futur mari et de chacun d'entre vous. Merci beaucoup d'être venus aujourd'hui. C'était une invitation de dernière minute, mais comme je l'ai déjà dit, il était important pour Barbara et moi de vous annoncer cette nouvelle en priorité. Vous êtes très importants pour nous, nous voulions que vous soyez les premiers à en être informés.

Le sourire de son père disparut et sa voix se fit plus grave lorsqu'il reprit :

— Quand ma mère est décédée, j'ai eu un véritable choc. Ceux qui ont connu Starlight savent que c'était une véritable force de la nature. Elle vivait pleinement chaque seconde de sa vie. Son décès m'a fortement ébranlé, mais il m'a aussi amené à réfléchir à ma vie.

Tendrement, il passa le bras autour des épaules de sa femme.

— Nos enfants ont grandi. Ils ont tous trouvé leur bonheur ailleurs, quitté le nid. C'est pourquoi Barbara et moi avons pensé que l'heure était venue de prendre du temps pour nous. Chose qui s'avère cependant difficile quand on travaille quatre-vingts heures par semaine.

Il s'interrompit pour sourire à sa femme.

— Merci d'avoir été si patiente avec moi, mon amour.

Tendrement, Barbara l'embrassa sur la joue.

— Compte tenu de la situation, reprit-il, je suis donc ravi de vous annoncer que, juste après le mariage de

Schuyler et Carlo, je me retirerai de Fortunado Real Estate.

Ces mots avaient beau être exactement ceux auxquels Maddie s'était attendue, elle laissa échapper un petit cri de joie alors qu'elle se joignait aux autres pour applaudir.

Quelques instants plus tard, sa mère leva la main pour réclamer le silence.

— Et je suis ravie de vous annoncer que, juste après le grand mariage, Kenneth et moi partirons pour un second voyage de noces. Une croisière de quatre mois. Quarante-neuf ports. Trente-deux pays. Six continents.

Des applaudissements éclatèrent.

Maddie sentit alors une douleur dans sa poitrine, et elle se rendit compte qu'elle avait retenu son souffle. Elle était ravie pour ses parents, mais elle attendait impatiemment la deuxième partie du discours de son père. Celui où il annoncerait qu'il lui confiait la succession de l'entreprise.

— J'ai réservé la croisière et je lui ai dit que le bateau partirait le 4 juin, *avec ou sans lui*, reprit sa mère. Je lui ai dit que je serais sur ce bateau et que j'espérais qu'il y serait lui aussi. Il a beau parler de ses grandes réflexions sur la vie, nous savons tous que cet ultimatum était la seule façon pour moi de le convaincre de prendre sa retraite.

Quelques rires s'élevèrent de l'assemblée, mais Maddie les entendit à peine. Son cœur battait désormais à tout rompre dans sa poitrine.

Elle était heureuse pour ses parents et surtout pour son père qui avait travaillé dur pour en arriver là. Ils méritaient tous les deux cette belle croisière. Mais pour l'instant, son père avait encore quelque chose à annoncer.

Lorsque ce dernier leva son verre, elle s'arrêta de respirer.

— Merci de vous être joints à nous pour célébrer cette grande décision ! lança-t-il.

Tout le monde leva son verre en retour et des cris fusèrent :

— Félicitations !

— Bravo !

— Santé !

— Bon voyage !

Attendez un peu… Et le reste ? Et l'annonce de ma nomination à la tête de Fortunado Real Estate ?

Luttant pour contenir sa déception, Maddie regarda ses sœurs se précipiter vers leurs parents pour les prendre dans leurs bras et les féliciter. Elle cligna des yeux une fois, deux fois. Inspira profondément. Fit tout ce qu'elle pouvait pour réprimer l'impatience qu'elle sentait grandir en elle.

Très bien. Donc son père n'envisageait pas d'annoncer sa promotion aujourd'hui.

D'accord. Pas de problème.

C'était la journée de ses parents, après tout. L'événement était déterminant pour eux. Une importante étape avait été franchie. Oui, c'était leur journée.

Pas la sienne.

Les joues brûlantes, elle vida le reste de sa flûte. Il fallait qu'elle les laisse profiter de leur journée. Son père préférait sans doute lui parler en privé avant de faire son annonce.

Naturellement. Il n'aurait jamais annoncé sa promotion sans l'en avoir au préalable informée.

S'ils étaient rassemblés aujourd'hui, c'était pour fêter ses parents. D'ailleurs, elle était fière de son père pour ne pas avoir fait de cette journée un événement exclusivement professionnel. Cela avait dû nécessiter un important effort de sa part puisqu'il avait toujours été centré sur les affaires. En outre, une étape aussi importante que la reprise de la direction de l'entreprise devait faire l'objet de discussions préalables. Il y avait la question du salaire, naturellement, et aussi de l'étendue des pouvoirs. Elle allait devoir lui faire comprendre qu'elle souhaitait avoir le contrôle total de l'entreprise. Cela ne s'improvisait pas, même si elle attendait ce moment depuis quelque temps.

Instinctivement, elle se tourna vers Zach. Tout comme elle, il se tenait un peu à l'écart du petit groupe de personnes qui s'étaient rassemblées pour féliciter ses parents.

Une fois qu'elle aurait les choses en main, elle lui offrirait une promotion. C'était le moins qu'elle pouvait faire, faute de pouvoir lui offrir son corps. Elle rougit à cette pensée. Jusqu'à ce jour, elle ne lui avait jamais rien proposé de tel, et désormais, ce serait impossible. De toute façon, en tant que présidente, elle ne pouvait pas penser ainsi à son employé. Même si ledit employé était incroyablement beau et flirtait outrageusement avec elle. Comme il flirtait outrageusement avec toutes les femmes, d'ailleurs. Encore une bonne raison de se concentrer sur ce qui allait suivre : sa promotion. Elle avait de la chance de pouvoir se donner tout entière à quelque chose de plus grand qu'elle-même, quelque chose qui ne la laisserait jamais tomber. C'était cela qu'elle devait viser.

Elle fantasmerait toujours sur Zach, sauf qu'il ne le saurait jamais.

C'était là le prix à payer pour assurer son avenir. Un avenir qui était désormais tout proche, à portée de main.

Zach McCarter se sentait honoré d'avoir été invité à assister à l'annonce du départ à la retraite de son employeur. Dès l'instant où il avait rejoint l'équipe de Fortunado Real Estate, cinq ans plus tôt, Kenneth s'était conduit avec lui comme s'il faisait partie de la famille. Mais malgré tout, il ne se sentait pas vraiment à sa place, aujourd'hui, parmi les enfants de Kenneth et ses amis proches. Cependant, comme son employeur l'avait présenté comme un membre de la famille, il aurait été grossier, et même ingrat, de remettre en cause son invitation.

Instinctivement, il se tourna vers Maddie qui se tenait à l'écart de ses sœurs et des autres personnes qui s'étaient regroupées autour de Kenneth et Barbara.

Les bras croisés, elle affichait un sourire énigmatique qui ne parvenait pas à illuminer ses yeux bleus. Il savait qu'elle allait attendre que l'agitation se soit dissipée pour agir. Il le savait parce que c'était ce qu'il envisageait lui-même de faire. Ils étaient tous deux très semblables pour les choses de ce genre. Ainsi que dans leur approche de travail. Mais leurs passés respectifs étaient diamétralement opposés.

Avec sa formation Ivy League et son éducation irréprochable, Maddie n'avait rien de la petite Texane moyenne. On aurait pu dire qu'elle était née avec une petite cuillère en argent dans la bouche. Mais elle avait mis son bagage universitaire au service de Fortunado Real Estate et ne semblait vivre que pour son travail.

Elle était douée pour ce qu'elle faisait. Et elle était toujours à son bureau. À chaque fois qu'il était à l'agence, elle y était également. Personne ne pouvait l'accuser de profiter de son statut de fille du patron. Malgré tout, elle était quand même la fille du patron. Raison pour laquelle il devait rejeter tout sentiment pour elle qui ressemblait de près ou de loin à de l'attirance.

Pour sa part, il avait dû mettre les bouchées doubles dès le début de sa carrière pour qu'un homme aussi puissant que Kenneth Fortunado le remarque, l'embauche et le respecte suffisamment pour l'inviter à un événement tel que celui-ci.

Comme Maddie s'était de nouveau tournée vers lui, il lui adressa une petite grimace. Elle lui sourit. Après quoi elle leva les yeux au ciel en secouant la tête.

Sans la quitter du regard, il contourna le bassin pour se rapprocher d'elle.

— Salut.

— Salut, toi, répondit-elle avec un sourire espiègle. Je vois qu'on laisse rentrer n'importe qui dans cette maison.

— Eh oui. Surprise par l'annonce de ton père ?

— D'une certaine façon, oui, mais cela fait longtemps qu'il aurait dû le faire. Alors d'un autre côté, non.

— Et ensuite ?

— Comment ça, ensuite ?

Elle avait très légèrement relevé le menton, signe qu'elle savait quelque chose qu'elle n'envisageait pas de lui dire.

— Si quelqu'un sait ce qui va se passer dans l'entreprise une fois que ton père aura pris sa retraite, cela ne peut être que toi.

À ces mots, elle ouvrit grand les yeux. Mais elle n'était pas très douée pour feindre l'innocence.

— Je n'en sais rien, Zach. J'imagine que pour le savoir, tu vas devoir attendre une autre annonce de la famille Fortunado.

Elle plaça ses mains sur ses hanches, mettant ainsi en valeur ses bras fins et hâlés exposés par son haut blanc sans manches. Elle avait des bras magnifiques de féminité. De longs cheveux blonds soyeux. Ainsi que des jambes interminables qui auraient facilement pu le distraire. Mais il ne pouvait pas se laisser distraire. Et il ne baisserait pas les yeux pour les admirer.

Il était fort probable qu'elle prenne la succession de son père. En bref, elle allait passer du statut de fille du patron à celui de patronne. Malgré tout l'attrait qu'exerçaient sur lui ces longues jambes, il ne pouvait se laisser détourner de ses objectifs. Il s'était donné trop de mal pour en arriver là. Il ne pouvait pas prendre le risque de tout perdre.

— Le déjeuner est servi ! dit soudain Barbara, coupant court à ses pensées.

La petite foule autour d'elle et de Kenneth s'était dispersée.

Maggie et lui laissèrent les autres invités se servir en premier. Malgré tous les déjeuners dominicaux auxquels il avait assisté chez les Fortunado, il faisait toujours preuve d'une grande courtoisie, ne tombait jamais dans la familiarité. Il avait trente-deux ans, il travaillait depuis l'âge de dix-huit ans, mais dans des moments tels que celui-ci, il ne se sentait pas à sa place. Le gamin de quinze ans qui préférait observer plutôt que participer pleinement aux événements n'était jamais loin. Mais il ne le laissait pas faire. Avec le temps, il avait fini par surmonter son manque d'assurance. Car l'assurance est une qualité indispensable pour réussir dans l'immobilier. Dans la demeure des Fortunado, il préférait cependant rester en retrait et observer. Apprendre de ses observations. Les relations familiales le fascinaient. Notamment dans des familles telles que celle-ci, si différente de celle dans laquelle il avait grandi…

La jolie voix de Maggie le ramena doucement à la réalité.

— Ça va refroidir. On ferait mieux d'y aller tant que c'est chaud.

Gracieusement, elle lui fit signe de la suivre tandis qu'elle approchait du buffet. Au moment où il lui tendit l'une des deux assiettes qu'il avait prises, ses doigts effleurèrent les siens.

— Tu es heureux, chez Fortunado, Zach ?

Cette question le surprit.

— Heureux ? Évidemment que je le suis.

— Contente de le savoir, dit-elle en plantant son regard dans le sien.

Mais il y avait quelque chose dans ses yeux qu'il ne comprit pas. Notamment quand elle les baissa pour se concentrer sur sa bouche pendant quelques secondes. Les joues légèrement plus roses, elle finit par relever la tête pour soutenir de nouveau son regard.

Il y avait quelque chose d'incroyablement sexy chez elle, et cette prise de conscience eut pour effet de le déstabiliser. Il était intrigué par ces signaux contradictoires qu'elle lui envoyait, ces fissures dans son armure de professionnalisme guindé qui l'amenaient à se demander s'il interprétait bien son comportement. Il était en général très doué pour interpréter le comportement des autres. Il en tirait d'ailleurs une grande fierté.

Mais les regards séducteurs de Maddie qui se changeaient parfois en jeu de qui allait se détourner le premier le déstabilisaient. Sa main qui avait accidentellement effleuré la sienne. Et pourquoi lui avait-elle demandé s'il était heureux à Fortunado ? Qu'est-ce que tout cela signifiait ?

— Pourquoi cette question ? demanda-t-il. Si j'étais, disons, mal à l'aise, est-ce que tu ferais en sorte que j'aie envie de rester ?

— Que devrais-je faire pour ça ?

Elle avait tendu son assiette au serveur mais c'était lui qu'elle regardait, dans l'attente de sa réponse.

Mal à l'aise, il l'était désormais. Comme s'il envisageait de prendre quelque chose qui ne lui appartenait pas. Comme s'il avait trouvé un billet de vingt dollars sur le trottoir. Que faire ? L'empocher ou essayer de retrouver son propriétaire ?

Manifestement, elle lut dans ses pensées.

— Vous avez les idées mal placées, monsieur McCarter, lui fit-elle remarquer d'un ton moqueur.

Et curieusement, elle se dirigea vers une table vide plutôt que de rejoindre celle de Carlo et de ses sœurs. Une fois servi, il alla s'asseoir à côté d'elle.

— Les idées mal placées ? Ce n'est pas très gentil, mademoiselle Fortunado.

— Tu es trop sensible.

— Je le reconnais. Je suis un homme sensible. Mais ça plaît aux femmes, non ?

Un sourire espiègle vint étirer ses lèvres pleines.

— C'est ce que tu dis à toutes les femmes ?

— Du moment que ça marche, répondit-il en lui rendant son sourire.

— « Du moment que ça marche » ? C'est ta philosophie ?

— Non. La sensibilité est ma philosophie, répondit-il en se frappant théâtralement la poitrine. Je pensais que l'on s'était enfin trouvé un point d'accroche. Tu vois ? Toi qui aimes les hommes sensibles, et moi qui suis un grand sensible.

À ces mots, elle éclata de rire et ses joues reprirent une teinte légèrement plus rose.

Il aimait l'idée d'avoir ébranlé le calme et le sang-froid de la si parfaite Maddie Fortunado. Il avait envie de percer son mystère. Même s'il ne pouvait malheureusement pas aller bien loin.

Luttant pour se ressaisir, Maddie prit une gorgée de margarita. Elle se sentit soulagée quand Schuyler et Carlo quittèrent leur table pour venir les rejoindre.

— Qu'est-ce qui ne va pas ? lui demanda sa sœur en prenant place à côté d'elle. Qu'est-ce que j'ai raté ?

Maddie but une nouvelle gorgée, cherchant une réponse appropriée.

Zach se tourna vers elle en haussant les sourcils, comme pour la mettre au défi de répondre.

— Zach va t'expliquer, répondit-elle.

Et de nouveau, elle sentit ses joues s'empourprer.

Zach s'éclaircit la voix avant de répondre :

— Je viens de demander à Maddie ce qu'elle faisait pour se divertir. Parce que tu comprends, je commence à avoir le sentiment qu'elle ne vit que pour le travail. Elle ne travaille pas tout le temps, quand même ?

— Presque, répondit Schuyler.

— Mais il doit bien y avoir autre chose dans sa vie ? Je suis curieux de savoir ce qu'elle aime faire pour se divertir.

Comme pour lui montrer qu'elle n'était pas dupe, Schuyler haussa les sourcils.

— Ah oui ? Ma sœur travaille beaucoup, mais tous les deux, les vendredis soir, vous vous retrouvez au Thirsty Ox, je me trompe ?

— Non, répondit Maddie.

— On y va pour parler travail, précisa Zach.

— Et Zach vient généralement accompagné, ajouta Maddie. Ou bien il fait juste un saut et se dépêche de partir pour aller retrouver sa petite amie.

— Et moi qui pensais que tu n'avais rien remarqué, rétorqua Zach, faussement contrit.

Carlo et Schuyler observaient leur échange comme s'il s'agissait d'un divertissement. Maddie fut soudain prise d'une brusque envie de fuir.

— Mais malgré ça, reprit-il, comment se fait-il que je ne sache quasiment rien de toi ? Quels sont tes centres d'intérêt en dehors du travail ? Quand tu ne penses pas à l'immobilier, à quoi penses-tu ?

Maddie eut le sentiment que son visage avait pâli.

— C'est un peu personnel, non ?

— Tu trouves ? répondit Zach. Excuse-moi, je n'avais pas l'intention de te mettre mal à l'aise. Je voudrais juste apprendre à mieux te connaître. Et j'avais espéré que tu me dirais une chose sur toi que j'ignore. Si tu n'en as pas envie, pas de problème.

Sans lui laisser le temps de répondre, il se tourna vers Carlo et Schuyler.

— Où envisagez-vous de vivre après votre mariage ? leur demanda-t-il.

Cette fois-ci, ce fut Maddie qui ne laissa pas à sa sœur le temps de répondre.

— Je les aide à trouver une maison à Austin, dit-elle. Et j'ai un chien.

— Quoi ? fit-il d'un air décontenancé.

— Tu m'as demandé de te dire une chose sur moi que tu ne sais pas. J'ai un chien. Voilà.

— Je l'ignorais. Merci d'avoir partagé cette information avec moi. Quel genre de chien ?

— Non, non, non. Tu as dit *une* chose. Maintenant, c'est ton tour. Une chose. Je t'écoute.

L'air légèrement surpris par cette réponse, il cligna vivement des yeux.

— Très bien. C'est juste. Cela fait cinq ans que je vis à San Antonio, et avant, j'ai beaucoup voyagé, répondit-il.

— Je le savais déjà. Dis-moi quelque chose que je ne sais pas.

— C'est vrai ? Et comment le sais-tu ?

Embarrassée, elle se mordit la joue. Il fallait qu'elle se montre plus prudente. La plupart des informations qu'elle détenait sur lui provenaient de ses recherches sur les réseaux sociaux, sur lesquels il avait plusieurs comptes assez génériques et orientés vers l'immobilier, mais de temps à autre, l'un de ses amis y postait un commentaire plus personnel, dont elle se délectait comme d'une savoureuse friandise. Naturellement, elle n'avait aucune envie qu'il apprenne qu'elle avait fouiné sur ses comptes Facebook et Instagram. Mais tout bien considéré, ses comptes étaient ouverts au public. Ce n'était tout de même pas comme si elle le harcelait ou faisait quelque chose de pervers. Son comportement était tout à fait honnête.

Enfin, plus ou moins.

Quand on craquait pour quelqu'un, les réseaux sociaux constituaient une source d'informations secrète. Tout le monde le savait. C'était le jeu.

Et pourtant, elle aurait été morte de honte s'il avait découvert ce qu'elle avait fait.

— Il me semble que tu me l'as déjà dit, répondit-elle en feignant la nonchalance. Sinon, comment l'aurais-je su ?

— Serait-ce une ruse pour m'inciter à divulguer deux choses sur moi plutôt qu'une ? s'enquit-il.

Il la regardait désormais en plissant les yeux, comme s'il venait de percer à jour ses recherches sur Internet.

— Bon, de toute façon, peu importe. Ce n'est pas si important, répondit-elle en haussant les épaules.

Elle préférait s'arrêter tant qu'elle avait une longueur d'avance. Si elle avait été douée pour le flirt, elle aurait certainement fait un commentaire léger ou une plaisanterie. Seulement, flirter avec Zach lui faisait peur. Elle y arrivait jusqu'à un certain point, mais quand il commençait à trop se rapprocher, elle avait tendance à se replier sur elle-même. Alors elle remontait la garde et cherchait à remettre de la distance entre elle et lui. Parce qu'il lui était bien plus facile de prétendre que cela importait peu pour elle. Ce qui, d'un certain côté, était plutôt positif. Car cela n'aurait pas dû être important.

Mais à présent, il semblait blessé par ses propos, et en l'observant, elle sentit son cœur se serrer.

— Aïe ! dit-il. Cela s'appelle se faire remettre à sa place.

Non ! Ce n'était pas ce qu'elle voulait dire ! C'était juste qu'elle ne savait pas quoi répondre d'autre.

Elle commençait à paniquer quand Zach lui adressa son irrésistible sourire. Elle avait déjà l'esprit confus, mais face à ce sourire, elle se retrouva totalement à court de mots.

Ce fut à ce moment-là que le téléphone de Zach se mit à sonner.

Sauvée !

Après l'avoir tiré de poche, il consulta l'écran.

— Excusez-moi. Je dois répondre.

Il se leva, et elle ne put s'empêcher de contempler avec envie son corps souple et musclé… Il répondit à l'appel alors qu'il était encore suffisamment près pour qu'elle puisse l'entendre dire :

— Bonjour, comment ça va ?

Sa voix était basse et sexy, et à l'écouter, elle sentit son cœur se serrer. Elle l'avait déjà entendu parler à des clients, il ne s'exprimait pas ainsi. Il s'adressait à une petite amie, c'était certain. Il avait beaucoup de petites amies parce qu'il était doué pour le flirt, lui. Il avait un véritable don pour séduire. Et il flirtait avec toutes les femmes. Un peu comme il venait de le faire avec elle, d'ailleurs.

Donc elle n'avait rien de spécial à ses yeux.

Cette pensée lui fit l'effet d'un seau d'eau glacée. Il fallait qu'elle mette un terme à ce jeu avant de se couvrir de honte. Elle n'était pas dans son élément, la chute allait être terrible.

Elle revint en terrain connu. Zach était doué dans son travail. Et par conséquent, elle aurait besoin de lui quand elle reprendrait les rênes de Fortunado Real Estate.

Les priorités. Ne mélange pas tout, Maddie. N'oublie pas ce qui est important.

— En parlant de recherches de maison, dit-elle en se tournant vers Schuyler.

— On ne parlait pas de ça…

— J'ai évoqué le sujet il y a deux minutes, Sky. J'ai une maison à vous montrer. Elle n'est même pas encore sur le marché. L'une de mes clientes m'a donné l'exclusivité. C'est vraiment une maison de rêve. Quand voulez-vous aller la visiter ?

— Cette semaine, répondit aussitôt Schuyler en tapant dans ses mains avec enthousiasme. Dès que tu pourras venir à Austin.

Elle se tourna vers son futur mari.

— Carlo, tu pourrais prendre du temps la semaine prochaine ?

— Si ça peut te faire plaisir, ma chérie, répondit Carlo en déposant un tendre baiser sur la joue de Schuyler.

— Parfait ! dit Maddie. J'appelle ma cliente et je vérifie ses disponibilités.

Elle s'apprêtait à se lever quand elle remarqua que Zach revenait vers eux.

À bien y réfléchir, elle pouvait peut-être attendre la fin du déjeuner pour passer son appel.

Tout en avançant vers la table, Zach ne la quittait pas des yeux. Sa démarche était à la fois nonchalante et assurée. Au moment où il se rassit, elle fit marcher son cerveau à toute allure pour trouver quelque chose de spirituel à dire. Elle envisagea brièvement de plaisanter sur la jeune femme qui venait de l'appeler, voire de le taquiner sur son côté sensible. Mais ils avaient épuisé le sujet. Aussi décida-t-elle d'en revenir aux banals échanges de civilités.

— Tout va bien ? demanda-t-elle.

— Oui. Mais il faut que j'y aille.

Une fois encore, elle sentit son cœur se serrer.

— Avant de partir, je vais aller remercier tes parents et féliciter ton père pour sa grande décision. Mais d'abord, ping-pong.

Avait-elle bien entendu ?

— Tu viens de dire « ping-pong » ? demanda-t-elle.

Il lui adressa cet irrésistible sourire qui avait toujours eu pour effet de la faire fondre.

— En effet. C'était mon passe-temps favori quand j'étais petit. Je suis sûr que tu ne le savais pas.

Rejetant la tête en arrière, elle éclata de rire. Le ping-pong ? Sérieusement ?

— Je l'ignorais totalement, répondit-elle.

— Tu sais jouer ?

— Il se trouve que j'étais plutôt douée, à une époque.

— On devrait faire une partie, un jour.

Une partie ? Elle se sentit tout à coup totalement déstabilisée. Paniquée, elle prit une profonde inspiration, faillit s'étouffer. Pourquoi réagissait-elle ainsi ? Ce n'était tout de même pas comme s'il l'avait invitée à sortir avec lui…

— Vous devriez faire une partie, oui, intervint Schuyler. D'ailleurs, je crois que l'on doit toujours avoir une table de ping-pong quelque part à la maison. Maman ne jette jamais rien. J'insiste. Il faut vraiment que l'on fasse une soirée ping-pong ! Ce sera tellement amusant. Rétro. Mais je mise tout sur Mads. Elle était très douée, Zach. Ou en tout cas, c'était la plus compétitive de nous tous. Elle a toujours détesté perdre.

Maddie gratifia sa sœur d'un regard mauvais qui fut royalement ignoré.

Ce n'était pas vrai ! Enfin, peut-être un petit peu quand même.

— Marché conclu, alors, répondit Zach. Le perdant

payera la bière du gagnant un vendredi soir au Thirsty Ox.

Sur ces mots, il commença à s'éloigner mais s'arrêta pour ajouter :

— Et le perdant devra dire au gagnant cinq choses qu'il ne sait pas.

- 2 -

Le lendemain matin, en relevant les yeux de son ordinateur, Maddie vit que sa sœur Valene se trouvait à la porte de son bureau.

— Tu aurais une minute, Mads ? J'aurais quelques questions à te poser sur la vente de la maison McKinney à West Pine.

Maddie consulta l'heure au bas de son écran. Il était 10 h 55.

Quand elle était arrivée à son bureau, ce matin à 7 h 30, l'assistante de son père, Rae Rowley, lui avait téléphoné pour lui demander de se libérer à 11 heures. Depuis, bouillonnante d'impatience, elle avait tout fait pour essayer de se concentrer sur son travail. Dans cinq minutes aurait lieu « l'entretien ». Celui qu'elle attendait depuis qu'elle avait fait ses débuts dans l'entreprise. Voire depuis qu'elle était née.

Pourquoi sa sœur n'était-elle pas passée plus tôt ?

— Je dois retrouver papa dans cinq minutes, répondit-elle en adressant à sa sœur cadette un sourire entendu.

Val sembla immédiatement comprendre le message, car elle ouvrit de grands yeux.

— C'est au sujet de… ?

Comme si ce qu'elle cherchait à dire était trop grand

pour être formulé par des mots, elle décrivit de grands cercles avec ses bras.

— Je pense, répondit Maddie. Je l'espère. Je devrais le savoir dans…

Elle consulta de nouveau l'heure.

— … quatre minutes.

Déterminée, elle se leva en prenant son carnet de notes et son stylo Mont Blanc porte-bonheur, un cadeau que lui avait fait son père quand il l'avait promue au poste de vice-présidente.

— Je suis désolée, mais je ne peux pas te parler maintenant, Val. À moins que ce soit super rapide et que tu veuilles parler en marchant. Ou on pourrait se voir après ?

— Ne t'inquiète pas. Mes questions peuvent attendre. Cet entretien est beaucoup plus important. Tout ça…

Elle se remit à faire ses grands gestes circulaires.

— … c'est notre avenir. L'avenir de Fortunado Real Estate. Et je suis ravie d'avoir été mise au courant de ta promotion avant tout le monde.

— Ce n'est pas encore officiel, répondit Maddie en haussant les épaules.

Tendrement, sa petite sœur la prit dans ses bras.

— Mais nous savons tous que c'est ce qui va se passer. Très bien. Vas-y. Et montre-lui qui est la patronne.

Val grimaça comme si elle regrettait d'avoir parlé trop vite.

— Enfin, tu n'as pas à montrer à papa que tu es la patronne. Il le sait déjà. Enfin… Tu vois ce que je veux dire.

Maddie sourit. Val était jeune et un peu naïve, mais

elle avait un cœur d'or et beaucoup d'instinct. Elle gagnerait en assurance si Maddie trouvait un moyen de récompenser ses efforts, peut-être à l'aide d'une augmentation, une fois que la situation serait clarifiée. Mais elle aurait tout le temps de songer à cela plus tard. Pour l'heure, son père l'attendait.

Tout en continuant de bavarder avec sa sœur, elle se dirigea vers les portes vitrées derrière lesquelles se trouvait le bureau de la direction.

— Pour faire bref, les McKinney et moi ne sommes pas d'accord sur le prix de vente de leur maison, expliqua Val. Ils pensent que nous devrions demander deux cent mille dollars de plus que le prix que j'ai fixé.

— T'es-tu appuyée sur le prix du mètre carré dans leur quartier ?

— En fait, il n'y a rien de semblable dans leur quartier. C'est pour ça que j'aurais besoin de tes conseils. Ils disent que leur maison est spéciale et…

— Tout le monde pense que sa maison est spéciale. Et je suis sûre que leur maison l'est, à leurs yeux. Seulement à ce prix, on est à près de cent quatre-vingt-cinq dollars le mètre carré. Ce serait un record, pour le quartier.

Comme elles venaient d'arriver devant la porte du bureau de leur père, Rae interpella Maddie sans laisser à Val le temps de répondre.

— Votre père vous attend, mademoiselle Fortunado. Vous pouvez entrer dès que vous le désirez.

— Merci, Rae, répondit Maddie avant de se retourner vers sa sœur. À ce prix-là, ils ne risquent pas de la vendre. Je passerai à ton bureau dès que j'aurai terminé pour en discuter. Maintenant, je dois y aller.

Elle regrettait de devoir laisser Val avec ses doutes, mais sa sœur était bien placée pour savoir qu'il ne valait mieux pas faire attendre leur père. De plus, c'était un bon exercice pour elle. Si elle voulait réussir, et Maddie était sûre qu'elle réussirait, il fallait qu'elle apprenne à convaincre les clients d'accepter un prix de vente raisonnable. Cela demandait un peu d'expérience, mais sa sœur finirait par y arriver.

— Oui, ne le fais pas attendre, répondit Val. Bonne chance.

Maddie prit une profonde inspiration pour essayer de réprimer l'impatience qui n'avait cessé de grandir en elle depuis que le mot « retraite » était entré dans le vocabulaire de son père.

Il s'était engagé à prendre la sienne la veille, quand il avait fait son annonce. Et à présent, il allait prendre ses dispositions pour assurer sa succession.

Depuis peu, ses parents parlaient de passer davantage de temps ensemble. Sa mère voulait voyager. Son père avait promis de moins travailler. Mais après le barbecue, comme il n'avait pas présenté Maddie comme la future patronne, elle s'était demandé s'il allait vraiment aller jusqu'au bout. Une chose à la fois, s'était-elle dit pour se rassurer, la veille au soir, quand elle ne parvenait pas à trouver le sommeil.

Elle n'avait jamais vu sa mère aussi sérieuse que lorsqu'elle avait annoncé qu'elle partirait en croisière avec ou sans son mari. Il était rare qu'elle lance des ultimatums, mais quand elle le faisait, elle ne plaisantait pas.

Sa mère était sans doute la seule chose sur terre que son père aimait plus que Fortunado Real Estate. Il serait devenu fou si sa femme était partie loin de lui quatre mois. Par ailleurs, il était du genre « tout ou rien ». Il n'y aurait pas de retraite progressive pour lui. Et s'il quittait ses fonctions, Maddie savait qu'il aurait tout arrangé auparavant.

Il y avait donc peu de risques pour qu'il ait changé d'avis. Il allait partir. Et elle…

— Tu es libre au déjeuner ? lui demanda Val, coupant court à ses pensées. On pourrait en discuter à ce moment-là ?

Maddie consulta sa montre. Il était 11 heures. Si Rae n'avait pas parlé de déjeuner quand elle l'avait appelée pour l'entretien, elle lui avait demandé de se libérer.

— Je ne sais pas, Val. Tu sais comment est papa. Si ça se trouve, il voudra déjeuner avec moi après l'entretien.

Pour fêter ma promotion.

Elle sentit son cœur palpiter dans sa poitrine à cette idée.

Elle insisterait pour qu'ils prennent une bouteille de champagne. Le meilleur. Et elle récupérerait le bouchon en souvenir. Comme un symbole du passage de flambeau.

La voix de Val la ramena doucement à l'instant présent.

— Je serai dans mon bureau tout l'après-midi, dit-elle. Tu peux passer quand tu veux. Mais j'aimerais vraiment recontacter les McKinney avant la fin de la journée.

— D'accord, répondit Maddie en lui adressant son sourire le plus bienveillant. Je passe dès que je peux.

Quand elle aurait repris les rênes de la société, il allait falloir qu'elle apprenne à sa sœur tout ce qu'elle savait sur le marché immobilier de Houston. Et une fois que Val aurait acquis un peu d'expérience, elle pourrait peut-être la nommer vice-présidente ? Ou directrice générale ?

— Merci, Mads. Bonne chance. Et félicitations, ajouta Val dans un murmure en s'éloignant.

Maddie s'avança vers la porte du bureau de son père, s'efforçant de graver dans son esprit ce moment crucial. Tous les efforts qu'elle avait faits pour l'entreprise allaient enfin porter leurs fruits. Toutes ces longues journées, tous ces week-ends consacrés au travail plutôt qu'aux hommes et aux divertissements. Mais tout bien considéré, le travail était pour elle un divertissement.

Elle adorait rechercher des contrats, et quand elle commençait à négocier, elle s'accrochait jusqu'à obtenir ce qu'elle souhaitait. Mais elle ne recherchait pas la compagnie des hommes. Ces derniers n'étaient pas fiables. Ils étaient trop imprévisibles.

Le travail était à ses yeux un investissement solide. Contrairement à l'incertitude qui régissait le monde des sentiments. Aurait-elle aimé se marier et fonder une famille ? Oui. Un jour. Seulement pour l'heure, Fortunado Real Estate requérait toute son attention.

Un bruit de voix masculines provenant du bureau

de son père l'arracha à sa rêverie juste au moment où elle frappa à la porte.

— Entrez ! fit la voix de son père.

Elle ouvrit. Et se figea quand elle vit que Zach McCarter était assis dans l'un des deux fauteuils de cuir qui faisaient face au bureau d'acajou de son père.

Son père et Zach se levèrent à son arrivée.

— Je suis désolée, dit-elle en regardant sa montre pour vérifier l'heure. Je ne voulais pas vous déranger. Rae m'a dit que tu étais prêt à me recevoir. Mais je peux attendre dehors le temps que vous finissiez.

— Non. Entre, entre. La présence de Zach est également nécessaire à cet entretien. Maintenant que nous sommes tous réunis, nous allons pouvoir commencer.

En regardant les deux hommes se rasseoir, elle sentit ses muscles se crisper. Pourquoi la présence de Zach était-elle *nécessaire* à cet entretien ? Cet entretien n'avait rien à voir avec Zach.

— Assieds-toi, Maddie, lui dit son père en désignant le fauteuil voisin de celui de Zach.

Le cœur battant à tout rompre, elle lissa sa jupe avant de s'exécuter.

Ce n'était donc pas pour aujourd'hui, sa nomination à la tête de l'entreprise. Pas de problème.

En réalité, c'était bel et bien un problème, mais quelle autre solution avait-elle que de prendre les choses avec philosophie ?

Elle parlerait à son père après l'entretien pour lui faire savoir qu'elle comprenait combien il était difficile pour lui de se retirer. Si quelqu'un pouvait le comprendre, d'ailleurs, c'était bien elle. C'était de lui qu'elle avait hérité cette tendance à vouloir tout contrôler. Il avait sans doute juste besoin d'être un peu rassuré, de savoir que Fortunado Real Estate serait en sécurité entre ses mains. Et même mieux que ça. Qu'elle ferait décoller les ventes.

Une fois qu'il aurait compris ça, il prendrait sa décision en toute sérénité.

Pour essayer de tempérer sa déception, elle jeta un coup d'œil à Zach. Vêtu d'un pantalon cargo et d'une chemise blanche ouverte au col, il paraissait à la fois décontracté et professionnel. Comme toujours. Et comme toujours, il était merveilleusement beau. De toute façon, avec ses larges épaules et ses fesses parfaites, tout devait lui aller.

Elle étudia l'angle de ses pommettes, la courbe de son nez, les ondulations de ses cheveux blonds et l'éclat de ses yeux bleu ciel. Il était difficile de ne pas laisser son regard s'attarder sur Zach McCarter.

D'ailleurs, la veille au soir, elle s'était laissée aller à fantasmer sur cette virilité faite homme. Ces épaules et ces fesses parfaites. Et cette cicatrice. Oh ! cette cicatrice…

Zach était magnifique. Et totalement inaccessible pour elle, ce qui faisait de lui le parfait fantasme secret. De toute façon, un homme comme lui ne regarderait jamais une femme comme elle, ce qui était tant mieux, dans la mesure où elle allait devenir sa supérieure. Il ne devait jamais rien savoir des voluptueuses pensées qui lui venaient à l'esprit quand elle songeait à lui.

Mais comme il n'était pas devin, elle n'avait aucun souci à se faire.

En revanche, elle se faisait du souci concernant sa présence à cet entretien. Que faisait-il ici ?

Un étrange sentiment de malaise la submergea soudain.

L'année précédente, Zach l'avait surpassée de peu au titre de meilleur vendeur de Fortunado. Cette année, ils étaient au coude à coude. Et comme on n'était qu'au mois de mai, elle avait la ferme intention de récupérer son titre.

— Merci d'avoir pris le temps de venir me voir, dit son père.

Comme si Zach et elle avaient eu le choix !

— Je réfléchis à la retraite depuis longtemps, à présent. Il m'a fallu un moment pour me faire à cette idée, mais avec l'aide de Barbara, j'ai finalement décidé de faire le grand saut, comme je l'ai annoncé hier.

Il s'interrompit pendant ce qui sembla être une éternité pour Maddie.

Le désagréable sentiment était devenu plus prenant, à la limite de la douleur.

— Félicitations, Kenneth, dit Zach. Je sais que cela n'a pas dû être une décision facile.

— Merci, Zach. Ça a en effet été l'une des décisions les plus difficiles que j'aie eu à prendre. Cette entreprise, c'est toute une vie de travail. Ma vie. J'ai investi beaucoup de mon temps dedans, je l'ai construite à partir de rien. Vous comprendrez donc que je souhaite la laisser entre de bonnes mains. Les meilleures que je puisse trouver.

Maddie devina ce qui allait se passer avant même que son père s'explique, et il lui sembla que le sol s'ouvrait sous ses pieds. Elle eut envie de dire quelque chose, mais elle ne voulait pas montrer ses faiblesses ou ses incertitudes à Zach. C'était son avenir à elle. Son héritage. Comment une telle chose pouvait-elle arriver ?

— Je vous considère tous les deux comme mon bras droit, reprit son père tandis que la vision de Maddie commençait à se brouiller.

On ne peut avoir qu'un seul bras droit, papa. Qui est le tien ? Zach ou moi ? C'est moi, enfin. C'est moi ! Pourquoi fais-tu ça ?

Elle regardait son père dans les yeux, essayant vainement de lui communiquer ses sentiments.

— C'est pourquoi vous êtes à mes yeux les deux seuls candidats possibles à ma succession, poursuivit-il, en regardant d'abord Zach puis Maddie.

Son sourire disparut brusquement.

— Maddie ? Tu vas bien ?

Elle se força à se reprendre.

— Oui, oui. Je suis juste surprise, papa. Je ne m'attendais pas du tout à ça quand tu as demandé à me rencontrer ce matin.

Son père la regarda un peu trop longuement. C'était un homme d'intuition. Il avait dû comprendre qu'il n'y avait pas que de la surprise. Qu'elle avait ressenti les choses comme un affront personnel.

— Je pensais que tu t'en doutais un peu, ma chérie, puisque nous avons déjà discuté de la possibilité que tu diriges Fortunado dans le futur.

La *possibilité* ?

Il lui avait laissé entendre qu'il s'agissait de bien plus que d'une possibilité. Non, il lui avait laissé entendre qu'il lui confierait le poste de présidente de Fortunado Real Estate dès le moment où il prendrait sa retraite.

— Je pensais que cela allait au-delà de la simple possibilité, fit-elle remarquer.

Après ses études, elle avait consacré tout son temps et toute son énergie à Fortunado Real Estate. Elle avait sacrifié sa vie personnelle, sa vie sentimentale, travaillé dix-huit heures par jour, y compris les week-ends, s'était montrée disponible pour ses clients vingt-quatre heures sur vingt-quatre, sept jours sur sept. Si son père ne lui avait pas explicitement dit qu'elle prendrait sa succession, il l'avait clairement laissé entendre. En outre, c'était un homme de famille. Comment pouvait-il envisager de remettre les clés de l'entreprise familiale à un étranger ?

Quoi qu'il en soit, il ignora sa remarque en faisant comme s'il n'avait rien entendu. Ce qui était une bonne chose, tout bien considéré, car elle n'envisageait pas d'en dire plus devant Zach.

Son père croisa les bras sur son bureau.

— Barbara et moi allons partir en croisière le 4 juin. Ce qui signifie que juste après le mariage de Schuyler et Carlo, dans deux semaines environ, je nommerai mon successeur. Si vous acceptez tous deux le défi, l'un de vous prendra ma place de président de Fortunado Real Estate.

Médusée, Maddie se tourna vers Zach. Il fallait qu'il fasse ce qu'il devait faire : se retirer. Qu'il dise que c'était inconvenant, qu'il n'était pas normal qu'il soit en concurrence avec elle pour une telle chose.

L'air serein, il affichait son sourire le plus parfait, celui qui ouvrait des portes et brisait des cœurs.

— J'accepte, affirma-t-il en la regardant droit dans les yeux.

Son sourire lui rappelait celui qu'il lui avait adressé la veille au soir, quand il l'avait mise au défi de disputer avec lui une partie de ping-pong. Mais il s'agissait à présent d'une compétition hautement plus importante. Elle allait jouer son avenir professionnel.

— À nous deux, dit-elle.

Elle regretta aussitôt le manque de sérieux de ses paroles, qui ne semblèrent pas le gêner, cependant. Ses yeux, bien au contraire, brillaient d'enthousiasme. Elle se força à se détourner pour ne pas se laisser attendrir par leur beauté.

Fut une époque où Zach McCarter était son fantasme secret. Il était désormais son concurrent. Et même son ennemi !

— Bien ! dit son père en se tournant vers elle. Maddie, je suis fier que tu aies saisi cette opportunité. Je dois admettre que j'avais un peu peur de ta réaction. Même si je sais que, tout comme moi, tu souhaites ce qu'il y a de mieux pour l'entreprise.

Il lui fallut faire appel à toute sa force de volonté pour garder le sourire. Son père avait eu peur de sa réaction, mais n'avait pas eu la courtoisie de lui parler en tête à tête avant cet entretien ? Et donc, ils parleraient plus tard de ce qu'il y avait de mieux pour l'entreprise ? L'entreprise *familiale* ?

— Le monde de l'immobilier est un monde violent, poursuivit-il. Celui ou celle qui reprendra les rênes de Fortunado devra faire face à d'importants défis, dans les années à venir. Je veux m'assurer que celui ou celle que je choisirai sera à la hauteur de la tâche.

En apparence, il s'adressait à tous les deux, mais c'était sur elle que son regard était braqué.

— Je serai à la hauteur du défi, papa, affirma-t-elle d'une voix claire. Je n'avais pas compris que notre entreprise familiale pouvait être mise en jeu. Je veux dire proposée à un étranger.

Elle était bien consciente que ses paroles étaient acerbes, mais elle n'avait pas pu s'empêcher de dire ce qu'elle pensait.

Son père fit une petite grimace, mais elle ne put voir la réaction de Zach, car elle ne le regardait pas. Elle supposa cependant qu'il avait réussi à maintenir un air impassible. Il fallait absolument qu'elle se maîtrise, elle aussi.

Son père s'éclaircit la gorge avant de reprendre :

— L'entreprise n'est pas « mise en jeu », comme tu dis. Si tu prouves que tu es la plus méritante, ce sera à toi que je la confierai.

Qu'elle *prouve* qu'elle était la plus méritante ? Mais qu'est-ce qu'il croyait qu'elle avait essayé de faire, toute sa vie d'adulte ?

Cette fois cependant, elle ne fit aucun commentaire.

Mais les paroles de son père l'avaient ébranlée au plus profond d'elle. Malgré toutes ces heures de travail, tous les sacrifices qu'elle avait faits pour le bien de l'entreprise, il n'était toujours pas convaincu qu'elle était la plus méritante ?

Elle secoua la tête et essaya d'ignorer la petite voix qui lui rappelait que Zach l'avait surpassée, l'année précédente.

Pas de beaucoup, mais il avait gagné.

Il avait gagné et elle avait perdu.

— Votre avenir est entre vos mains, reprit son père. Vous pouvez obtenir ma place, mais vous devrez la gagner.

En écoutant ces mots, elle eut l'impression que quelque chose venait de se briser en elle.

— Je suis un autodidacte, poursuivit-il. On ne m'a jamais fait de cadeau. J'ai bâti cette entreprise de mes mains et je veux être sûr que celui ou celle qui me succédera la préservera et lui fera atteindre des sommets que je n'aurais jamais jugés possibles.

Un autodidacte à qui personne n'avait jamais fait de cadeau ?

De qui se moquait-il ? se demanda Maddie.

Elle eut envie de lui rappeler que l'argent qu'il avait gagné à la loterie n'était pas le fruit de son labeur. Il avait eu la chance de choisir les bons numéros, voilà tout. Cependant, elle comprenait son point de vue. Cet argent, il en avait fait bon usage. Il ne l'avait pas dilapidé dans tout ce qui aurait pu tenter un homme ayant été élevé par une mère célibataire pauvre : une somptueuse villa, des voitures de luxe ou des vacances à l'autre bout du monde. Il avait fait de bons investissements. Et il avait beaucoup travaillé, c'est vrai, pour bâtir son entreprise et en faire ce qu'elle était devenue aujourd'hui.

Et elle l'avait aidé, dès qu'elle avait été en âge de le faire. Elle avait travaillé dur, elle aussi.

— Je vais devoir vous laisser, déclara son père. J'ai un déjeuner d'affaires, je ne voudrais pas être en retard. Mais si vous avez des questions à me poser, j'ai un peu de temps pour vous répondre.

Oui, papa, j'ai une question : mais qu'est-ce qui te prend ?

— Qu'est-ce que vous recherchez, Kenneth ? demanda Zach. Quel est l'objectif à atteindre ?

— Montrez-moi ce que vous avez dans votre sac. Je ne vous dirai rien d'autre. Et que la meilleure ou le meilleur gagne.

Il s'interrompit quelques secondes avant d'ajouter :

— Attendez. Il y a autre chose. Vous connaissez le Paisley ? Le nouveau gratte-ciel que Dave Madison est en train de construire en ville ? Je veux que Fortunado obtienne l'exclusivité des ventes. Et je veux que vous travailliez conjointement pour obtenir ce contrat. Pour tout le bâtiment. Il vous faudra trouver ensemble un plan pour obtenir le contrat. C'est là un point important.

— Entendu, répondit Zach en se levant, hochant la tête comme si la situation lui paraissait parfaitement normale.

Maddie resta assise tandis qu'il serrait la main de son père. Mais avant de quitter le bureau, il s'attarda devant la porte, comme pour attendre de voir ce qu'elle allait faire ou dire.

— Il faudrait que je parle avec mon père, Zach. Je te prie de m'excuser.

Le regard qu'il lui adressa lui tira un très léger sentiment de satisfaction.

— Pas de problème, dit-il avant de sortir en refermant la porte.

Elle regarda son père bien en face.

— Comment as-tu pu me faire ça ? Je suis ta fille.

Elle ne se souvenait pas avoir déjà joué cette carte auparavant. Elle s'était toujours enorgueillie de ne jamais tirer profit de son statut de fille du patron. Elle savait bien qu'elle jouissait d'un certain niveau de sécurité professionnelle dont ne bénéficiaient pas ceux qui n'étaient pas de la lignée Fortunado, mais elle n'avait jamais eu besoin de s'appuyer là-dessus. Elle avait fait beaucoup d'efforts pour obtenir ce poste de présidente que son père venait de mettre en jeu.

Mais peu importait. Si c'était ainsi que les choses devaient se passer, alors elle allait jouer la carte de la famille. Elle allait être la fille du patron, parce que le patron lui devait une explication. Ne serait-ce que sur les raisons pour lesquelles il lui avait caché ses intentions.

À en juger par l'expression du visage de son père, il avait pris la mesure de sa colère.

— Je suis désolé, Maddie. Je comprends que tu sois surprise, mais je pense que tu apprécieras le défi, une fois que tu auras pris le temps d'y réfléchir.

Au moins, il avait compris les raisons pour lesquelles elle était si déstabilisée.

— Je t'aime, ma chérie. J'aime tous mes enfants,

mais je n'ai pas l'intention pour autant de vous laisser, toi ou tes frères et sœurs, vous reposer sur *mes* lauriers. Cette entreprise, c'est toute ma vie que je lui ai consacrée. Chaque promotion, à Fortunado Real Estate, doit être méritée. Et je n'ai aucun doute sur le fait que tu mériteras la tienne.

On aurait pu qualifier Zach de beaucoup de choses. Mais pas d'être lâche. Et sans doute pas d'être sentimental.

Alors comment se faisait-il qu'il ne puisse s'empêcher de revoir le regard blessé de Maddie, quand son père leur avait présenté le défi ?

Il aurait dû se réjouir de cette occasion en or qui lui était présentée. Voir là la récompense de tous ses efforts. Et pourtant, il se sentait déstabilisé en repensant à la lueur de profonde déception qui avait terni les beaux yeux bleus de Maddie.

Elle l'aurait probablement giflé si elle avait su qu'il avait remarqué sa tristesse et son désarroi. Elle aurait probablement été folle de rage.

Mais il n'arrivait pas à oublier cette image qui diminuait un peu sa joie d'avoir été pressenti pour diriger Fortunado Real Estate.

Si cela avait été n'importe quelle autre personne, il n'aurait pas eu le moindre regret. Mais il avait toujours eu un faible pour Maddie.

Il avait certainement été plus étonné qu'elle quand Kenneth leur avait demandé de concourir pour obtenir sa place. Car quiconque travaillait à Fortunado Real Estate savait que Maddie convoitait le poste de son père. Elle était son héritière naturelle, tout le monde était persuadé qu'elle prendrait la place de son père une fois qu'il se serait retiré des affaires.

Quand Kenneth lui avait demandé de quitter l'agence de San Antonio pour celle de Houston, il avait d'abord cru à un geste symbolique pour apaiser son impatience. Kenneth semblait doué pour deviner les ambitions de ceux qui travaillaient pour lui. Même si Zach ne lui avait rien dit, il avait dû comprendre qu'après cinq années passées au sein de Fortunado, il avait besoin de changement, envie de monter sa propre agence immobilière.

N'ayant aucune attache à San Antonio, aucune famille, aucune raison de ne pas faire ses bagages, il avait donc pris le chemin de Houston. Une évolution qu'il avait perçue comme une opportunité d'apprendre à connaître le marché de cette ville. Quand Kenneth lui avait proposé le poste, il avait expliqué à Zach qu'il voulait que les cadres se concentrent sur le travail de groupe, que de nouveaux bâtiments étaient en train de se construire dans la région de Houston et qu'il souhaitait monter une « équipe de choc », pour reprendre ses mots. Il ne lui avait pas précisé quels autres employés figureraient dans cette équipe, mais il lui avait confié qu'il souhaitait qu'il aide l'entreprise à obtenir un certain nombre de contrats d'exclusivité. Naturellement, Zach avait accepté le défi, mais cette idée de travail d'équipe l'avait un peu fait tiquer. En règle générale, il travaillait seul. Il était rare qu'il s'associe à d'autres agents. Cependant, il comprenait le principe. Un travail d'équipe était nécessaire pour faire tourner une affaire comme Fortunado.

Mais cette opportunité, cette chance de prendre la tête de Fortunado, était une merveilleuse surprise. Le travail de groupe serait pour cela nécessaire et peut-être devait-il voir là une bonne occasion de se prouver à lui-même qu'il pouvait diriger une équipe plutôt que d'opérer en solo.

Tout faisait sens : le changement de poste, l'invitation au barbecue où Kenneth avait annoncé son intention de prendre sa retraite, et l'entretien de ce matin.

La seule chose qui l'empêchait de se réjouir et de se mettre immédiatement à réfléchir à un moyen de gagner la compétition était le souvenir de l'expression du visage de Maddie.

C'était pour cette raison qu'il l'avait invitée à déjeuner au Blue Moon Café. Il voulait mettre les choses au clair avec elle. Kenneth avait été rusé quand il leur avait demandé de travailler ensemble sur le Paisley. Son entreprise aurait couru à la catastrophe si ses deux meilleurs employés avaient été en guerre. Ils avaient non seulement besoin de réfléchir ensemble à une stratégie concernant le Paisley, mais aussi d'apaiser les tensions entre eux.

Ce qui était facile à dire pour lui, puisqu'il était l'intrus.

C'est donc un peu inquiet qu'il attendait Maddie.

Quand elle passa la porte du restaurant, leurs regards se croisèrent. Elle ne souriait pas. Là encore, elle semblait le mettre au défi de se détourner le premier. D'abandonner la compétition.

Naturellement, il soutint son regard.

Il n'avait que deux possibilités : soit jeter l'éponge, soit se lancer. S'il se lançait, il n'aurait d'autre option que de donner tout ce qu'il avait. Et s'il donnait tout ce qu'il avait, il allait gagner. Il gagnait toujours. C'était pour lui une question d'honneur.

Même si ce défi ne lui paraissait pas vraiment juste, même s'il avait le sentiment de s'apprêter à prendre quelque chose qui ne lui appartenait pas, Zach McCarter n'avait jamais été un lâche.

Il fallait donc qu'il joue cartes sur table. Sans se montrer ni méchant ni cruel. Un bon manager se distinguait par ses capacités à gérer les conflits et à générer autant de situations positives que possible. Notamment dans des cas comme celui-ci, où il ne pouvait y avoir qu'un seul vainqueur.

Lui.

Il aurait besoin de Maddie dans son équipe, quand il dirigerait Fortunado Real Estate.

— Zach, dit-elle quand elle arriva près de lui.

— Maddie. Merci d'avoir accepté de me retrouver si rapidement.

Il fit mine de tirer sa chaise, mais elle s'en chargea sans lui en laisser le temps.

— C'est tout naturel, répondit-elle. Les enjeux sont importants.

Il acquiesça.

— C'est pourquoi il est plus important encore que nous travaillions ensemble, ajouta-t-elle.

Il ne savait pas trop à quoi s'attendre, mais compte tenu de la façon dont elle avait réagi à la nouvelle, à peine une heure plus tôt, son empressement à travailler avec lui l'étonna. C'était décidément une femme surprenante.

— Je suis content que tu voies les choses de cette façon. On va faire une super équipe, toi et moi.

- 3 -

— Un match de ping-pong n'est pas un rendez-vous galant, dit Maddie à sa sœur.

Elle se rendait à Austin avec Schuyler et Carlo pour leur faire visiter des maisons, ainsi que des locaux commerciaux pour le night-club que Carlo souhaitait ouvrir. Et elle avait préparé cette tournée avec beaucoup d'enthousiasme. Elle l'avait imaginée comme une escapade, une parfaite opportunité de fuir l'agence. De mettre de la distance entre Zach et elle.

C'était compter sans Schuyler qui ne cessait de prononcer son nom.

— Ou du moins, ce n'est pas le genre de premier rendez-vous qui m'intéresse, précisa-t-elle.

Menteuse. Si les circonstances avaient été différentes, tu aurais été ravie de ramasser des ordures avec lui, pour un premier rendez-vous.

Mais les circonstances étant ce qu'elles étaient…

— D'autre part, ajouta-t-elle, je n'arrive pas à croire que tu mentionnes sans arrêt son nom alors que tu sais parfaitement que papa nous a mis en compétition tous les deux.

Après le désastreux entretien avec son père, et le déjeuner tendu avec Zach qui avait suivi, elle était rentrée chez elle, avait fait ses bagages pour deux jours et avait parcouru les deux heures et demie de route qui la séparaient d'Austin. En théorie, pour chercher des maisons à faire visiter à sa sœur et Carlo. Mais pour être parfaitement honnête avec elle-même, elle devait admettre… qu'elle n'avait jamais été aussi heureuse de quitter l'agence. De quitter la ville. Car à présent, Houston ne lui semblait plus assez grand pour abriter les rêves et les ambitions que Zach et elle avaient.

Il était évident que l'un d'entre eux devait partir.

Ce ne serait pas elle.

Car il était hors de question qu'elle jette l'éponge.

Zach et elle avaient passé un accord. Ils allaient travailler ensemble pour obtenir l'exclusivité sur le Paisley et vendre ses luxueux logements. D'ailleurs, elle avait déjà pris l'initiative d'appeler l'assistant de Dave Madison pour fixer un rendez-vous. Étant absent, Dave n'était pas disponible avant le lundi suivant. Entre-temps, elle allait donc aider sa sœur et son futur beau-frère.

— Je te dis que c'est un rendez-vous, insista sa sœur. Il est tellement beau, Mads. Je suis sûre qu'il y a une logique dans la folie de papa. Il a peut-être fait cela pour vous rapprocher, Zach et toi ? Tu te rappelles, au barbecue, quand il a dit qu'il le considérait comme un fils ? C'était peut-être « beau-fils » qu'il entendait par là ?

Agacée, Maddie secoua la tête.

— Je ne pense pas, non. Et je n'ai vraiment pas envie de parler de lui, d'accord ?

Elle regrettait à présent d'avoir parlé à Schuyler du plan de leur père. Et elle ne comprenait même pas comment, après ça, sa sœur pouvait encore évoquer cette partie de ping-pong et la présenter comme un possible premier rendez-vous !

À bout de nerfs, elle serra le volant plus fort.

Schuyler n'avait jamais fait preuve du moindre intérêt pour l'entreprise familiale – elle disait s'être parfois sentie à l'écart de ses deux sœurs, passionnées par l'immobilier. Elle aurait naturellement pu y jouer un rôle important, mais elle avait choisi de suivre son propre chemin, et ce chemin l'avait menée à la Mendoza Winery, où elle avait rencontré son futur mari. Et à présent, elle semblait en paix avec son passé, son présent et son avenir.

Tandis que la vie de Maddie était totalement bouleversée.

— Mads, vous seriez si mignons, tous les deux ensemble.

— On ne serait pas mignons ensemble, répliqua Maddie.

On serait magnifiques !

Embarrassée que sa sœur insiste devant Carlo, elle jeta un coup d'œil dans le rétroviseur et constata avec soulagement que son futur beau-frère avait mis ses écouteurs et regardait distraitement par la vitre. Hochant la tête au rythme de la musique, il ne semblait pas prêter la moindre attention à leur conversation.

Heureusement !

Car il s'agissait là d'une discussion entre sœurs qui aurait dû avoir lieu en privé.

— Désolée d'insister, reprit Schuyler, mais un match de ping-pong ferait un merveilleux rendez-vous.

Maddie soupira. La personnalité de Schuyler lui avait toujours évoqué un piège à doigts chinois. Quand elle s'accrochait à vous, plus on essayait de s'en libérer, plus elle resserrait son étreinte. La seule solution était de se détendre.

Ou de lui laisser penser que vous aviez été blessée.

— Zach a suggéré ce match comme ça. Et de toute façon, il a sûrement déjà oublié. Alors laisse tomber, d'accord ? Et puis comment veux-tu que je sorte avec un homme qui convoite mon poste ? Je suis déjà assez mal comme ça. Si tu pouvais éviter d'enfoncer le clou…

Le visage de sa sœur s'adoucit.

— Excuse-moi, marmonna-t-elle.

Ils roulèrent en silence pendant quelques minutes, mais au bout d'un temps, naturellement…

— Mads, vous seriez vraiment parfaits ensemble. Si vous commencez à vous voir maintenant, tu pourrais l'emmener au mariage. Vous seriez tellement beaux sur les photos. Comme Barbie et Ken.

Maddie leva les yeux au ciel.

— Enfin, Sky, je suis aussi proche de Barbie qu'un camion ! s'exclama-t-elle.

— Ne sois pas si dure avec toi. Zach est fou de toi. Je le sens. Et avec un…

D'un geste preste, Schuyler prit entre ses doigts l'une des longues mèches de Maddie.

— … tout petit relooking, tu pourrais totalement surpasser Barbie.

En guise de réponse, Maddie lança un regard noir à sa sœur.

— Quoi ? fit Schuyler en riant. Pas la peine de

me regarder comme ça. C'est vrai. Et je ne disais pas ça pour me moquer. Tu es très belle, Mads. Mais tu pourrais avoir une beauté hollywoodienne, si tu faisais juste quelques petits changements.

Maddie sentit ses murs défensifs se fissurer. Des trois sœurs, elle était l'intello et Schuyler la jolie. Quant à Valene, le bébé, elle échappait à toute comparaison avec l'une ou l'autre.

Dommage que la société privilégie généralement les apparences à la substance. Ce n'était pas que Schuyler manquait de substance. C'était juste que… que parfois, elle arrivait à ses fins juste parce qu'elle était jolie. Elle souriait, battait des cils, et tous les hommes étaient à ses pieds.

Schuyler n'était pas une manipulatrice. Pas exactement. Elle n'avait pas une once de méchanceté en elle. Elle était simplement dotée d'une insouciance enfantine qui lui permettait de faire des choses que Maddie n'aurait jamais osé faire.

Elle, elle n'avait pas le temps de se soucier des dernières modes. Les vêtements classiques et les cosmétiques pratiques lui avaient toujours réussi. Elle laissait sécher ses cheveux naturellement et les dégageait de son visage, qu'elle ne maquillait jamais, à l'exception d'une petite touche de gloss pour des occasions particulières. Elle avait la chance d'avoir une belle peau. Pourquoi aurait-elle pris le risque d'obstruer ses pores avec du maquillage qu'elle n'avait de toute façon pas le temps d'appliquer ?

— Comparer une femme à Barbie n'est pas vraiment un compliment, Sky. Et aux dernières nouvelles, Ken n'était pas intéressé par Barbie. Je ne pense pas que ce soit son genre, si tu vois ce que je veux dire. Note que je n'ai rien contre les préférences de Ken. Il n'y a que l'amour qui compte. Mais ma préférence à moi, c'est le travail.

Et voilà où cela l'avait menée : droit dans le mur. Elle allait devenir une vieille fille. Ses neveux et nièces la prendraient pour une folle. Sauf qu'au lieu de chats, ce serait tout un élevage de corgis qu'elle aurait.

— Si tu veux mon avis, tu as un problème, dit Schuyler.

— Je ne me rappelle pas t'avoir demandé ton avis. Et je ne vois pas du tout de quoi tu parles. Quel problème ?

— Ce que je veux dire, c'est qu'il te faut être aveugle pour ne pas remarquer combien Zach McCarter est beau. Ou inconsciente. Voilà ! Ce doit être ça. Ma sœur est totalement inconsciente, déclara-t-elle en se tournant vers Carlo. Un type super sexy s'intéresse à elle, et elle n'en a même pas conscience. Qu'est-ce que tu en penses, toi ?

Carlo ne répondit pas.

En jetant un nouveau coup d'œil dans le rétroviseur, Maddie constata que Carlo avait toujours ses écouteurs. Tant mieux !

— Je t'interdis de parler comme si je n'étais pas là, Sky. Et aussi de mêler Carlo à cette histoire. Et pour ton information, quand je suis au bureau, je me concentre sur mon travail, je ne drague pas mes collègues.

— Es-tu concentrée sur ton travail au point de ne pas voir ce qui est juste sous tes yeux ?

Maddie avait beau avoir le regard fixé sur la route,

elle sentait bien que sa sœur la dévisageait. Et elle sentait aussi le rouge lui monter aux joues…

Brusquement, Schuyler fit claquer ses doigts en s'exclamant :

— Oh ! en fait, tu le vois très bien ! Il te plaît, c'est ça ?

L'espace d'un instant, Maddie sentit tous ses mécanismes de défense céder. Elle avait désormais les joues en feu. Et même si Schuyler ne pouvait la voir que de profil, elle avait dû le remarquer, elle aussi.

— Tu es complètement folle de lui ! s'exclama sa sœur. Carlo, il lui plaît !

Le sentiment de honte était désormais tel que Maddie ne trouva rien d'autre à faire que de secouer la tête.

— Ne t'inquiète pas, Mads. Il n'y a rien de mal à craquer pour un homme. Surtout à ton âge.

Cette fois c'était trop. Ivre de rage, Maddie fusilla sa sœur du regard.

— Merci, Sky. Tu as toujours eu un don pour me réconforter.

— Je ne fais pas ça pour t'embêter. Et tu vois très bien ce que je veux dire.

Elle voyait très bien, en effet. Et sa sœur avait raison. Maddie avait vingt-neuf ans, était célibataire et n'avait aucune perspective sentimentale. Ce qui n'aurait pas dû être si important que ça parce qu'elle était mariée à son travail. Et pourtant, elle ne pouvait même pas admettre que Zach lui plaisait. Pourquoi ?

Et si la théorie du collègue de travail n'était qu'une excuse ? C'en était une, oui. Elle était suffisamment lucide pour le reconnaître. Mais d'un autre côté, si elle admettait son attirance pour Zach et que les choses se passaient mal entre eux, elle risquait de perdre l'un de ses meilleurs agents immobiliers.

Le point déterminant, c'était que Zach et elle travaillaient ensemble depuis cinq ans. Cependant, ils n'avaient jamais été dans la même agence. Ils avaient donc eu cinq ans pour flirter, tout au moins quand ils se voyaient. Cinq ans pour jouer sur une éventuelle attirance qu'il aurait pu y avoir entre eux. Si elle lui avait plu, s'il avait eu des sentiments pour elle, il aurait tenté d'aller plus loin. Or il ne l'avait pas fait. Donc elle ne lui plaisait pas. C'était aussi simple que ça.

Quoi qu'il en soit, la situation avait changé. Son père les avait mis en compétition et elle allait gagner. Il aurait donc été particulièrement frustrant, à présent, de se lancer dans une aventure sentimentale avec Zach. La nouvelle présidente serait regardée de travers si elle sortait avec l'un de ses employés. De toute façon, elle n'aurait pas le temps de batifoler. Elle serait beaucoup trop occupée par son travail.

Mais pour l'instant, elle savait que le seul moyen pour elle de se débarrasser de Schuyler était de lâcher un peu de lest… mais pas trop.

— Évidemment que Zach est très beau, reprit-elle. C'est juste qu'il n'est pas mon genre.

— Tu es sûre, Mads ? Je sens vraiment qu'il y a quelque chose entre vous.

Maddie allait dire à sa sœur qu'elle avait autre chose à faire que de se soucier de ces futilités, mais elle se reprit à temps et réussit à ravaler les paroles méchantes qu'elle s'apprêtait à prononcer. C'était là son principal défaut : quand elle se retrouvait sur la défensive, quand elle avait l'impression d'être acculée, elle avait tendance à s'emporter.

Elle choisit de ne pas répondre, espérant que sa sœur lâcherait l'affaire. D'autant plus qu'ils arrivaient à destination.

Elle quitta la voie rapide pour s'engager dans la rue où se trouvait cette maison qui, elle en était certaine, serait parfaite pour Schuyler et Carlo.

— On y est ! annonça-t-elle en roulant dans l'allée de la villa qui était une reproduction miniature d'un château espagnol.

Elle connaissait suffisamment bien sa sœur pour savoir qu'elle se laissait facilement distraire par tout ce qui brillait. Comme prévu, Schuyler ouvrit de grands yeux émerveillés.

— C'est elle ? murmura-t-elle. Oh ! Maddie, elle est magnifique ! Absolument parfaite. Regarde, Carlo !

Carlo, qui avait retiré ses écouteurs, semblait tout aussi ébahi que Schuyler.

Perchée au-dessus d'une falaise en surplomb du lac Austin, la villa était tout bonnement époustouflante. Carlo et son cousin venaient tout juste d'ouvrir la Mendoza Winery et leurs affaires tournaient à plein régime. Si cette maison était trop chère pour le budget du couple, les banques n'hésiteraient pas une seule seconde à leur prêter ce qu'il leur manquait.

— Voilà, dit Maddie en sortant de la voiture. Pour commencer, tout le jardin est clôturé. Elle comprend quatre chambres, trois salles de bains, un séjour, une salle multimédia, une salle de sport et un sauna, une cave et une salle de dégustation, une piscine et un spa, précisa-t-elle en rejoignant sa sœur et Carlo qui regardaient la villa comme s'ils venaient de trouver le Saint Graal.

Schuyler hocha pensivement la tête.

— C'est notre maison, Carlo, décréta-t-elle.

— Elle est magnifique, c'est vrai, répondit Carlo en riant, mais on n'a même pas vu l'intérieur encore.

— C'est vrai, mais je sais que c'est elle, affirma Schuyler.

— Eh bien, il suffit d'aller y jeter un œil ! lança Maddie en se dirigeant vers les grandes portes de bois sombre.

Voilà pourquoi elle aimait tant son travail. Elle était douée pour ce qu'elle faisait. Associer des couples ou des familles à la maison de leurs rêves était comme un sixième sens pour elle. Un exercice tellement plus confortable que de chercher à séduire l'homme de ses rêves. Surtout quand celui-ci était le symbole d'un cauchemar.

Le GPS indiquait que Zach approchait de son but. Tout en baissant le son de la radio, il tourna à gauche sur un chemin de terre et arriva bientôt devant un immense portail en bois. Après s'être présenté à l'Interphone, il vit les portes s'ouvrir.

Une longue allée de gravier serpentait entre les pins et les vastes pâturages. Il roula lentement et inspecta l'immense propriété.

Avec ses cent vingt hectares de terres agricoles, le Pomodoro Ranch, à Sisterdale, était un véritable petit joyau. Zach sentait déjà qu'il valait largement les quatre heures de route qu'il avait parcourues depuis Houston. Ou du moins, qu'il les vaudrait une fois qu'il aurait obtenu le contrat. Car il ne partirait pas d'ici sans l'avoir obtenu.

Raison pour laquelle il avait pris toutes les dispositions nécessaires en changeant de tenue pour ces bottes, ce jean et cette chemise de cow-boy qu'il avait lavée trois fois pour lui faire perdre son aspect trop neuf. L'ensemble était très éloigné de son style vestimentaire habituel, mais il lui semblait que Jim et Mary Ann Winters, actuels propriétaires du ranch, seraient plus à l'aise avec un Texan moyen qu'avec un jeune homme qui débarquerait en Ralph Lauren au volant d'un cabriolet BMW.

Il avait également veillé à choisir un moyen de transport aussi convaincant que le stetson vissé sur son crâne. Cette Ford F-150 n'avait rien de comparable avec sa voiture, mais elle s'était révélée étonnamment confortable pour un pick-up.

L'allée le conduisit jusqu'à un immense corps de ferme en bois et brique de style colonial. Tout en admirant la bâtisse, il se gara sur l'immense espace pavé devant la demeure.

Avant qu'il ait eu le temps de refermer la portière du pick-up, un vieil homme en chapeau de cow-boy, jean usé et chemise à carreaux était sorti pour venir à sa rencontre.

— Vous êtes Zach McCarter ?

— Oui, monsieur. C'est bien moi, répondit-il en

échangeant avec lui une ferme poignée de main. Ravi de vous rencontrer, monsieur Winters.

— Merci d'être venu jusqu'ici, mon gars. L'emplacement des lieux fait parfois peur aux gens de la ville. Certains agents ont même refusé de venir. Mais j'ai entendu dire que c'était vous le meilleur. C'est vrai ?

— Je ferai tout pour que vous en soyez convaincu.

Il aurait aimé pouvoir affirmer qu'il était le meilleur, mais il avait une concurrente dans ce domaine, une jolie blonde aux yeux bleus face à laquelle il devait faire ses preuves. La réaction viscérale qu'elle lui inspirait depuis peu l'avait surpris. Et lui avait fait comprendre que si les circonstances avaient été différentes – s'il n'avait pas travaillé pour son père, s'ils n'avaient pas été en concurrence pour le même poste –, il aurait très certainement voulu savoir s'il y avait d'autres domaines dans lesquels ils pouvaient exceller ensemble. Le genre de domaines qui n'avaient rien à voir avec le travail.

Il chassa vivement Maddie de ses pensées. Pour l'instant, il devait tout faire pour décrocher ce contrat.

— Je vous fais visiter les terres ? lui demanda Jim Winters.

— Avec grand plaisir.

— Ce ranch est dans ma famille depuis trois générations. Mais mes garçons sont partis il y a des années, maintenant, et ils ont leur propre famille et leur propre vie. Le travail au ranch ne les a jamais vraiment intéressés. Vendre était la meilleure chose à faire, conclut le vieil homme en hochant tristement la tête. Tu penses que tu peux me trouver un acheteur, mon gars ?

Quelques heures plus tard, Zach se garait devant le bâtiment qui hébergeait les bureaux de Fortunado. Il venait de rentrer en ville après son rendez-vous à Sisterdale. Il était tard. Pas d'horaires de bureau, quand on travaille dans l'immobilier. Si on veut réussir, on ne peut pas se borner à travailler comme tout le monde, du lundi au vendredi de 9 heures à 17 heures. C'était vendredi soir et il lui restait environ une heure de travail pour boucler sa journée. Ce qui ne lui apparaissait nullement comme un sacrifice. Tout bien considéré, il se sentait plus chez lui à l'agence que dans son appartement.

Pour commencer, il avait l'intention de se débarrasser des vêtements de cow-boy qu'il portait toujours depuis son rendez-vous avec Jim et Mary Ann Winters et de reprendre sa tenue habituelle, pantalon cargo et chemise blanche, qu'il avait laissée dans son bureau. De son point de vue, il ne s'était pas montré malhonnête en portant ces bottes et ce stetson ; il avait juste donné confiance à ses clients. Et sa stratégie avait fonctionné. Il avait obtenu le contrat. Le dixième depuis le début de la semaine.

En arrivant dans le couloir, il remarqua qu'il y avait encore de la lumière dans le bureau de Maddie, qui se trouvait en face du sien.

Cela n'aurait pas dû le surprendre. La seule personne qui pouvait lui faire concurrence en ce qui concernait les heures de travail, c'était Maddie. Mais comme il n'avait pas vu sa voiture dans le parking, il avait pensé qu'elle était partie plus tôt que de coutume.

Manifestement, il s'était trompé.

Elle prenait la compétition très au sérieux et elle était déterminée à gagner. Grâce à son éducation, elle avait acquis très vite une assurance qu'il n'aurait jamais pu rêver d'avoir, enfant. Son père s'était tué à la tâche, littéralement, laissant sa mère seule pour les élever, son frère et lui. Elle était morte deux ans plus tard. Il n'avait que quinze ans, son frère Rich vingt et un. Officiellement, Rich était en âge de devenir son tuteur, mais il n'avait pas voulu de cette responsabilité. Leur mère, un peu naïve et certaine que son fils aîné se montrerait juste envers son cadet, avait fait de Rich l'unique bénéficiaire de l'assurance-vie qu'elle avait contractée. Rich était alors étudiant en droit. D'après le contrat, une fois son diplôme en poche, il aurait dû inscrire Zach à l'université. Mais il avait affirmé que pour terminer ses études, il devait passer ses soirées à la bibliothèque et qu'il ne pouvait pas s'occuper d'un adolescent perturbé qui séchait les cours et s'attirait toutes sortes d'ennuis.

Ses grands-parents étant décédés, et son oncle et sa tante étant brouillés avec sa mère, Zach n'avait nulle part où aller. Sous la pression des autorités, ou bien parce que Rich ne savait pas comment se battre pour lui – ou ne voulait tout simplement pas le faire –, Zach s'était donc retrouvé dans une famille d'accueil. Dissimulant sa peur et le sentiment d'avoir été abandonné derrière une dure façade d'indépendance, il s'y était rapidement intégré. La plus grande leçon qu'il avait tirée de ces trois années de sa vie, c'était qu'il était préférable de ne dépendre de personne.

À présent, il se plaisait à croire que cette expérience ne

l'avait pas rendu amer. Qu'elle avait fait de lui l'homme qu'il était à ce jour. Il avait appris à ne jamais trop se lier à qui que ce soit et à ne se fier qu'à lui-même. De cette façon, il n'était jamais déçu.

Avec le temps, il avait appris qu'un sourire et quelques paroles légères pouvaient ouvrir bien des portes et lui permettre de tisser des liens avec des personnes d'influence. D'ailleurs, qui aurait cru que Kenneth Fortunado envisagerait de remettre les clés de son empire à un homme qui n'était pas de son sang ?

Zach avait mérité cette proposition. Il n'avait ni trompé ni forcé Kenneth. Il lui avait simplement démontré qu'il était la personne la plus capable pour le poste.

Encore une bonne raison de ne pas laisser le souvenir du regard blessé de Maddie le détourner de son objectif. Que la meilleure ou le meilleur gagne, avait dit Kenneth.

Il s'arrêta sur le seuil du bureau de Maddie.

— On a oublié de te dire que tu pouvais rentrer chez toi ? lança-t-il d'une voix taquine.

— Je ne vois pas de quoi tu parles, répondit-elle avec sérieux. Je suis chez moi, ici. Euh… Qu'est-ce que c'est que cet accoutrement ?

Tout en plissant le nez, elle le détailla de la tête aux pieds.

— Tu vas à un bal costumé ? demanda-t-elle.

— J'avais un rendez-vous.

— Dans une école de rodéo ? Je ne t'ai jamais vu habillé comme ça. Permets-moi de te dire que ça ne te va pas du tout.

Il retint un sourire. Au moins, elle était égale à elle-même.

— C'est l'une des raisons pour lesquelles je suis revenu à l'agence, répondit-il. Pour me changer.

— Tu es vraiment allé à ton rendez-vous habillé *comme ça* ?

— Oui. J'ai tout acheté spécialement pour l'occasion. Dommage que tu n'aies pas vu le pick-up qui allait avec le reste.

— Un *pick-up* ? Sérieusement ?

Elle écarta sa chaise du bureau et croisa ses longues jambes fuselées, ce qui eut pour effet de faire remonter un peu sa jupe sur ses cuisses… Il lui fallut lutter de toutes ses forces pour ne pas laisser son regard s'attarder sur ce spectacle.

— Le ranch se trouve à Sisterdale, expliqua-t-il. J'avais loué une Ford F-150 pour compléter l'ensemble. Je pense qu'il faut toujours se mettre dans le rôle, quand on rencontre un client.

L'air peu convaincu, elle lissa sa jupe.

— Tu sais, Zach, un rancher peut détecter un imposteur à des kilomètres.

— Tu trouves que je n'ai pas l'air authentique ?

Lentement, très lentement, elle fit glisser son regard sur lui, l'inspectant attentivement de la tête aux pieds.

Avec ses manches retroussées sur ses biceps, Zach paraissait étonnamment naturel dans cette chemise en jean qui mettait en valeur ses larges épaules et ses hanches étroites. Quant à son jean, il lui allait comme une seconde peau. Il avait complété la panoplie avec des bottes de cow-boy qui étaient juste assez usées pour paraître authentiques.

C'était là la preuve qu'il pouvait porter n'importe quoi sans rien perdre de son sex-appeal.

— Compte tenu du fait que tu conduis une voiture de sport et que tu dépenses sans doute plus d'argent pour chacun de tes costumes que je n'en dépense en vêtements dans toute l'année, je dirais que non, tu n'as pas l'air authentique, répondit-elle.

Même si tu es toujours aussi beau…

Heureusement, elle parvint à se retenir de prononcer ces mots en laissant échapper un bruit qui évoquait vaguement une petite toux.

— Ça va ? lui demanda-t-il.

— Oui. J'avais un chat dans la gorge. S'il te plaît, dis-moi que tu n'as pas vraiment porté ce chapeau.

Comme un sourire avait étiré les coins de sa délicieuse bouche virile, elle comprit qu'il cherchait encore une fois à flirter. Mais elle était déterminée à ne pas craquer, tout comme elle était déterminée à lui prouver qu'elle n'était pas le moins du monde affectée par la bombe que son père avait lâchée, qu'elle était sûre d'être à la hauteur du défi et qu'elle réussirait sans peine à obtenir ce qui lui revenait de droit.

— Maddie, tu penses que je n'aurais pas dû mettre le chapeau ?

— Oh ! si, il fallait ça… si tu voulais avoir l'air encore plus ridicule. J'imagine que tu as acheté la boucle de ceinture aussi ?

Son regard avait été attiré par la grosse boucle carrée

et argentée au centre de laquelle se détachait une tête d'aigle dorée.

— Oui, répondit-il d'un ton qu'elle trouva moqueur.

Il savait. Il savait qu'elle avait regardé un peu plus bas que la boucle…

Pour dissimuler le frisson de désir qui parcourut son corps, elle croisa les bras sur sa poitrine.

— Elle est belle, non ? demanda-t-il.

Ravalant sa salive avec peine, elle le regarda bien en face.

— Bon. Quand vont-ils prendre leur décision ? s'enquit-elle.

Sans répondre, il lui sourit. À l'évidence, il était heureux qu'elle l'ait regardé. Elle adorait les petits plis qui se formaient autour de ses yeux quand il souriait. Il avait un regard qui aurait pu faire chavirer des navires et briser des cœurs.

Mais il fallait qu'elle se montre prudente. C'était son ennemi. La seule et unique personne qui se trouvait entre elle et tout ce qu'elle avait toujours désiré obtenir. Et pourtant, elle ne pouvait s'empêcher de flirter avec lui. Flirter ? Non, c'était bien pire que ça. Elle avait envie de se jeter sur lui pour déboutonner sa chemise et voir si ses abdominaux étaient aussi durs et bien dessinés qu'ils en avaient l'air. Elle avait envie de dégrafer cette ridicule boucle de ceinture pour glisser sa main dans son jean et voir si ses atouts cachés étaient aussi intéressants qu'ils semblaient l'être.

La voix grave de Zach la ramena brusquement à la réalité.

— Qu'est-ce que tu veux dire par là ?

— Est-ce qu'ils sont en contact avec d'autres agents ? Quand comptent-ils te faire part de leur décision ?

— Ils ne sont en contact avec personne d'autre, répondit-il. Tu crois vraiment que je me serais donné tant de mal et que j'aurais parcouru tous ces kilomètres pour revenir sans contrat ?

— Ils ont signé avec toi ? Alors que tu étais habillé comme ça ?

— Bien sûr.

Elle sentit ses joues s'empourprer tandis qu'une petite voix lui disait : « C'est pour ça que ton père l'a mis en compétition avec toi. » Son côté rationnel savait que c'était la vérité, mais son côté émotionnel, qui souffrait beaucoup, n'avait aucune envie de l'entendre.

Cependant, il n'était pas question qu'elle lui révèle à quel point elle était perturbée.

— Tant mieux pour toi, dit-elle. Au moins tu ne te seras pas déguisé pour rien.

Zach aurait pu rebondir en lui parlant de ces kilomètres qu'il avait faits et lui dire que cela lui ferait peut-être du bien de sortir de sa zone de confort et des cadres de pensée traditionnels comme il l'avait fait.

Mais il se retint.

— Il me semble aussi, répondit-il. Bien ! Je te laisse. J'ai quelques tâches administratives à finir.

— D'accord. Tu comptes aller au Thirsty Ox après ?

Le vendredi soir, les professionnels de l'immobilier se retrouvaient souvent dans ce pub pour boire un verre ensemble et comparer leurs expériences. Ils étaient censés s'échanger des tuyaux, mais la plupart du temps, il s'agissait plutôt d'un compte rendu de la semaine qui permettait à chacun de savoir qui avait vendu quoi, et surtout, qui avait obtenu le plus de contrats. C'était donc plutôt un prétexte pour se vanter.

— Ah oui, c'est vrai, marmonna-t-il en consultant sa montre. C'est ce soir. Il faut que je finisse la paperasse et j'ai quelque chose de prévu un peu plus tard, mais je pense que je pourrais passer et rester quelques minutes.

Il n'aimait pas trop ces soirées. C'était ses affaires ; il ne voyait pas l'intérêt de parler de ses clients ou de se vanter de ses contrats. Mais il ne voulait pas passer pour un sauvage ou un type arrogant. Et puis, se montrer sociable ne pourrait que l'aider dans ses efforts pour gagner la promotion. Kenneth Fortunado était un homme sociable. C'était d'ailleurs là l'une des rares différences entre eux.

— Quelque chose de prévu ? répéta Maddie. Rendez-vous galant ou réception officielle ?

— Ni l'un ni l'autre, répondit-il en souriant. Quelque chose, c'est tout. Il ne t'arrive jamais d'avoir quelque chose de prévu ?

— Non. Je suis généralement trop occupée par mon travail pour m'adonner à ce genre d'absurdité.

— Tu devrais sortir plus souvent, Maddie.

Elle était dotée d'une beauté naturelle que d'aucuns auraient sans doute ignorée, mais qui ne lui échappait pas, à lui. Elle avait une peau magnifique, qu'elle ne cherchait pas à dissimuler avec du maquillage. Et elle ne portait généralement que des vêtements plutôt neutres mais toujours bien coupés et de bonne qualité. En règle générale, elle dégageait ses longs cheveux blonds de son visage en les ramenant en queue-de-cheval. Ce soir, elle s'était fait un chignon flou qu'elle avait attaché à l'aide d'un crayon. Il envisagea de la taquiner sur cette coiffure improvisée tout comme elle l'avait fait sur sa panoplie de cow-boy, mais il se retint. Il avait encore du travail et il devait ensuite se rendre au Thirsty Ox.

— Il faudrait que l'on parle de l'annonce de ton père et de la façon dont nous allons nous organiser autour de ça, dit-il. Je ne voudrais pas que cela complique nos relations.

— Moi non plus.

Cette réponse lui parut étonnamment concise et dénuée d'émotions. Ce qui le surprit. Au cours du déjeuner du lundi, il lui avait semblé évident que l'accord ne lui convenait pas. Et il avait espéré que, si cela lui posait un problème quelconque, si elle lui en voulait à ce sujet, elle lui en parlerait. Ce qu'elle n'avait pas fait. Peut-être que ce soir…

— Maddie, si tu as quelque chose à me dire, je t'en prie, fais-le. Vas-y. Vide ton sac. Cela ne me gêne pas, je t'assure.

Elle le regarda comme s'il venait de parler dans une langue étrangère.

— Tu veux vraiment que je te dise que tu me déranges, là, à m'empêcher de faire mon travail en jacassant sans arrêt ? répliqua-t-elle.

Une lueur malicieuse vint éclairer ses beaux yeux bleus quand elle lui sourit.

Il ne voyait pas le moindre signe de la douleur qu'il avait perçue quelques jours plus tôt. Il s'attendait presque à ce qu'elle le taquine en l'accusant de chercher à saboter son travail. Mais elle ne le fit pas. Il prit donc cela comme un signal : le moment était venu pour lui de partir.

Tout en lui rendant son sourire, il leva ses deux mains devant lui.

— Excuse-moi. Je te laisse à ton travail, dit-il.

Il s'apprêtait à quitter le bureau quand elle le rappela.

— Zach ?

— Oui.

— Tu sais que j'envisage de gagner. Que comptes-tu faire quand j'aurai gagné ? Je veux dire… tu vas rester ?

— Honnêtement ? Je ne vois pas comment je pourrais rester si je n'obtiens pas cette promotion. Alors j'imagine que l'on souhaite tous les deux gagner.

— Je le pense aussi. Dans ce cas… à nous deux !

- 4 -

« À nous deux ! »

Maddie grimaça en repensant à la conversation qu'elle avait eue avec Zach une heure plus tôt, au bureau. Elle n'aurait pas dû dire ça. Encore une fois, elle était passée pour une femme aigrie et pas vraiment décontractée. En même temps, elle n'avait jamais été du genre décontracté.

Puisque Zach envisageait de quitter Fortunado si, ou plutôt *quand* elle aurait obtenu sa promotion, elle aurait tout aussi bien fait de l'embrasser pour tourner la page.

Quand cette pensée lui traversa l'esprit, elle prit une profonde inspiration, puis regarda tout autour d'elle la salle comme si les autres clients du Thirsty Ox avaient pu lire dans ses pensées.

Embrasser Zach pour tourner la page. Quelle idée ridicule !

À moins que…

Elle allait gagner. Il allait partir. Ce qui lui semblait tout à fait compréhensible. Dans le cas contraire, aurait-elle envie de rester ? Sûrement pas !

Alors, s'ils devaient de toute façon ne plus travailler ensemble, pourquoi ne pas l'embrasser et tourner la page ? Elle pourrait ainsi se débarrasser de toutes les pensées érotiques qu'elle entretenait à son sujet, et mieux se concentrer sur la tâche colossale qui se profilait devant elle. Car une fois qu'elle l'aurait embrassé, toutes ses illusions disparaîtraient. Le grand et puissant objet de ses fantasmes redeviendrait un simple mortel.

Mais si tout cela était vrai, alors pourquoi sentait-elle ses lèvres vibrer de plaisir à l'idée de les joindre aux siennes, son sexe palpiter d'un désir qui allait bien au-delà d'un simple baiser ?

Agacée, elle croisa les jambes. Elle n'en voudrait pas plus, non. Un baiser suffirait pour faire disparaître toutes les émotions que Zach lui inspirait. C'était ainsi que les choses avaient toujours fonctionné, dans le passé. Un crescendo de désir, suivi d'une déception intense au moment de la concrétisation.

Embrasser Zach ne ferait pas exception.

Où étaient les autres ?

À présent plus que jamais, elle avait besoin de la distraction que pourraient lui apporter ses collègues.

Elle était arrivée au Thirsty Ox un peu plus tard que de coutume. D'ordinaire, elle était la première arrivée le vendredi soir et elle tenait le siège seule jusqu'à ce que le reste du groupe arrive.

Le Thirsty Ox était leur endroit de prédilection. La première salle était un pub de style anglais, la seconde un restaurant. Son ambiance cosy et sa délicieuse cuisine en avaient fait un lieu populaire, bondé tous les jours de la semaine, mais plus encore le vendredi.

À cette heure de la soirée, les agents immobiliers en étaient tous généralement à leur deuxième ou troisième bière.

Où étaient-ils tous passés, ce soir ?

Elle contempla la salle, son décor Tudor modernisé par des enseignes de bière lumineuses. Le pub grouillait de monde et d'animation. Mais elle ne reconnaissait personne. Tout le monde ne pouvait pas venir toutes les semaines, mais jamais en cinq ou six ans il n'était arrivé que tous les agents immobiliers soient absents le même soir.

Elle était pour sa part toujours présente. Car c'était l'une de ses seules occasions de sortie hebdomadaire.

Machinalement, elle descendit de son tabouret pour aller jeter un coup d'œil à la salle du fond, dans l'éventualité où ses collègues aient sauté l'apéritif pour passer directement à l'étape dîner. Ne voyant personne, elle s'installa à une table de quatre qui venait de se libérer. Les autres étaient peut-être en retard ou avaient d'autres plans. Sa sœur Val avait rendez-vous avec un jeune homme, ce soir. Peut-être que tous les autres aussi. Zach avait affirmé avoir des projets. Après la façon dont elle lui avait parlé, peut-être avait-il décidé de passer directement à ce « quelque chose » qu'il avait prévu ce soir.

Peut-être était-elle la seule à ne pas avoir de vie en dehors du bureau…

Elle prit une gorgée de la bière qu'elle venait de commander. Si personne n'était là quand elle l'aurait terminée, elle rentrerait chez elle.

Pourquoi prenait-elle les choses tant à cœur ? Ces soirées du vendredi n'étaient pas gravées dans le marbre. Ce n'était pas comme si les autres l'avaient rejetée. Mais elle attendait toujours avec impatience ce moment, le seul de la semaine où elle pouvait se lâcher les cheveux et souffler un peu.

Affligeant.

Elle avait vraiment besoin d'avoir une vie à elle autre que ces rendez-vous du vendredi soir dans un pub bruyant. Seulement, comment faire ?

Le travail était sa vie, son petit ami et son amant. Elle s'était tellement concentrée sur les échelons à gravir qu'elle n'avait pas eu le temps de rencontrer des hommes et de sortir. Quelle idiote elle avait été.

Les paroles de son père ne cessaient de lui revenir à l'esprit : ce n'était pas parce qu'elle était sa fille qu'il allait lui confier le poste.

À quel moment lui avait-elle donné l'impression qu'elle attendait les bras croisés qu'il le lui offre ? C'était cela le plus humiliant. Elle pensait avoir donné le meilleur d'elle-même en travaillant dix-huit heures par jour, week-ends compris, et en oubliant les vacances et les sorties. Manifestement, le meilleur d'elle-même n'était pas suffisant.

Une voix d'homme la tire brusquement de ses pensées.

— Bonsoir. Je peux vous prendre ces deux chaises ?

— Non. J'attends des amis.

— Excusez-moi, marmonna-t-il en s'éloignant.

— Attendez ! Tout bien réfléchi, vous pouvez les prendre. Je ne pense pas que je vais rester.

— Et vos amis ?

Manifestement, ils ne viendront pas. Soit ils étaient partis avant son arrivée, soit elle était le seul agent immobilier à n'avoir rien d'autre à faire ce soir-là.

— Ils se débrouilleront bien sans moi, répondit-elle.

— Cool.

Les remords du jeune homme disparurent aussi rapidement que les deux chaises qu'il emporta. Elle le regardait s'éloigner quand quelqu'un d'autre posa la main sur la chaise restée libre.

— Désolée, cette chaise est prise, dit-elle sans relever les yeux.

— Par qui ? Tu es venue avec quelqu'un ?

Elle tressaillit.

Zach s'assit en face d'elle.

— Je suis venue seule. Mais j'ai laissé ce garçon, là-bas, prendre les chaises, vu que personne n'est venu ce soir. Il va revenir chercher celle-ci aussi.

— Elle n'est plus libre. Où sont les autres ?

— Je ne suis pas responsable des autres. Je n'en sais pas plus que toi.

Ces paroles semblèrent le surprendre, et elle se rendit compte qu'elle les avait prononcées sur un ton un peu trop sec. Chose qu'elle regretta aussitôt. Il ne méritait pas ça.

— Tu veux que l'on parle, Maddie ?

— Que l'on parle de quoi ?

Il la regarda en haussant les sourcils d'un air entendu. Sa patience n'était pas sans limites, mais peu importait. Elle n'avait pas besoin qu'il se force à se montrer gentil. Ils étaient concurrents, après tout.

L'un des deux allait gagner et l'autre perdre, c'était aussi simple que ça. Et le gagnant remporterait bien plus qu'une simple médaille ! Donc, prudence. Tout ce qu'elle révélerait concernant le sentiment d'injustice que lui inspirait la situation pourrait se retourner contre elle. Cela reviendrait à avouer à Zach son manque d'assurance, et par conséquent, à lui donner un gros avantage sur elle.

Elle n'allait donc rien dire. Ce qui ne l'empêchait pas pour autant de se sentir offensée et déçue. Déçue par l'attitude de son père, mais aussi… par les sentiments qu'elle éprouvait pour Zach en dépit de cette situation absurde.

La volonté de gagner aurait dû suffire à lui permettre de rester concentrée, de ne pas se laisser distraire par Zach. Mais il était là, avec son regard séducteur, et il ne faisait qu'empirer la situation. Il fallait qu'elle fasse quelque chose pour reprendre le pouvoir, une chose qui lui permettrait de canaliser sa colère vers la victoire en la détournant de la belle bouche virile de Zach…

— Tu es sûre de ne rien avoir à me dire ?

— Qu'est-ce que tu voudrais que je te dise ?

— D'accord, j'ai compris, répondit-il en riant. Tu n'as pas envie d'en parler. Mais il y a à peine une heure au bureau, tu avais l'air bien. Et maintenant, tu as l'air fâchée.

— Je ne suis pas fâchée. Pour quelle raison le serais-je ? répliqua-t-elle alors qu'une serveuse s'approchait pour prendre la commande de Zach.

La petite blonde d'une vingtaine d'années porta sur lui un regard rêveur quand il lui sourit. Mais Maddie ne lui en voulut pas. Il faisait cet effet sur la plupart des femmes de dix-neuf à quatre-vingt-dix-neuf ans.

— Maddie, qu'est-ce que tu bois ? demanda-t-il.

— Je croyais que tu avais rendez-vous avec une femme ce soir ?

— Un rendez-vous avec une femme ? répéta-t-il comme s'il ne comprenait pas. J'ai des projets pour plus tard, mais je ne pense pas que l'on puisse parler de rendez-vous galant. Qu'est-ce que tu veux boire ?

Sa bière étant presque terminée, elle en commanda une autre. Il prit la même chose ainsi qu'une coupelle de chips maison.

Un groupe à la Mumford & Sons monta alors sur scène et se mit à jouer un morceau folk très *british*. Quelques instants plus tard, quatre femmes se levaient et se mettaient à chanter en tapant des mains. Quelqu'un, dans la salle, siffla longuement dans ses doigts.

Maddie regardait partout autour d'elle. N'importe quoi pour éviter le regard de Zach. Sauf que cela ne pouvait pas durer éternellement.

— Tu vas retrouver une femme ? demanda-t-elle.

— C'est important ?

— Eh bien, il me semble que je n'apprécierais pas beaucoup, si un homme se présentait à un rendez-vous avec une haleine chargée de bière.

— C'est bon à savoir, ça. Je prendrai un chewing-gum en sortant.

— Tu as donc un rendez-vous…, murmura-t-elle comme si elle l'avait forcé par la ruse à lui faire une confession.

— C'est donc important pour toi ? répliqua-t-il avec un sourire victorieux.

Des mots lui vinrent à l'esprit. Elle essaya de les retenir, mais…

— Et si je te répondais oui ?

Tout se passa très rapidement, mais elle perçut chacun des mouvements comme au ralenti.

Ce fut d'abord un simple effleurement de lèvres, tellement inattendu, qu'elle fut elle-même étonnée au moment où elle pressa sa bouche sur celle de Zach. Et soudain, comme du chocolat fondant à la chaleur du soleil, sa bouche devint plus tendre et il lui rendit son baiser.

Il avait un goût de menthe qui se mêla à la saveur légèrement amère de la bière. Et il y avait aussi autre chose, un indescriptible parfum qui n'appartenait qu'à lui. Quelque chose qu'elle avait désiré toute sa vie. Comme s'il avait lu dans ses pensées, il ouvrit la bouche pour approfondir son baiser, l'attirant plus près de lui en glissant fougueusement ses doigts dans ses cheveux.

Alors, peu à peu, presque avec réticence, ils s'écartèrent l'un de l'autre, retrouvant avec hésitation leurs espaces personnels respectifs, dans un embarras évident.

Dans les secondes qui suivirent, Maddie comprit que le baiser qui était censé la guérir n'avait pas du tout eu l'effet escompté.

Instinctivement, elle se passa le doigt sur les lèvres.

Embrasser Zach n'avait pas du tout été la panacée qu'elle avait imaginée. Elle avait même au contraire le sentiment d'avoir ouvert la boîte de Pandore.

À l'évidence, elle n'avait pas réfléchi à ses actes aussi attentivement qu'elle aurait dû le faire ; elle avait juste suivi son instinct, laissé son cœur lui dicter sa conduite et se faire happer par l'aimant magnétique dont semblait être constitué le cœur de Zach. Si elle y avait davantage réfléchi, le sens commun l'aurait empêchée de se comporter de façon aussi imprudente. De s'adonner à quelque chose d'aussi délicieux, d'aussi voluptueux, d'aussi divin…

Elle prit une profonde inspiration. Le sort en était jeté. Avec ce baiser, elle avait scellé son destin. Elle devait gagner le défi. Zach devait partir.

Décontenancée, elle se leva.

— Il faut que je parte, dit-elle vivement.

Non ! C'était à lui de partir. Il fallait qu'elle y aille, pas qu'elle parte.

— Non, Maddie. Il faut que l'on parle. Tu ne peux pas m'embrasser et t'enfuir comme ça.

Oh que si, elle pouvait !

Elle prit son sac et courut vers la porte de sortie, telle Cendrillon à l'approche de minuit.

— Maddie, reste ! s'exclama Zach.

Mais ses mots se perdirent dans les bruits du pub. De toute façon, auraient-ils changé quelque chose si elle les avait entendus ?

Il fallait qu'il la rattrape. Déterminé, il se leva en tendant un billet de vingt dollars à la serveuse qui venait de s'approcher avec leurs boissons.

— Gardez la monnaie, dit-il à la jeune femme médusée.

Et il inspecta du regard l'espace entre le bar et la porte. Maddie n'y était pas.

C'était une femme compliquée. Elle avait reçu une bonne éducation, était très bien élevée… et avait beaucoup de tempérament. Elle était trilingue et buvait de la bière américaine à la bouteille, dans un pub anglais. Elle ne se maquillait pas mais ne portait que des vêtements de belle facture. Elle avait tous les attributs d'une femme qui avait été élevée dans un milieu des plus privilégiés, mais elle cherchait rarement à attirer l'attention sur elle.

Sauf quand elle essayait de l'embrasser.

Certes, il trouvait très plaisant de flirter avec elle, et à plusieurs reprises, il avait envisagé de sortir avec elle. Mais il se l'était immédiatement interdit, puisqu'elle était la fille du patron. Cependant… il ne l'avait jamais vraiment désirée physiquement. Jusqu'à cet instant.

Jusqu'à ce qu'elle se penche vers lui pour l'embrasser et bouleverse son équilibre et tout ce qu'il pensait savoir sur elle.

Elle n'était pas au bar. Elle devait être déjà partie.

Il arriva dehors juste au moment où elle s'apprêtait à monter dans sa voiture.

— Maddie, attends ! s'exclama-t-il en courant vers elle.

Il était toujours très sûr de lui, et en règle générale, il ne se laissait pas déstabiliser par les femmes. Sauf par Maddie. Le problème était qu'il ne pensait pas lui avoir donné de fausses idées. S'il était sûr d'une chose, c'était qu'il n'y avait pas de place dans sa vie pour une relation sérieuse. Raison pour laquelle il s'en allait toujours avant que les sentiments s'enracinent. Il avait été trahi par son propre frère, et il savait mieux que quiconque qu'il ne valait mieux pas trop s'impliquer.

Il arriva à son niveau juste au moment où elle sortait ses clés de son sac.

— Qu'est-ce que tu fais ? demanda-t-il.

Elle le regarda d'un air décontenancé.

— Tu le vois bien, je m'en vais, répondit-elle comme s'il était fou.

Et il l'était, sans doute, d'essayer de la retenir.

Il aurait dû la laisser monter dans sa voiture et démarrer. Il avait besoin de temps pour réfléchir, choisir les bons mots. Mais il avait encore le goût de ses lèvres sur les siennes, il ne pouvait pas réfléchir.

— Ne t'en va pas, dit-il d'une voix forte pour couvrir le bruit d'un groupe de fêtards qui sortait du pub.

Elle posa sur lui un regard à la fois surpris et interrogateur. « Que veux-tu de moi ? » semblait-elle dire.

— Allons marcher, proposa-t-il. Éloignons-nous d'ici.

La nuit était déjà tombée sur le centre de Houston et le fond de l'air était devenu frais. Tout en frissonnant un peu, elle croisa les bras sur sa poitrine.

— Tu as froid ? s'enquit-il. Je regrette de ne pas avoir de veste à te proposer. Si tu n'es pas à l'aise, on n'est pas obligés de marcher.

En guise de réponse, elle haussa les sourcils. Comme pour signifier que le baiser qu'ils avaient échangé avait de toute façon rendu la situation gênante.

— Qu'est-ce que tu veux, Zach ?

— Je veux que l'on parle de ce qu'il vient de se passer.

Elle fit mine de répliquer, mais finit par baisser les yeux en secouant la tête.

— Je suis désolée, dit-elle. Je n'aurais pas dû t'embrasser.

Ce fut lui, cette fois-ci, qui se retrouva à court de

mots. Il aurait pourtant dû acquiescer et lui dire que lui n'aurait pas dû lui rendre son baiser.

— J'imagine que marcher m'aidera à me réchauffer, ajouta-t-elle en s'éloignant de sa voiture.

Il voyait bien d'autres choses qui auraient pu l'aider à se réchauffer… Rien qu'ils ne puissent faire ensemble en public, toutefois. Décidément, ce baiser lui avait fait de l'effet. Mais ce n'était qu'un simple baiser, il ne devait pas l'oublier.

Cependant, ce n'était pas l'impression qu'il lui avait donnée. Non, ce n'était pas qu'un simple baiser.

— Où veux-tu aller ? demanda-t-elle lorsqu'il fut à ses côtés.

— Et si on allait au Paisley ?

Sur le coup, elle prit un air surpris, mais bien vite, l'expression de son visage se modifia. Elle sourit.

— C'est une bonne idée, fit-elle remarquer. C'est tout près.

— Je sais, répondit-il en lui rendant son sourire. Et ça me semble être un terrain neutre.

Lentement, elle hocha la tête.

Il y avait tant de choses qui les séparaient. Elle était très centrée sur la famille et les relations, alors qu'il était de nature solitaire. Cependant ils avaient tissé des liens via le travail. Et ce baiser qu'ils venaient d'échanger…

Ils marchèrent en silence, maintenant une sorte de distance de sécurité entre eux, jusqu'à ce qu'ils atteignent l'immeuble construit par Dave Madison.

Ce fut Maddie qui brisa le silence.

— Je t'ai embrassé parce que tu m'as dit que tu n'allais pas rester.

— Je resterai si je gagne la promotion. Et pour tout te dire, je n'ai aucune intention de perdre.

— Si tu gagnes, c'est moi qui partirai. Alors dans un cas comme dans l'autre, c'était un baiser d'adieu.

Ensemble, ils s'assirent sur les marches qui menaient à la porte de l'immeuble. Le bâtiment était terminé, mais des travaux restaient encore à faire à l'intérieur.

— Tu quitterais vraiment l'entreprise familiale ?

— Bien sûr, affirma-t-elle en posant sur lui un regard appuyé. Comment pourrais-je rester si mon père me refuse cette promotion ? Enfin, peu importe. Tu ne peux pas comprendre, conclut-elle en faisant un petit signe dédaigneux de la main.

— Qu'est-ce qui te fait penser ça ?

À ces mots, elle se mit à rire. Un rire qui avait quelque chose de condescendant, avec une petite note d'exaspération.

— Zach, tu n'as aucune idée de ce que l'on peut ressentir quand on n'est pas prise au sérieux par son propre père.

Elle s'interrompit, mais il sentit qu'elle n'avait pas terminé. Aussi la laissa-t-il poursuivre.

— Tout le monde prend Zach McCarter au sérieux. Il te suffit de sourire et les gens, hommes et femmes, viennent te manger dans la main. Tu en fais ce que tu veux. Y compris de mon père. Je ne sais pas comment tu as réussi ça, d'ailleurs.

Comme si ces paroles l'avaient elle-même surprise, elle cligna plusieurs fois des yeux

— Tu as terminé ? demanda-t-il.

Elle se borna à hausser les épaules.

— Je te concède un point, Maddie. Je ne sais pas ce que c'est que de ne pas être pris au sérieux par son propre père. Mon père est mort quand j'avais treize ans. Ma mère est morte deux ans plus tard. Mon frère aîné, Richard, était trop bouleversé ou trop égoïste pour endosser la responsabilité de m'élever. Alors il m'a abandonné et laissé passer trois années en famille d'accueil.

— Oh. Je suis désolée, Zach. Je l'ignorais.

— Je sais. Rares sont les personnes qui le savent. Ce n'est pas quelque chose dont je me vante, mais je n'ai pas honte non plus. Cette expérience a fait de moi l'homme que je suis aujourd'hui.

Elle hocha la tête, et pendant un instant, ils restèrent silencieux.

Pourquoi lui avait-il confié cela ? Il n'avait jamais parlé de cette partie de sa vie à un collègue. Tout bien réfléchi, la seule personne à qui il avait ouvert son cœur était Sharla Grasse. Qui se trouvait également être la seule personne qui lui avait brisé le cœur. Mais tout cela appartenait à un lointain passé.

— Voilà donc une autre chose que je ne savais pas sur toi, reprit-elle.

— Cela veut dire que tu as un point d'avance. Tu m'en dois une.

— D'accord. Ce que tu ne sais pas sur moi, c'est que j'ai honte de me plaindre de mon père. Tu dois me prendre pour une pauvre petite fille riche.

Vivement, il secoua la tête.

— Pas du tout. Tu es humaine. J'imagine que cela ne doit pas être facile d'être à ta place. Tu t'attendais à prendre la tête de l'entreprise et tu es déçue par la façon dont ton père s'est comporté. S'il y a une chose que je sais sur toi, c'est que tu travailles dur. Tu mériterais vraiment cette promotion. Mais si…

Il s'interrompit, levant le doigt pour retenir toute son attention avant de poursuivre :

— Permets-moi d'insister sur le « si », parce que je n'ai aucune intention d'abandonner ou de me désister. Si tu l'obtiens, ce sera parce que tu l'auras gagnée et non parce que ton père te l'aura donnée.

Elle fit mine de répliquer, mais il leva la main devant lui pour l'en empêcher.

— Il y a encore une chose que tu ignores sur moi, Maddie. Je pense que tu as l'avantage, dans cette petite compétition.

— Non, ce n'est pas vrai.

— En tout cas, c'est ce que je pense. Et… tu as un point d'avance sur moi, maintenant. Alors à ton tour de me dire une chose que j'ignore à ton sujet.

— Tu triches un peu, répondit-elle en riant. Techniquement, la dernière info ne peut pas être comptée comme une chose que j'ignore à ton sujet. C'est une idée que tu as, pas quelque chose d'important sur toi. Alors je vais te rendre la pareille. Je pense que tu es quelqu'un d'extraordinairement gentil et bienveillant. Et je pense que tu as une belle philosophie de la vie, malgré tout ce que tu as enduré.

Elle avait un petit grain de beauté juste en dessous de l'œil droit. Comment se faisait-il qu'il ne l'ait jamais remarqué jusqu'ici ? Cela la rendait encore plus belle. Ce soir, il avait remarqué beaucoup de choses chez elle qu'il n'avait jamais pris le temps d'observer. Ses yeux limpides. Ses lèvres parfaites. Ses dents légèrement imparfaites. Il l'observa avec attention. Il voulait mémoriser chaque détail de son visage, dans ce coucher de soleil de mai. Il avait envie de l'embrasser. Goûter encore à ses lèvres, et tout graver dans sa mémoire : la perfection avec laquelle leurs bouches s'assemblaient, la transformation de l'alchimie qu'il y avait toujours eu entre eux en un véritable courant électrique au moment où leurs lèvres s'étaient rencontrées…

— Ton frère et toi êtes proches, aujourd'hui ? demanda-t-elle, coupant court à ses pensées.

Sa question le déstabilisa et le dissuada de l'embrasser. Avait-elle senti ce qu'il s'apprêtait à faire et volontairement posé cette question pour l'en empêcher ? Si tel était le cas, sa stratégie avait fonctionné. Ses paroles agirent sur lui comme s'il avait reçu un seau d'eau glacée.

— Ne te sens pas obligé de répondre si tu trouves que c'est trop personnel, ajouta-t-elle.

— Je peux répondre. Non, nous ne sommes pas proches. Mon frère et moi ne nous sommes pas parlé depuis plus de dix ans.

L'air décontenancé, elle fronça les sourcils. Il n'avait aucun mal à imaginer le cheminement de ses pensées.

— Tu te demandes sûrement pourquoi nous ne le sommes pas, alors qu'il est ma seule famille, précisa-t-il.

— En effet. C'est exactement ce que je me disais. Je suis issue d'une grande famille parfois un peu agaçante, mais je n'imagine pas une seule chose qui pourrait nous diviser. Si deux membres de la famille avaient un problème aussi important que le tien, les autres les enfermeraient dans une pièce jusqu'à ce qu'ils règlent leurs différends. Et encore faudrait-il que les deux personnes concernées n'insistent pas elles-mêmes pour trouver un moyen de se réconcilier.

— Ce n'est pas aussi dramatique que ça. C'est juste que mon frère n'était pas là quand j'ai eu besoin de lui. Et une fois que je m'en suis sorti et que j'ai commencé à faire ma vie, on était tous les deux trop occupés pour se soucier du passé.

Le regard fixé sur le sien, elle secoua la tête.

— Je ne comprends pas. Est-ce qu'il vit très loin d'ici ?

— Pas du tout, répondit-il en riant. Il habite Austin.

— Quoi ? Vous vivez à quelques heures de voiture l'un de l'autre et vous ne vous souciez pas de vous revoir ? Qu'est-ce que c'est que cette histoire ? Tu ne me dis pas tout, c'est impossible.

Elle avait raison, et pendant un long moment, il se contenta de la regarder en pensant à Sharla et à la façon dont elle l'avait quitté quand il s'était confié à elle au sujet de son passé. C'est vrai, il avait un don avec les gens, comme Maddie le lui avait fait remarquer : il lui suffisait de sourire pour faire d'eux ce qu'il voulait. Mais dès l'instant où les choses commençaient à devenir sérieuses, tout le monde s'éloignait de lui. Personne n'aimait entendre des choses pénibles.

— Raconte-moi, Zach. Tu m'en as trop dit ou pas assez.

— D'accord. Tu me diras après si tu te laisserais enfermer dans une pièce pour régler ce différend-là. Avant sa mort, ma mère avait fait de mon frère le bénéficiaire d'une assurance-vie. Ce n'était pas une grosse somme, mais c'était suffisant pour qu'il puisse m'élever. Elle lui avait fait promettre de prendre soin de moi. Je reconnais que Rich était très jeune. Il ne pouvait pas savoir comment élever un ado perturbé qui séchait les cours et s'attirait toujours des ennuis. Alors, quand la situation a commencé à échapper à son contrôle et que les services sociaux se sont présentés à la maison en lui disant qu'il était responsable de mes actions, il les a laissés m'emmener et me placer en famille d'accueil.

Il se tut un instant, s'efforçant de chasser ce moment de sa vie, et reprit :

— Il m'a dit que c'était mieux comme ça. À ce moment-là, il étudiait à l'université. Quand je l'ai interrogé sur l'argent, il m'a dit qu'une fois qu'il aurait obtenu son diplôme de droit, il financerait mes études, à condition que je me tienne tranquille. Il y avait toujours une condition et toujours une raison de différer l'accomplissement de sa promesse. Il avait trop de factures à payer, il allait se marier, ses enfants avaient besoin de ceci ou de cela. En réalité, il avait une voiture de sport et un bateau. Je pense qu'il vivait au-dessus de ses moyens. Quoi qu'il en soit, il n'a jamais tenu sa promesse. Il a gardé pour lui l'argent que notre mère lui avait laissé pour nous deux.

Maddie le regardait désormais comme s'il venait de lui avouer que son frère était un extraterrestre.

— Comment a-t-il pu faire ça ? murmura-t-elle.

— Ça a l'air vraiment sordide, hein ? Je ne sais pas pourquoi je t'ai raconté tout ça.

— Il fallait bien que tu en parles à quelqu'un. Je suis désolée pour toi.

— Tu n'as pas à être désolée, dit-il avec un geste dédaigneux de la main. Comme tu peux le constater, je m'en suis bien sorti et tout va bien, maintenant. Je te l'ai dit, c'est en travaillant dur que je suis devenu ce que je suis aujourd'hui. Alors c'est très bien comme ça. Tu n'as pas à te faire du souci pour moi.

Sauf que comme il avait envie de la prendre dans ses bras et de goûter à nouveau à ses lèvres, c'est elle qui aurait dû se faire du souci !

Leur baiser avait libéré en lui un désir qu'il ne pouvait plus ignorer. Il avait envie de l'embrasser encore. De l'embrasser et…

Si elle savait ce qui était bon pour elle, mieux valait qu'elle reste à l'écart de lui.

Zach et elle s'étaient embrassés…

Ils ne pouvaient pas revenir en arrière.

Quand ils s'étaient séparés, la veille au soir, elle avait fait un saut à l'épicerie, où elle avait acheté un paquet de biscuits Oreo et un pot de glace Ben & Jerry's, parfum Cherry Garcia. Pour oublier ce baiser.

Comment avait-elle pu imaginer une seule seconde que ce serait une bonne idée d'embrasser Zach ?

Et il s'était ensuite montré tellement gentil avec elle.

Elle sentit son cœur s'emballer au souvenir de la tendresse de son regard. À un moment, elle s'était demandé s'il n'envisageait pas de l'embrasser encore une fois. Et en dépit de tout bon sens, elle avait eu envie qu'il le fasse. Mais il ne l'avait pas fait.

Ce qui était à la fois la meilleure et la pire chose qui puisse arriver.

Pourquoi avait-il fallu qu'il se montre si gentil ? Pourquoi n'avait-il pas cherché à l'embrasser encore ? Elle se serait alors empressée de l'arrêter. Ou pourquoi ne l'avait-il tout simplement pas laissé rentrer chez elle ?

Non. Il avait fait preuve d'intérêt pour elle. Il lui avait avoué que la proposition de son père l'avait surpris tout autant qu'elle. Pendant quelques instants, elle s'était demandé si cette confession n'était pas une ruse, un moyen de la manipuler pour qu'elle le prenne en pitié. Des opportunités se présenteraient toujours pour la petite fille riche si elle ne remportait pas la compétition, tandis que le garçon pauvre – qui était cependant loin d'être pauvre, à présent – ne faisait qu'obtenir la récompense de toute une vie de labeur.

S'il essayait de la manipuler, il se montrait très subtil. Mais s'il était sincère, il était bien triste de penser qu'il avait un frère à qui il n'avait pas parlé depuis plus de dix ans. Parfois, les hommes pouvaient se montrer très têtus. Il n'avait tout de même pas pu inventer une histoire sur les raisons pour lesquelles son frère et lui s'étaient brouillés. S'ils avaient tous deux fini par réussir leur vie, ne pouvaient-ils pas prendre le temps de discuter de leurs problèmes et d'essayer de les régler ? Certes, il était facile pour elle de jouer les conciliatrices. Elle avait été élevée dans une famille très soudée, mais si le pire arrivait et que son père finissait par accorder le poste à Zach, même si elle quittait Fortunado pour lancer sa propre agence – ce qu'elle ferait certainement si les choses tournaient ainsi –, elle ne laisserait pas ce problème creuser un fossé entre son père et elle. Il n'y avait rien de plus important que la famille, pour elle.

Elle repensa à ce que Zach avait dit sur son frère.

Il se prénommait Richard et était avocat à Austin. Sur un coup de tête, elle alluma son ordinateur pour faire une recherche sur Richard McCarter, avocat.

Le premier site de la liste était celui du cabinet d'avocats McCarter et Black.

Elle l'avait !

Elle n'eut aucun mal à trouver Richard parmi les photos des associés du cabinet. Il ressemblait à Zach, en légèrement plus âgé et légèrement moins beau. Des deux frères, c'était à l'évidence Zach qui avait hérité de la beauté.

Elle trouva une autre photo, un portrait de famille utilisé à des fins promotionnelles pour la candidature de Richard McCarter au conseil municipal. Souriant, il était sur une nappe de pique-nique étendue sous un grand chêne, entouré d'une jolie brune et de trois beaux enfants. Il était l'incarnation même du bon père de famille. Naturellement, n'importe qui peut se représenter comme il le souhaite sur une photo mise en scène, mais de prime abord, Richard avait l'air d'un homme pour qui la famille était une valeur essentielle.

En ce cas, comment avait-il pu se couper de son frère ?

Soudain, elle eut une idée.

Ces derniers temps, elle avait eu beaucoup de mauvaises

idées : penser que son père allait la promouvoir sans lui faire passer la moindre épreuve, embrasser Zach. Alors, une de plus ou une de moins… Peu importait, si cela permettait de réunir une famille. Elle avait un plan. Un plan dans lequel elle jouerait un rôle de médiatrice afin de permettre à Zach et son frère de retisser des liens.

Il fallait qu'elle retourne à Austin pour la signature de la maison de Schuyler et Carlo. Ils avaient fait une proposition pour le minichâteau espagnol, et le vendeur avait accepté. Il était prévu qu'ils signent la semaine suivante, juste avant le mariage. Alors, puisqu'elle devait se déplacer à Austin, pourquoi ne pas rendre une petite visite à Richard et faire passer le message ?

Mais dans l'immédiat, elle devait se préparer à se rendre chez ses parents pour passer le week-end avec ses sœurs.

Elle posa la boîte de gâteaux Oreo qu'elle n'avait pas terminée à côté de son sac à main pour ne pas l'oublier. Elle ferait un saut à la pâtisserie. Elle ne pouvait pas se présenter juste avec une boîte de biscuits entamée.

Elle se prépara, Ramona, sa petite corgi de deux ans, ne la quittant pas d'une semelle. Machinalement, elle se pencha pour la caresser.

— Il faut qu'on y aille, maintenant. Tu viens avec moi chez mamie. Voir tatie Schuyler et tatie Val. Ça te dit ?

En guise de réponse, Ramona remua joyeusement la queue. Maddie sourit, lui mit sa laisse et quitta son appartement, bien décidée à profiter de son week-end en famille.

- 5 -

Trois quarts d'heure plus tard, Maddie libérait Ramona, récupéra dans le coffre le paquet d'Oreo ainsi que la boîte de douze cupcakes qu'elle avait achetée à la Moonbeam Bakery, la meilleure pâtisserie de Houston.

La voiture de Val n'était pas encore là, mais la BMW rouge de Schuyler était garée devant la maison. Maddie se réjouissait à l'idée de passer un moment avec ses sœurs. Depuis que Schuyler était partie vivre à Austin et que Val et elle travaillaient tant, les moments tels que celui-ci se faisaient de plus en plus rares.

D'ailleurs, à quand remontait la dernière fois où elle avait pris toute sa journée du samedi ? Malgré son désir de remporter la promotion, elle se demandait parfois si les derniers rebondissements de sa vie n'étaient pas une façon pour l'univers de l'encourager à retrouver un certain équilibre. Elle ne pouvait pas continuer ainsi. D'ailleurs, si tous ses biens matériels lui étaient retirés, que lui resterait-il ? Elle aurait sa famille, naturellement, mais ses parents se préparaient à écrire le deuxième chapitre de leur vie de couple et sa petite sœur allait se marier.

Avait-elle vraiment envie de devenir tatie Maddie, la vieille fille aigrie ? Avait-elle envie que ses frères et sœurs, et ses futurs neveux et nièces, chuchotent derrière son dos en la traitant de rabat-joie ?

Non.

C'est pourquoi elle allait mettre un point d'honneur à profiter de cette journée. Elle se dirigeait vers la maison quand son téléphone bipa pour signaler l'arrivée d'un message. Elle jeta un bref coup d'œil à son sac, mais résista à l'envie de regarder. Elle avait les mains pleines et ne voulait en aucun cas chambouler les cupcakes avant que ses sœurs aient eu le temps de s'extasier sur ces petites œuvres d'art et de la maudire d'avoir compromis leur régime en les apportant.

Elles auraient beau se plaindre, elles les mangeraient tous, c'était certain.

Si l'occasion se présentait, elle pourrait même peut-être en proposer un à son père pour lui prouver qu'elle n'entretenait pas de ressentiment à son égard.

Il était fort probable que ses sœurs et elle en viennent à évoquer leur père et à se demander comment il avait pu une seule seconde envisager de céder la direction de l'entreprise à Zach. Cela lui ferait du bien de sentir qu'elles étaient de son côté.

Mais elle ne leur dirait pas qu'elle avait embrassé Zach. Et ce, parce que son visage la trahirait certainement ; elle ne pourrait pas leur cacher à quel point ce baiser l'avait ébranlée.

Si ses sœurs commençaient à trop parler de Zach et de leur père, elle leur expliquerait qu'elle avait la situation en main. Qu'elles n'avaient pas de souci à se faire. Qu'elle ne laisserait pas leur père céder la société à Zach ou toute autre personne étrangère à la famille.

Même si sa fierté était blessée par la façon dont son père s'était comporté, elle comprenait bien que céder la direction de sa société devait être difficile pour lui. Il y avait en elle de la compassion, qui tempérait la colère qu'elle ressentait à son égard. Céder son empire ne devait pas être une chose facile. Elle ne pouvait pas, ou du moins ne *devait* pas, lui reprocher cette dernière démonstration de force. Pour se montrer à la hauteur des espérances de son père, elle devait non seulement accepter le défi, mais aussi le relever. Et gagner.

Quand elle entra dans la maison, elle entendit des voix joyeuses et des aboiements de chiots.

— Fluff et Stuff sont là, dit-elle à Ramona. Tu vas pouvoir jouer avec tes cousins.

En guise de réponse, Ramona pressa le pas pour se diriger vers la cuisine. Maddie la suivit et retrouva sa mère et Schuyler occupées à feuilleter des catalogues tandis que les chiots de sa sœur s'ébattaient bruyamment sur le carrelage.

Les petits chiens cessèrent leurs acrobaties au moment où Ramona entra dans la pièce, et ils accoururent vers elle comme on accourt vers un ami que l'on n'a pas vu depuis longtemps.

— Je pense vraiment que l'on devrait oublier les orchidées et opter pour davantage de pivoines, disait sa mère. Les orchidées sont trop fragiles, les pivoines tiendront beaucoup mieux. Il ne faudrait pas que tes fleurs piquent du nez avant que tu aies remonté l'allée.

— Mais j'aime leur aspect simple et net. Les pivoines, ça fait beaucoup de frous-frous.

— Coucou ! les interrompit Maddie.

Les deux femmes se tournèrent vers elle.

— Coucou, ma chérie, répondit sa mère. Je suis contente que tu sois là. Schuyler et moi étions en train de discuter des derniers détails pour les fleurs. Viens nous dire ce que tu en penses.

Le mariage était désormais tout proche. Les préparatifs auraient dû être terminés. Lisant entre les lignes, Maddie comprit que ce que sa mère voulait en réalité, c'était qu'elle joue le rôle d'arbitre et vienne les départager.

Décidément, Val n'était jamais là quand on avait besoin d'elle !

— Tout ce que je sais sur les fleurs, c'est que les roses sont rouges et les violettes sont bleues, fit-elle remarquer. Ceci étant, j'ai toujours trouvé que les violettes étaient violettes. Ce qui prouve que je suis une véritable catastrophe pour tout ce qui touche aux couleurs, voire que je suis daltonienne, je ne sais pas…

— Tu n'es pas une catastrophe pour tout ce qui touche aux couleurs, la rassura sa mère. Je dirais même que tu es très douée pour ça. Regarde toutes ces maisons que tu as présentées et vendues. Si ce n'est pas une preuve… Je l'ai dit à ton père, d'ailleurs, ajouta-t-elle d'un air sévère.

À l'évidence, elle désapprouvait totalement la façon dont son mari s'était comporté, ce qui réchauffa le cœur de Maddie. Sa mère était une véritable mère poule. Elle ne supportait pas de voir ses enfants souffrir et n'hésitait jamais à formuler son opinion, développant des trésors d'éloquence et d'ingéniosité pour se faire leur avocate. Elle aurait été prête à tout pour défendre ses bébés. La connaissant comme Maddie la connaissait, elle avait dû avoir un échange houleux avec son mari quand elle lui avait fait part de sa désapprobation.

Maddie déposa ses paquets sur le plan de travail.

La boîte de biscuits entamée semblait crier qu'elle avait récemment plongé la main dedans. L'espace d'une seconde, elle envisagea de prétendre qu'elle les avait apportés comme garniture, pour que chacun puisse les tremper dans le glaçage crémeux des cupcakes. Mais elle n'était pas sûre que les Oreo aillent avec les différents parfums. Mieux valait donc ne rien dire et faire profil bas.

— Assieds-toi, lui dit sa mère. Goûte ces champignons farcis et ces asperges au lard que le restaurateur nous a fait venir d'Austin pour que nous puissions les tester.

La cérémonie devait avoir lieu à Austin, dans les somptueux jardins de la Mendoza Winery, que Carlo et ses cousins avaient achetée l'année précédente. Le repas devait être fourni par La Viña, le restaurant du domaine viticole. Ce serait indiscutablement une soirée époustouflante.

En y pensant, Maddie sentit son cœur se serrer. Elle était très heureuse pour sa sœur, qu'elle ne jalousait pas une seule seconde pour le bonheur qu'elle avait trouvé avec Carlo. Mais depuis que son père avait lâché sa bombe, elle avait découvert, sous la colère, un trou béant. Quelque chose manquait à sa vie, et quand elle voyait combien sa sœur semblait heureuse et épanouie depuis qu'elle avait rencontré l'amour de sa vie, elle avait envie de la même chose pour elle.

Ou du moins en théorie. Car dans la pratique, se

laisser aller à baisser la garde et à tomber amoureuse était une perspective qu'elle jugeait plutôt effrayante.

— Ils viennent d'Austin, c'est vrai ? s'enquit-elle.

— Oui, répondit Schuyler. Ils les ont envoyés dans une boîte spéciale pour les garder au chaud. Je les trouve délicieux. Qu'en pense mon témoin ?

— Ça a l'air fabuleux, répondit Maddie en piquant un champignon avec une fourchette.

— Je vais te servir un thé glacé, proposa sa mère qui, décidément, s'occupait beaucoup d'elle.

Peut-être cherchait-elle à compenser l'épreuve que son mari avait imposée à leur fille. Kenneth Fortunado avait beau être le chef de son empire immobilier, celle qui régissait la maison, c'était Barbara, aucun doute là-dessus. Maddie aurait adoré être une petite souris pour voir sa réaction quand elle avait appris la nouvelle.

— Comment vas-tu, ma chérie ? demanda sa mère d'un air préoccupé en posant devant elle un grand verre de thé, décoré de rondelles de citron et de feuilles de menthe.

— Ça va, maman. Et toi ?

— Très bien. Je suis ravie de voir mes trois filles en même temps. J'ai hâte que Val arrive.

Maddie goûta une asperge et hocha la tête pour marquer son approbation.

— Tout est délicieux, dit-elle. Je te donne ma bénédiction pour les deux.

Le regard que lui jeta sa mère était à mi-chemin entre l'inquiétude maternelle et la prudence. Comme si elle percevait des fissures dans sa façade mais ne voulait pas en parler de peur que cela ne s'aggrave.

Schuyler, de son côté, était toute à son bonheur de future mariée.

— Qu'est-ce que tu as apporté, Mads ? demanda-t-elle en désignant les douceurs posées sur le plan de travail.

— Des biscuits et des cupcakes de la Moonbeam Bakery, répondit-elle en les faisant glisser vers sa sœur.

— Tu es diabolique ! s'exclama sa sœur en croisant les doigts devant elle. Éloigne tout de suite ces cupcakes de moi ! Tu sais très bien que j'essaye de perdre du poids pour rentrer dans ma robe de mariée. Comment as-tu pu me faire ça ?

— Si tu perds encore du poids, tu risques de perdre aussi ta robe de mariée, rétorqua-t-elle. Allez, Sky, c'est un week-end entre filles. Tu peux bien faire une petite entrave.

— Oui, intervint leur mère en dénouant le ruban bleu qui ornait le carton.

Elle en souleva le couvercle et inspira profondément.

— Ça a l'air délicieusement bon, murmura-t-elle. Je me permets de réserver le cake au thé avec le glaçage au citron.

— Et tu as apporté un paquet de biscuits entamé ? fit remarquer Schuyler. Alors comme ça, les cupcakes de Moonbeam ne sont qu'un cheval de Troie pour nous cacher que tu essayes de te débarrasser de tous tes restes de sucreries ?

— Mais tu n'es pas obligée de les manger, répondit Maddie en adressant un sourire espiègle à sa sœur.

Haussant les épaules, sa sœur prit un biscuit, puis l'ouvrit pour en exposer le centre crémeux qu'elle gratta avec les dents.

— Tu pourrais en laisser pour nous ! s'exclama Maddie en en prenant un pour elle.

— Les filles ! fit leur mère d'un air réprobateur. Vous n'avez plus dix ans ! Maddie, tu pourrais mettre les cookies et les cupcakes sur un plateau ? ajouta-t-elle en sortant un plateau en porcelaine colorée qu'elle avait acheté en Italie à l'occasion de l'un des rares voyages qu'elle avait pu convaincre son mari de faire avec elle.

Maddie entreprit aussitôt de faire ce qu'elle lui avait demandé.

— Où est Carlo, ce week-end ? demanda-t-elle, ravie de changer de sujet.

— À Napa. Il avait quelques affaires à régler au vignoble avant le mariage, expliqua Schuyler.

— À Napa ? Comment se fait-il que tu ne l'aies pas accompagné ? C'est magnifique, à cette époque de l'année.

— C'est toujours magnifique, répondit Schuyler, et on aura des tas d'occasions de nous y rendre à l'avenir, mais ce sera sûrement ma dernière chance de passer un week-end entre sœurs en tant que célibataire.

Schuyler avait clairement expliqué que, plutôt qu'une grande fête d'enterrement de vie de jeune fille, elle préférait un week-end calme de cocooning avec ses sœurs.

Et Maddie comprit soudain… que c'était « le » week-end.

S'était-elle montrée égocentrique au point d'oublier l'enterrement de vie de jeune fille de sa sœur ? Et dire qu'elle avait laissé Schuyler organiser ça toute seule. Elle pouvait s'estimer heureuse que sa sœur se montre de si bonne humeur. Mais elle allait se rattraper, elle était à présent disposée à tout faire pour offrir à Schuyler le week-end de ses rêves.

La voix mélodieuse de Val se fit soudain entendre dans le hall.

— Coucou !

Et comme par magie, leur petite sœur apparut sur le pas de la porte, un bouquet de ballons roses et jaunes dans une main, un sac portant le logo d'un caviste dans l'autre.

— Comment va ma future mariée préférée ? demanda-t-elle. Bon, vous êtes prêtes pour le plus grand week-end entre sœurs de tous les temps ?

D'un geste vif, Val ouvrit son sac et en sortit un diadème en plastique orné de strass, ainsi qu'une écharpe blanche de concours de beauté sur laquelle était inscrit « Future mariée » en paillettes dorées.

Schuyler poussa un petit cri de joie.

— Que la fête commence ! s'exclama Val. J'ai apporté le champagne.

Avec sa grâce habituelle, elle sortit du sac quatre bouteilles de Veuve Clicquot rosé.

À la fois amusée et soulagée, Maddie sourit. Cependant, elle avait honte. Si elle n'avait pas oublié le rendez-vous, elle avait été tellement absorbée par ses problèmes personnels qu'elle avait manqué à ses devoirs de témoin et demoiselle d'honneur. Mais Val, la merveilleuse Val, lui avait permis de sauver la face.

Peut-être n'était-elle pas aussi bien qu'elle ne le pensait. Peut-être avait-elle besoin de grandir un peu avant de reprendre la direction de Fortunado. Si elle était capable d'oublier l'enterrement de vie de jeune fille de sa propre sœur, il allait falloir qu'elle prenne du recul pour mettre le doigt sur ses autres problèmes. Mais le moment était mal venu. Elle avait déjà passé trop de temps à ne penser qu'à elle-même. Hors de question qu'elle continue au cours du week-end. Cependant, elle n'oublierait pas : elle allait y réfléchir sérieusement dès le début de la semaine suivante.

Schuyler fit sauter le bouchon de la première bouteille. Un peu de champagne coula le long du goulot.

— Schuyler ! dit leur mère d'une voix à fois réprobatrice et attendrie. Je vais aller chercher un torchon pour nettoyer ça.

— Ne bouge pas, maman, intervint Maddie. Je vais y aller.

Tendrement, sa mère lui posa la main sur l'épaule.

— Je vais le faire. Tu as travaillé dur avec tout ce que ton père t'a fait subir cette semaine.

Embarrassée, Maddie la fit taire avec un hochement de tête presque imperceptible. Fort heureusement, sa mère sembla comprendre. Elle ne voulait en aucun cas que le centre de l'attention soit déplacé. C'était Schuyler qui importait en ce moment, pas la course à la présidence de Fortunado. Et surtout, elle ne voulait pas que Schuyler se remette à la presser de questions concernant Zach.

Trop tard…

— En parlant de travail, demanda sa sœur, comment ça se passe avec Zach ? Vous avez fait votre soirée ping-pong ?

— Non, répondit Maddie en s'efforçant de prendre un air détaché.

— Je suis passée au Thirsty Ox hier soir, intervint Val en portant sur Maddie un regard appuyé. J'ai vu que Zach et toi étiez les seuls de notre groupe habituel. Du coup, je ne suis pas restée. On aurait dit qu'il se passait quelque chose entre vous.

Après lui avoir jeté un regard interrogateur, Val prit la bouteille et se mit à servir.

Elle les avait vus ! Qu'avait-elle vu d'autre ?

Et pourquoi soulever le sujet maintenant ?

— Alors il s'est passé quelque chose entre Zach et toi au Thirsty Ox hier soir ? demanda Schuyler, dévorée par la curiosité. Raconte !

— Euh… On s'y retrouve souvent entre collègues le vendredi soir, répondit Maddie en haussant les épaules, avant de se tourner vers leur mère qui, sa coupe à la main, observait la scène comme un arbitre de touche.

— Mais il n'y avait que Zach et toi, fit remarquer Schuyler. Et d'après Val, il se passait *quelque chose* entre vous… Qu'est-ce que ça veut dire exactement, Mads ? Allez, dis-nous. Je suis la future mariée. C'est ma soirée. J'exige de savoir.

— Calme-toi, la future mariée, répondit Maddie en levant les yeux au ciel. Je t'ai déjà dit qu'il n'était pas mon genre.

— Si tu le dis…, répliqua Schuyler, peu convaincue. Mais puisque tu soulèves le sujet, qu'est-ce que c'est, ton genre ?

— Je ne sais pas. Je n'ai pas le temps de penser à ce genre de choses.

Menteuse. Ton genre, c'est Zach.

— Et même si je le savais, je suis trop occupée par mon travail pour sortir et rencontrer des hommes, précisa-t-elle.

— Je ne te crois pas, affirma Schuyler.

Maddie haussa les épaules.

— Désolée de te décevoir, Sky, mais ma vie est ainsi. Je suis contente pour toi et Carlo. Contente que vous vous soyez trouvés. Tu vas épouser l'amour de ta vie, et je trouve ça super. Mais tu sais quoi ? Je suis parfaitement satisfaite de la vie que je mène en ce moment.

Encore un mensonge. Embarrassée, elle évita de regarder sa mère qui, aussi incroyable que cela puisse paraître, semblait parfois pouvoir lire dans ses pensées.

— Mais tu viendras accompagnée au mariage, hein ? demanda Schuyler.

— Je ne pense pas, répondit Maddie avant de mordre avec gourmandise dans un biscuit.

— Pourquoi ?

— Tu n'as pas compris ce que je viens de te dire ? Je ne peux pas venir avec n'importe qui au mariage de ma sœur et je n'ai certainement pas le temps de sortir pour rencontrer quelqu'un maintenant.

— Tu devrais demander à Zach, suggéra Schuyler.

Ulcérée, Maddie faillit s'étouffer avec son biscuit.

Sa mère lui tapa doucement dans le dos.

— Ça va, maman. C'est juste que…

Elle fut interrompue dans ses explications par une nouvelle quinte de toux.

— Tiens, lui dit sa mère en lui présentant une coupe de champagne. Bois.

Ravie de cette diversion, Maddie en but une longue gorgée. Mais le doux liquide pétillant lui piqua le nez et lui brûla la gorge, ce qui la fit un peu pleurer.

— Excuse-moi, dit Schuyler. Si j'avais su que tu allais t'étouffer… Qui aurait cru que la simple évocation du nom de Zach McCarter te ferait cet effet-là ?

Alors qu'elle clignait des yeux pour chasser ses larmes, Maddie sentit le rouge lui monter aux joues. Elle fit de son mieux pour ignorer cette désagréable sensation.

— Raison de plus pour qu'il soit ton cavalier à mon mariage, décréta Schuyler.

— Bien ! dit Maddie pour couper court à la conversation. Sur ce, je pense que l'on devrait trinquer. À notre week-end ensemble ! lança-t-elle en essayant d'insuffler suffisamment de gaieté dans sa voix pour convaincre sa sœur de changer de sujet. Et à la famille, la chose la plus importante du monde.

Quand elles eurent trinqué, sa mère annonça qu'elle devait s'absenter.

— Soyez sages, les filles. Et toi, Schuyler, mange un cupcake et laisse ta sœur tranquille avec cette histoire de cavalier. Ça a beau être ta soirée, cela ne te donne pas le droit de mal te comporter.

Maddie eut envie de l'embrasser. Elle adorait sa sœur, mais Schuyler pouvait parfois se montrer très bornée. Quand elle avait une idée en tête, elle ne lâchait rien. Depuis qu'elle s'était fiancée à Carlo, par exemple, elle pensait que tout le monde devait, comme elle, être heureux en amour. Elle semblait totalement incapable de comprendre que tout un chacun n'était pas destiné à rencontrer son âme sœur.

Leur mère avait à peine passé la porte que Schuyler posa sa coupe en se tournant vers Maddie.

— Je sais que tu es très occupée par ton travail, Mads. Mais tu es libre, ce week-end.

Il y avait dans les yeux de Schuyler une lueur qui effraya Maddie.

— Libre ? J'ai beaucoup à faire, tu sais, rétorqua-t-elle.

Elle allait en effet être débordée de travail la semaine suivante, la dernière qu'il lui restait pour obtenir le contrat d'exclusivité du Paisley et assurer son avenir.

— Je sais, répondit sa sœur. Et je te remercie de me consacrer tout un week-end alors que tu as tous ces problèmes. Alors je vais me montrer aussi claire que possible. Tu sais ce que je voudrais faire, ce soir ?

— Je préférerais ne pas le savoir, mais j'ai le sentiment que tu vas tout de même me le dire.

— Et tu as tout à fait raison !

Après avoir vidé le reste de sa coupe d'un trait, Schuyler la tendit à Val pour qu'elle la remplisse de nouveau.

— Je voudrais que l'on joue au ping-pong, affirma-t-elle.

Non, Schuyler n'allait tout de même pas…

— Et je veux qu'un beau garçon vienne jouer avec nous, précisa-t-elle joyeusement. Val, tu serais un amour si tu pouvais appeler Zach McCarter pour lui demander de venir se joindre à nous ce soir.

— Maddie a apporté des cupcakes, dit Schuyler en présentant la boîte ouverte à Zach. Goûte.

Maddie eut envie de disparaître sous la table de ping-pong.

— J'adorerais goûter à ses douceurs, répondit-il, le regard rivé sur Maddie qui sentit de nouveau le sang affluer vers ses joues.

C'était un jeu pour lui.

Mais elle allait jouer, elle aussi.

— Ici ? Dans la maison de mes parents ? Quel courage ! répliqua-t-elle en soutenant son regard.

Contrairement à ce qu'elle avait espéré, il ne se détourna pas.

— Je n'ai jamais pu résister à un bon cupcake. Comment as-tu su que c'était mes préférés ? demanda-t-il en prenant une bouchée de celui, nappé de chocolat, qu'il avait choisi.

Elle le regarda… sans parvenir à détacher son regard de sa bouche… Et bien sûr, elle s'en voulut de sentir encore une fois cette délicieuse chaleur courir dans ses veines. Mais elle en voulait aussi à ses sœurs de s'être comportées de la sorte. Téléphoner à Zach et lui demander de tout plaquer pour des cupcakes et une partie de ping-pong ? Elles n'étaient tout de même pas à l'école primaire !

Elle leur jeta un regard noir, mais elles faisaient mine d'être profondément absorbées dans une conversation privée.

Après ce qui s'était passé la veille au soir, c'était sans doute l'une des situations les plus embarrassantes qu'elle ait connues depuis bien longtemps. Elle ne savait pas si elle devait en vouloir à ses sœurs de l'avoir déclenchée ou leur en être reconnaissante.

Quoi qu'il en soit, cette soirée allait être le début d'une catastrophe… ou celui d'une histoire vraiment merveilleuse.

- 6 -

— Prête à passer aux choses sérieuses ? demanda Zach quand il eut terminé son cupcake. Le premier à arriver à dix.

Raquette à la main devant la table de ping-pong face à Maddie, il ne voyait pas de lieu où il aurait pu se sentir mieux qu'en cet instant. Malgré la présence de Schuyler et Val qui, assises sur un banc, discutaient de choses et d'autres sans vraiment prêter attention à ce qu'ils faisaient.

— D'accord, répondit Maddie en jetant à Schuyler un regard noir. Le gagnant jouera contre la future mariée.

Faisant mine d'être totalement prise par sa conversation, Schuyler garda son regard fermement fixé sur Val.

Quand Val l'avait appelé pour l'inviter à jouer au ping-pong, Zach s'était demandé si les deux sœurs n'avaient pas organisé un coup monté contre Maddie. Il avait répondu qu'il avait d'autres projets, mais après réflexion, il avait décidé de les reporter.

Après tout, pourquoi pas ? Cela faisait des années qu'il n'avait pas disputé une bonne partie de tennis de table. Même s'il avait bien compris que les sœurs de Maddie cherchaient à les rapprocher, tous les deux, il n'aurait manqué cette soirée pour rien au monde. Cela pouvait être un bon moyen de briser la glace, après les événements de la veille au soir.

Sur le plan professionnel, Maddie et lui devaient rencontrer Dave Madison le lundi suivant à la première heure, pour le convaincre de leur confier la vente des appartements du Paisley. Cette soirée serait pour eux une bonne occasion de définir leur stratégie, de sorte que le rendez-vous du lundi se déroule sans accroc et, surtout, soit un succès. Il ne restait plus qu'une semaine avant le mariage de Schuyler. Une petite semaine avant que Kenneth prenne sa décision.

— Je te laisse servir, dit-il en lançant la balle à Maddie, qui l'attrapa habilement de la main gauche.

Elle était moins volubile que de coutume. Presque comme si elle n'avait pas envie qu'il soit là. Et il se sentait lui-même un peu gêné. Encore une bonne raison d'essayer de dépasser le stade de l'embarras et de revenir sur un terrain stable. Il serait ravi de faire le premier pas.

— Arrête de te la jouer, dit-il en prenant la bière que Schuyler lui avait proposée à son arrivée. Où sont tes parents ?

— Ils sont de sortie ce soir. Pourquoi ? Tu avais espéré pouvoir gagner des points avec papa ?

— Non, c'est juste des souvenirs de l'époque où j'étais au lycée. Jouer au ping-pong et boire de la bière pendant que les parents étaient de sortie.

— C'était comme ça que tu passais tes samedis soir ?

— J'ai honte, mais oui. En tout cas, j'en ai passé beaucoup comme ça.

Ensemble, ils éclatèrent de rire.

— Alors tu étais un ringard ?

— Attention à ce que tu dis. Il me semble t'avoir entendu avouer que tu y jouais, toi aussi.

— J'adore les couples de ringards, intervint Schuyler.

En parfaite synchronisation, Maddie et lui tournèrent la tête dans sa direction.

— Schuyler…, marmonna Maddie en foudroyant sa sœur du regard. Tu pourrais arrêter ça, s'il te plaît ?

Alors les deux sœurs avaient donc bien des intentions cachées, songea Zach en retenant un sourire.

Une idée qui ne lui déplaisait pas tant que ça.

Il n'avait pas été insensible à ce baiser. Pour tout avouer, il avait eu beaucoup de mal à résister à la tentation de se jeter sur elle pour l'embrasser de nouveau…

Il avait resongé à ce baiser dès son réveil et…

— Prêt à te prendre une raclée, McCarter ? lança Maddie, coupant court à ses pensées.

Et aussitôt elle servit, envoyant la balle de l'autre côté du filet avec une précision clinique. Il eut à peine le temps de lever sa raquette. La balle avait déjà rebondi sur la table et atterri par terre.

— Un-zéro, dit-elle.

— Hé ! On n'est pas censés être prêts *tous les deux* avant de commencer ? répliqua-t-il en posant sa bière pour récupérer la balle et la lui lancer.

— Mais je suis toujours prête, McCarter. Et je pensais que tu l'étais, toi aussi. Mais à l'évidence, je me suis trompée.

— Tu es toujours prête, c'est vrai. C'est l'une des choses que j'apprécie chez toi.

— Bon, finissons-en, dit-elle en se mettant à faire rebondir la balle avec sa raquette.

— Tu es attendue quelque part ?

— Ce soir, c'est l'enterrement de vie de jeune fille de ma sœur. Disputer un match de ping-pong avec toi est vraiment la dernière chose que j'avais prévu de faire.

Elle n'avait donc pas envie qu'il soit là. Il jeta un coup d'œil vers ses sœurs et s'aperçut qu'elles n'étaient plus là.

— La dernière chose ? Au moins, ça veut dire que j'étais sur ta liste, même si je figurais tout en bas, fit-il remarquer d'un ton moqueur.

— Je ne vois pas de quoi tu parles. J'avais prévu une soirée avec mes sœurs. Tu n'étais pas invité.

Comme elle se penchait pour servir, il put voir la naissance de ses seins. Il dut se faire violence pour détourner les yeux.

— Ce n'est pas gentil, dit-il en lui renvoyant la balle. Quand Val m'a invité, je ne pensais pas que tu avais d'autres plans. Mais si tu préfères que je parte, je m'en vais.

Elle releva les yeux vers lui et la balle qu'elle lui renvoya heurta le filet.

— Je termine toujours ce que j'ai commencé, Zach.

— Ah oui ? répliqua-t-il en lui jetant un regard entendu, qui fit prendre à ses joues une jolie nuance de rose.

— Toujours, répondit-elle avant de relever fièrement le menton. À toi de servir.

En observant son regard brûlant, et en repensant à ce qui s'était passé entre eux la veille, il n'avait aucun mal à imaginer comment ils auraient pu terminer ce baiser…

Il lui répondit en servant avec vigueur. Elle lui renvoya la balle avec tout autant de force.

Ce n'était pas avec des sous-entendus qu'ils allaient retrouver un terrain stable sur le plan professionnel. Il lui fallait tenter une approche plus directe.

— J'ai déjeuné avec Dave Madison aujourd'hui, dit-il.

Elle manqua la balle, mais au lieu d'aller la chercher, elle posa sa raquette sur la table.

— Il est absent. Comment as-tu pu déjeuner avec lui ? demanda-t-elle.

— Il est rentré hier soir. Dave et moi nous connaissons depuis longtemps.

Manifestement furieuse, elle plaça ses mains sur ses hanches.

— Tu ne m'avais pas dit que tu étais ami avec Dave Madison.

— Je ne sais pas si j'irais jusqu'à dire que l'on est amis.

— Ne joue pas sur les mots, Zach.

— Je ne joue pas sur les mots. Le terme « ami » ne me semble pas approprié, c'est tout.

— Pourquoi ne m'en as-tu pas parlé ? Pourquoi as-tu gardé cette petite information pour toi ?

— Je viens de t'en parler.

— Tu le savais, hier soir ?

— Oui.

— Tu m'as embrassée, et tu ne t'es pas donné la peine de m'informer de cet entretien avec Dave ou, mieux encore, de m'inviter à me joindre à vous ?

— Si mes souvenirs sont bons, c'est *toi* qui as pris l'initiative de ce baiser.

De nouveau, elle rougit, mais ses yeux semblaient cracher du feu.

— Ne change pas de sujet, Zach. Nous nous sommes promis de travailler ensemble sur le projet Paisley. Me dissimuler des informations de cette importance n'est pas ce que j'appellerais « travailler ensemble ». Je pense que tu devrais partir.

— Je pense que l'on devrait prendre le temps d'en discuter calmement avant lundi. Si on ne le fait pas, on ne réussira pas.

— Je voulais te faire confiance, mais je me rends compte que tu ne vaux pas mieux que tous ces égoïstes. On ne peut pas travailler ensemble, Zach.

En lisant entre les lignes, il comprit qu'elle le comparait à son frère, Rich. Elle n'avait pas prononcé son nom, mais il avait perçu le message. Ou alors il se faisait des idées parce que son frère restait un sujet sensible pour lui. Mais peu importait. Il ne savait pas si elle avait délibérément frappé là où ça faisait mal ou si elle avait tiré des conclusions hâtives de ce qu'il lui avait dit, mais dans un cas comme dans l'autre, il se sentait blessé. Il n'aurait jamais dû se confier à elle, car pour une raison qu'il ne parvenait pas à expliquer, elle avait le don de le rendre vulnérable sur le plan émotionnel.

Pour quelle autre raison serait-il venu ici un samedi soir, en annulant tous ses projets, pour s'adonner à un jeu aussi stupide que le ping-pong ?

— Ça fait deux-un, dit-il. Si tu abandonnes maintenant, j'aurai gagné. Tu me devras cinq « une chose ».

— Parce que tout ça n'est qu'un jeu pour toi, hein ?

Plissant les yeux, elle s'était mise à le regarder de haut en bas. Il ne s'était jamais senti aussi nu et exposé. Était-ce vraiment ainsi qu'elle le voyait ?

— Très bien, Zach. Tu as gagné. Tu as ce que tu veux. Puisque cela semble être la seule chose importante à tes yeux.

Non, ce n'était pas la seule chose importante.

— Maddie, attends ! lança-t-il comme elle se dirigeait vers la porte. Écoute-moi, s'il te plaît. Si je ne t'ai rien dit, c'est parce que je savais que tu voudrais venir.

Vivement, elle se retourna vers lui. Son regard était si intense qu'il eut un mouvement de recul.

— Merci, Zach, dit-elle d'une voix pleine d'ironie. Je me sens beaucoup mieux maintenant que je connais tes véritables intentions.

— Tu ne connais pas le contexte. Attends que j'aie terminé.

Bon sang ! Jamais une femme ne l'avait déstabilisé comme elle. Il s'était toujours enorgueilli d'être inébranlable. Comment se faisait-il qu'elle ait cet effet sur lui ?

Et pourquoi la laissait-il faire ?

— Dave et moi nous connaissons depuis longtemps, expliqua-t-il. Je l'ai rencontré pour la première fois à Dallas, à l'époque où j'y habitais. Bien avant que je commence à travailler pour Fortunado. Je voulais me servir de ce déjeuner pour placer le sujet subtilement. Si tu étais venue, ce serait automatiquement devenu un déjeuner d'affaires. Nous sommes associés, tous les deux. Qu'est-ce que tu voulais que je dise ? « Je te présente Maddie Fortunado. Maddie et moi, nous voudrions ton immeuble » ? Ce n'était pas ce genre de déjeuner. Je ne pouvais pas t'amener. Ce n'est pas comme si tu étais ma petite amie.

Au moment où ces deux derniers mots sortirent de sa bouche, il comprit qu'il s'était enfoncé.

Abruti !

— Non, je ne suis pas ta petite amie, Zach. Mettons les choses au point. Je suis sûre de n'avoir absolument rien en commun avec les femmes avec qui tu sors. Par conséquent, toi et moi n'avons rien en commun en dehors du travail. Prévois ton plan pour lundi, je prévoirai le mien. Je suis sûre que ça se passera très bien. Au revoir.

Elle n'était pas la petite amie de Zach. Si ce n'était pas clair jusqu'ici, ça l'était parfaitement, à présent. De même que ses regrets de l'avoir embrassé.

À chaque fois qu'elle pensait avoir l'avantage, Zach la surprenait en sortant de nulle part un plan plus efficace et plus fin que le sien. Dernier exemple en date : son déjeuner clandestin avec Dave Madison.

Furieuse, elle rejoignit ses sœurs dans le salon, et leur donna une brève explication.

— Je n'en reviens toujours pas que tu l'aies fait partir, lui dit Schuyler. Val et moi t'avons laissée seule avec lui pour vous donner un peu d'intimité, pas pour que vous vous disputiez et que tu le jettes dehors.

— J'avais une bonne raison de le mettre dehors, répondit-elle en se mordillant un ongle.

— Arrête de massacrer tes ongles ! s'exclama Schuyler en lui prenant la main. Oublie que c'est moi la future mariée. C'est à toi que l'on va faire une manucure.

Vaguement embarrassée, Maddie croisa les bras pour cacher ses mains. Il est vrai que ses ongles auraient bien eu besoin d'un peu plus d'attention. Tout comme sa vie en général, d'ailleurs.

— Et on peut la connaître, cette bonne raison ? demanda Schuyler.

Elle expliqua que Zach et elle s'étaient mis d'accord pour travailler ensemble sur un projet important, et qu'il l'avait mise de côté sans un mot.

— Attends, intervint Val. Tu veux dire qu'il a rencontré Dave Madison sans toi ? Et sans t'en parler ?

Maddie fit signe que oui. Il y en avait au moins une qui comprenait pourquoi elle était si bouleversée.

— Avait-il une bonne raison de le faire ? s'enquit Val.

— Il prétend que c'était un déjeuner personnel avec un ami. Il m'a dit qu'il voyait cela comme un moyen *subtil* d'introduire l'idée du contrat. Mais comme Madison a un rendez-vous de prévu avec Zach et moi lundi, il a nécessairement dû demander sur quoi allait porter l'entretien. Je sais donc qu'ils ont discuté affaires. Et à présent, je n'ai plus confiance en Zach et je ne suis pas sûre qu'il m'ait tout dit.

Comme si elle trouvait ses propos incohérents, Val la regarda en fronçant les sourcils.

— Qu'est-ce qu'il y a ? lui demanda-t-elle tandis que Schuyler revenait s'asseoir à côté d'elle avec une lime à ongles et un petit flacon en verre.

Schuyler lui prit la main gauche et se mit à lui masser les cuticules avec de l'huile.

— Tu vas peut-être mal le prendre, répondit Val d'une voix hésitante, mais te serais-tu sentie à l'aise si tu avais assisté à ce déjeuner ?

Oui, parce que si Zach l'avait invitée à ce rendez-vous avec Madison, cela aurait pu vouloir dire qu'il voulait qu'elle fasse partie de sa vie en dehors du bureau. D'abord le baiser, ensuite le déjeuner avec son ami… qui s'avérait également détenir la clé d'une promotion pour l'un d'entre eux.

Déstabilisée, elle haussa les épaules.

— Je ne sais plus quoi penser, marmonna-t-elle.

— Donc, il a bien une vie personnelle en dehors de l'agence, intervint Schuyler.

Val porta sur Maddie un regard étrange, et tandis que Schuyler entreprenait de lui limer les ongles, Maddie fit de son mieux pour télégraphier silencieusement un message à Val : « Je t'interdis fermement de révéler ce que tu as vu hier soir au Thirsty Ox. »

— Il s'est comporté de façon sournoise, dit-elle à voix haute. Et maintenant, je ne sais pas si je peux lui faire confiance pour agir de façon juste.

— Les affaires sont injustes, fit remarquer Val. C'est toi-même qui me l'as appris. Mais pour ce qui est de l'amour, c'est différent. Il faut avoir confiance à cent pour cent en l'homme qu'on aime.

Brusquement, Schuyler avait relevé la tête. Une lueur étrange brillait dans ses yeux.

— Est-ce que l'on parle d'amour ou d'affaires ? demanda-t-elle. Parce que ce n'est pas du tout la même chose.

— On parle affaires, répondit Maddie. Affaires, affaires et seulement affaires.

Val lui jeta un regard peu convaincu.

— C'est tout le problème, reprit Maddie sans lui laisser le temps de s'exprimer. Ma vie a toujours été uniquement centrée sur les affaires. Et tout à coup, papa est arrivé et a tout chamboulé.

En prononçant ces mots, elle sentit ses yeux s'emplir de larmes. Mais qu'est-ce qui n'allait pas chez elle ? Depuis quand était-elle devenue si faible ?

— Oh ! ma chérie, murmura Schuyler en la prenant dans ses bras.

Et à ce moment-là, les vannes cédèrent et elle ne put retenir ses larmes.

— J'ai tout sacrifié pour Fortunado Real Estate, dit-elle entre deux sanglots. Je n'ai pas eu de vie sexuelle. Je ne suis pas sortie, à part le vendredi soir au Thirsty Ox. J'ai mis ma vie entre parenthèses, et maintenant, j'ai vingt-neuf ans, et je me retrouve sans rien. Et si j'avais fait tous ces sacrifices pour rien ? Et si je ne trouvais jamais l'amour comme tu l'as trouvé avec Carlo, Sky ?

Le vide qu'elle ressentait parfois au fond d'elle prenait maintenant toute la place. Elle fut tentée de le combler avec le reste des biscuits et des cupcakes que ses sœurs avaient rapatriés dans le salon. Mais non. Si elle faisait cela, elle s'en voudrait encore plus pour le peu de maîtrise de soi dont elle ferait preuve.

Tout en essuyant ses larmes, elle prit une profonde inspiration.

Elle n'aurait su dire si le silence de ses sœurs empirait

ou améliorait les choses. Au moins, elles lui laissaient le temps de se reprendre.

Il fallait vraiment qu'elle oublie Zach McCarter. Tous les sentiments qu'elle avait pour lui auraient dû disparaître à la seconde même où son père avait annoncé ses projets. Malgré la soirée qu'elle venait de passer, elle n'était plus au lycée. Elle était une femme adulte qui ne devait pas oublier que l'objet de son désir, ou plutôt *l'ancien* objet de son désir, était désormais l'homme qui se dressait entre elle et l'objectif de sa vie.

Tandis que Schuyler se remettait à s'activer sur ses ongles, Val mit le film *30 ans sinon rien*. Et tandis que ses sœurs se laissaient absorber par l'histoire, elle s'autorisa à repenser une dernière fois à son baiser avec Zach.

Comment avait-elle pu avoir une idée aussi stupide ?

Elle n'était pas comme les femmes avec qui il sortait. Ses petites amies étaient belles. Magnifiques, même. Des femmes trophées.

Comme leur vie devait être ennuyeuse !

Leur unique mission était d'être belles et de ne jamais, au grand jamais, vieillir ou grossir. Ce qui revenait à passer des heures et des heures chez le coiffeur et autres salons de beauté. Et à éviter la case Moonbeam Bakery.

Impossible, pour elle.

Elle n'était pas ronde, mais elle adorait les sucreries. Et par conséquent, elle était peut-être un peu plus pulpeuse que ce qui était considéré comme socialement acceptable.

Entre Moonbeam et elle, c'était à la vie à la mort.

La petite phrase de Schuyler sur Barbie et Ken lui revint subitement à l'esprit.

Machinalement, elle passa sa main libre dans ses cheveux.

Si elle avait été la petite amie de Zach, ou s'il l'avait considérée comme une petite amie potentielle, il l'aurait invitée à ce déjeuner avec Dave Madison. Mais elle n'était pas sa petite amie.

Dave Madison était-il de la même étoffe que lui ? Et si elle parvenait à se transformer en femme fatale, parviendrait-elle à reprendre la tête de la compétition ?

Elle commençait à comprendre que, même si elle avait fait beaucoup d'efforts au cours des années passées, il allait peut-être falloir qu'elle en fasse davantage.

Concernant son apparence, par exemple. Que se passerait-il si elle faisait un tout petit plus d'efforts en ce domaine ? Sans envisager d'y consacrer le temps qu'y consacrait une femme trophée, naturellement. Elle n'avait pas que ça à faire. Mais si elle en faisait… juste un peu plus ? Par exemple en allant chez le coiffeur pour demander ces reflets dont Schuyler avait parlé ? L'été approchait. Et elle avait beau adorer passer du temps dehors, ses cheveux n'éclairciraient pas naturellement.

Tandis que ses sœurs riaient d'une scène du film, quelque chose lui traversa l'esprit. Une prise de conscience qui lui fit ouvrir les yeux à tout un nouveau monde de possibilités.

Brusquement, elle se redressa. Comment se faisait-il qu'elle n'y ait pas pensé plus tôt ?

— Hé, les filles ! Je peux vous poser une question ?

— Bien sûr, répondit Schuyler sans détacher son regard de l'écran.

Val mit le film sur pause et Schuyler cligna des yeux comme si elle sortait d'un état de transe.

— Je voudrais que vous vous montriez totalement honnêtes avec moi.

Comme ses sœurs acquiesçaient, elle se prépara au pire.

— Est-ce que vous pensez que mon physique m'empêche de réussir ma vie professionnelle ? Ou plutôt, est-ce que vous pensez que j'aurais besoin d'un relooking ?

Les secondes passèrent tandis que ses deux sœurs se regardaient, comme pour déterminer qui oserait s'exprimer la première.

Maddie soupira.

— Votre silence en dit long, marmonna-t-elle. Je vous ai demandé de vous montrer honnêtes. Je ne serai pas vexée si vous me répondez que tout est à changer, dans mon look. Parce que voilà ce que je pense. Zach a déjà Dave Madison dans sa manche. Il me faut donc mettre toutes les chances de mon côté si je veux remporter la promotion. Ce qui veut dire montrer le meilleur de moi-même. Dans tous les domaines.

Elle s'interrompit pour regarder ses sœurs et reprit :

— J'ai toujours mis beaucoup d'énergie dans mon travail, en pensant que les efforts professionnels étaient tout ce qui importait. Mais regardez-moi. Je n'ai jamais fait beaucoup d'efforts concernant mon physique. Certes, je m'habille de façon professionnelle, avec des classiques simples et élégants qui renvoient une image fiable et sérieuse de moi. Mais je ne me donne jamais la peine de me maquiller. En fait, je n'ai jamais eu la patience d'apprendre à le faire et j'imagine que je n'ai jamais voulu attirer le genre d'hommes qui valorisent les femmes pour leur physique. Et plus important encore, les hommes, eux, n'ont pas besoin de changer leur apparence pour être pris au sérieux dans le milieu des affaires.

Ne voulant pas se perdre dans une digression sur les inégalités de genre, elle se força à revenir à son sujet.

— Regardez-moi. Je suis terne. Je suis comme une toile blanche que personne ne remarque. Mais Zach… L'autre soir, il est arrivé au bureau complètement déguisé en rancher.

— Quoi ? s'exclama Schuyler. Comment ça ?

L'air déçu, Val secoua la tête.

— Mais pourquoi est-ce que j'ai manqué ça ? dit-elle.

— On lui avait dit qu'un rancher de Sisterdale envisageait de vendre sa propriété, expliqua Maddie. Alors non seulement il s'est acheté un stetson et des bottes de cow-boy, mais il a aussi loué un pick-up.

— Un stetson, murmura pensivement Schuyler. Je suis sûre qu'il devait être super sexy avec ça.

Tout à fait.

— Vous voyez ? dit Maddie. Il change son apparence, et vous commencez à faire de lui un objet.

— D'accord. Peut-être que ce n'est pas tout à fait la même chose, mais…

— Est-ce qu'il a eu le contrat ? demanda Val.

— Oui, mais ce n'est pas la question, marmonna Maddie.

— C'est vrai, répondit Val. Mais réfléchis. Il voulait le contrat. Il a fait ce qu'il avait à faire pour l'obtenir.

— Et maintenant, il est vu comme un objet, mais il a la gloire pour lui, ajouta Schuyler avec un petit sourire satisfait.

— On peut voir les choses comme ça, renchérit Val. Mais ce que j'essayais de te dire, Maddie, c'est que ce n'est pas en mettant un peu de rouge à lèvres que tu perdras ton intégrité.

À l'évidence, Val n'était pas juste le bébé de la famille, songea Maddie. Parfois, elle semblait même être la plus sage de tous.

Maddie n'avait jamais manqué de confiance en elle. D'ailleurs, avant la grande annonce de son père qui l'avait fait douter de tout, elle se considérait comme la plus assurée de tous ses frères et sœurs. Ou du moins de ses sœurs. Comment avait-elle pu se transformer en cette jeune femme qui rêvait de blush et de mascara ?

— Je pense donc que j'aurais bien besoin d'un relooking, conclut-elle.

Dans sa précipitation, Schuyler faillit tomber par terre en se levant du canapé.

— Je vais chercher ma trousse de maquillage ! Ne bouge pas !

— Sky, non, dit Maddie. On regarde la fin du film…

— Non ! On l'a déjà vu dix fois ! Et je suis sûre que l'on aura des dizaines d'occasions de le revoir dans le futur. Mais que ma grande sœur soit d'humeur à ce que je la maquille, c'est une occasion qui ne se représentera peut-être jamais dans ma vie. Il faut battre le fer tant qu'il est chaud.

— On peut le faire demain, suggéra Maddie. En réalité, je ne suis pas vraiment d'humeur, ce soir. Et puis c'est ton week-end. J'ai l'impression que toute l'attention est concentrée sur moi alors que…

— N'importe quoi ! lança Schuyler. Ce week-end est exactement comme je voulais qu'il soit : un bon moment passé avec mes sœurs. Mais comme c'est ma soirée, je décrète que nous allons procéder à ton relooking. Reste assise. Je reviens tout de suite.

Comme Maddie devait passer au bureau le lendemain matin, elle décida de rentrer chez elle pour la nuit. Ses sœurs et elle avaient prévu un brunch le dimanche matin, mais elle avait préféré dormir chez elle pour pouvoir se lever tôt. Elle aurait probablement le temps de se laver et de faire un saut au bureau avant même que ses sœurs soient sorties du lit.

Au volant de sa voiture, avec le maquillage que sa sœur lui avait appliqué, elle se sentait toute vibrante d'enthousiasme. Régulièrement, elle jetait des coups d'œil à son reflet dans le rétroviseur.

Elle devait admettre que le rendu était époustouflant et beaucoup plus naturel qu'elle ne l'aurait pensé. Elle imaginait le maquillage comme quelque chose de lourd et d'irritant, un masque ou une couche de cire qui la gênerait et dégoulinerait par temps chaud.

Mais non.

Elle ne le sentait même pas.

Elle avait l'air d'être elle-même… mais en mieux. Plus soignée et sophistiquée qu'elle ne l'avait jamais été dans sa vie.

Qui l'aurait cru ?

Quand elle avait exprimé sa surprise et sa joie, ses sœurs lui avaient dit qu'elle était très belle au naturel, mais qu'après ce petit coup de pouce, elle était vraiment époustouflante.

— Tu sais à qui tu ressembles ? lui avait dit Schuyler. À qui elle ressemble, Val ? Je suis sûre que tu le vois aussi. On dirait Blake Lively. Tu sais depuis combien de temps je rêve de te maquiller juste un tout petit peu ? Ce qui ne veut pas dire que tu n'es pas belle au naturel. Mais quelle femme voudrait être belle alors qu'elle peut être magnifique ? Tu ne trouves pas qu'elle est magnifique, Val ?

Dans son exubérance, Schuyler n'avait pas laissé Val placer un mot.

— Elle ressemble vraiment à Blake Lively, oui, avait répété Schuyler. Waouh ! Je n'arrive pas à croire que je n'aie jamais remarqué ton potentiel, Maddie.

Comment réagirait Zach s'il la voyait maintenant ? s'était demandé Maddie. Serait-il plus disposé à l'inviter à déjeuner avec un homme comme Dave Madison ?

— Il faut que tu te démaquilles tous les soirs et que tu te maquilles tous les matins sur un visage propre et bien hydraté, lui avait conseillé Schuyler. Tu vas avoir besoin de beaucoup de produits. Mais ne t'inquiète pas, je serai là pour t'aider.

Elle avait promis à sa sœur de se démaquiller tous les soirs pour ne pas s'abîmer la peau. Elle n'avait pas ajouté qu'elle ne perdrait certainement pas des heures à jongler avec des dizaines de tubes et de flacons qui donneraient à sa salle de bains des airs de corner beauté. Schuyler était ravie de l'avoir maquillée, et elle ne voulait pas ternir la joie de sa sœur.

Une fois arrivée chez elle, elle était trop excitée pour dormir. Avant de se laver le visage, elle admira une dernière fois le travail de Schuyler et prit même deux selfies.

Il fallait qu'elle se lève tôt pour avoir le temps de passer au bureau avant de retrouver Val et Schuyler. Aussi alla-t-elle se coucher, même si elle n'était pas le moins du monde fatiguée.

Pour essayer de se détendre, elle fit des exercices de respiration. Inspirer pendant quatre secondes, retenir son souffle sept secondes et expirer huit secondes. Et au bout de dix fois… elle avait toujours l'esprit aussi agité.

Elle n'arrêtait pas de repenser à son baiser avec Zach, sa dispute avec Zach. Devait-elle tenter une réconciliation avant leur rendez-vous du lundi matin ? Si Dave Madison sentait qu'il y avait de la tension dans l'air, les choses risquaient de mal tourner pour eux. Madison devait être certain que Zach et elle pouvaient travailler ensemble, et si elle en voulait toujours à Zach de ne pas s'être montré totalement honnête avec elle, il fallait qu'elle passe à autre chose. Et surtout, qu'elle tourne la situation à son avantage.

Oui, il fallait qu'elle trouve un plan qui lui permettrait à la fois de renouer de bonnes relations avec Zach et de remporter la promotion.

- 7 -

Zach avait un acheteur potentiel pour le ranch Winters à Sisterdale. Il avait contacté Jim et Mary Ann pour leur faire savoir qu'il se rendrait chez eux avec Joanna et Gary Everly, le dimanche vers 11 h 30. Pour l'occasion, il avait reloué le pick-up et ressorti jean et stetson.

Les Everly devaient le retrouver à son bureau à 7 h 30. Après avoir fait un crochet par la pâtisserie pour acheter des donuts et du café pour le trajet, il arriva à l'agence avec un quart d'heure d'avance, afin d'avoir le temps d'imprimer les titres de propriété. Mais quand il aperçut la Volvo de Maddie dans le parking, il sentit quelque chose en lui se contracter. Une sensation qui, cependant, n'avait absolument rien de désagréable.

Elle avait eu raison, la veille au soir, ou du moins en partie, quand elle lui avait dit qu'il ne s'était pas montré honnête avec elle concernant le déjeuner avec Dave Madison. Il aurait dû lui en parler avant de s'y rendre. Aussi était-il content de cette occasion d'éclaircir les choses avant leur rendez-vous du lendemain.

Une fois dans l'agence, il jugea bon de s'annoncer pour ne pas l'effrayer ; elle ne devait sans doute pas s'attendre à ce que quelqu'un passe si tôt un dimanche.

— Maddie ? cria-t-il depuis le hall.

Il entendait vaguement un bruit de clavier sur lequel on tapait. Le cliquetis s'arrêta au moment où il parla, mais il n'y eut aucune réponse.

— Coucou, dit-il en s'arrêtant sur le pas de sa porte. Je voulais juste que tu saches que j'étais là. J'ai un rendez-vous avec des clients. Je n'ai que quelques minutes devant moi.

— Tu vas leur faire visiter la propriété de Sisterdale ? demanda-t-elle en le détaillant de la tête aux pieds.

— Comment le sais-tu ?

— L'accoutrement de cow-boy.

— Ah. Oui. C'est mon uniforme de Sisterdale. J'y emmène un couple d'acheteurs potentiels, ce matin.

Lentement, sensuellement, elle baissa les yeux vers ses pieds avant de les relever vers son visage. Quand leurs regards se croisèrent de nouveau, une lueur de désir avait embrasé celui de Maddie.

— Bien ! Maintenant que tu m'as déshabillé du regard…

— Zach ! Tu ne peux pas dire ça…

Ses joues avaient pris une teinte légèrement plus colorée. Quant à ses lèvres, elles étaient particulièrement appétissantes, ce matin. Comment se faisait-il qu'il ne les ait jamais vraiment remarquées jusqu'ici, qu'il n'ait jamais vu combien elles étaient sensuelles ? Mais c'était sans doute mieux ainsi.

Ce baiser avait éveillé quelque chose en lui : une indéniable attirance pour Maddie. Il brûlait d'envie de goûter à nouveau à ses lèvres. Il brûlait d'envie… d'elle. Il ne désirait qu'une chose : l'attirer près de lui et abattre toutes les barrières qu'il pouvait y avoir entre eux.

Mais pour l'instant, il avait plus important à faire.

— J'aurais dû te parler de mon rendez-vous avec Dave Madison avant de m'y rendre, reprit-il. Comme je te l'ai dit, c'était un rendez-vous amical. Mais même ça, j'aurais dû te le dire, compte tenu du contexte. Mais j'ai l'habitude d'agir seul. Désolé. Vraiment. Ce qui m'amène au cœur du sujet. Je ne pense pas que mon déjeuner avec Madison soit le véritable problème entre nous, Maddie.

— Bien sûr que si ! répliqua-t-elle vivement. Ou en tout cas, ça l'était. Je te remercie de m'avoir apporté ton point de vue. Le problème est résolu.

Sur ce, elle lui fit un petit signe de la main et se remit à travailler. Elle semblait un peu trop concentrée sur l'écran, nota-t-il. On aurait dit qu'elle faisait beaucoup d'efforts pour ne pas le regarder.

— Tu vas bien, Maddie ?

— Très bien. Tes clients ne vont sans doute pas tarder à arriver, et pour ma part, j'ai du travail. Je dois ensuite retrouver Schuyler et Val pour le brunch. Histoire de profiter de ce qu'il reste de ce week-end d'enterrement de vie de jeune fille.

Pour bien lui montrer qu'il n'était pas pressé de partir, il s'installa dans l'un des fauteuils qui faisaient face à son bureau.

— Tu as bien compris que c'était Val qui m'avait appelé pour m'inviter hier soir ? s'enquit-il. Que je ne me serais pas présenté chez tes parents sans y avoir été convié ?

— Bien sûr, répondit-elle en le dévisageant d'un air décontenancé.

— Alors si le problème n'est ni mon déjeuner avec Dave Madison, ni ma présence à la fête d'hier soir, je ne vois qu'une seule autre chose qui pourrait te déranger.

D'un geste vif, elle rapprocha sa chaise de son bureau pour se pencher vers lui.

— Qu'est-ce qui te fait penser que quelque chose me dérange, Zach ?

— Pour commencer, le ton que tu emploies.

— Excuse-moi, dit-elle en croisant les bras, quelque peu radoucie. Je ne m'en suis pas rendu compte. Je ne voulais pas passer pour une mégère. Je ne suis pas comme ça.

— Je le sais.

— Mais ces caractéristiques que l'on attribue aux mégères seraient peut-être acclamées si j'étais un homme, murmura-t-elle pensivement. Peut-être pas acclamées, non. Elles passeraient juste inaperçues.

Leurs regards se rencontrèrent, et pendant quelques secondes, un courant magnétique sembla passer entre eux.

Elle, en tout cas, n'était pas une femme qui passait inaperçue. Il eut envie de le lui dire, mais des coups frappés à la porte rompirent brusquement le charme en le ramenant à la réalité.

— Ce sont mes clients, dit-il. Ils sont en avance.

— Ne les fais pas attendre, alors.

Qu'avait-il failli se passer ? se demanda-t-il. Si Joanna et Gary Everly n'étaient pas arrivés en avance, il se serait penché vers Maddie pour l'embrasser. À présent, le moment était passé.

— Mais pour ta gouverne, sache que je ne te considère pas du tout comme une mégère. Je te considère comme une femme passionnée. Ne regrette jamais d'être passionnée. Ne t'excuse jamais.

Zach la voyait comme une femme passionnée.

Passionnée…

C'était sans doute le plus beau compliment qu'on lui ait jamais fait.

— La Terre à Maddie ! dit soudain Schuyler. Armand voudrait savoir si tu veux un autre bloody mary.

Maddie se rendit compte que ses sœurs, ainsi que le beau serveur qui flirtait avec elles depuis le moment où il s'était présenté, la regardaient fixement.

Ignorant totalement si son verre était vide, plein ou à moitié plein, elle répondit vivement :

— Oui, merci. Avec plaisir.

— Tu es de bonne humeur, aujourd'hui, lui fit remarquer Val. Un peu rêveuse, mais je ne me souviens pas t'avoir un jour vue si détendue.

Tout en haussant les épaules, Maddie sourit.

— C'est vrai ? Et pourquoi ne serais-je pas heureuse, alors que j'ai la chance de passer du temps avec mes sœurs ?

Schuyler et Val échangèrent un regard dubitatif.

— Quand tu as annoncé que tu rentrais chez toi, hier soir, j'ai eu peur que tu m'en veuilles d'avoir demandé à Zach de passer, dit Val.

— Et pourquoi t'en aurais-je voulu ?

Sur le coup, elle avait été furieuse contre elle, en effet. Mais si ses sœurs n'étaient pas intervenues et si Zach et elle ne s'étaient pas disputés, ils ne se seraient pas réconciliés ce matin. Sans elles, elle n'aurait sans doute jamais su qu'il la trouvait passionnée.

— Et même si je t'en avais voulu, ce qui n'est pas le cas, je n'aurais pas gâché la dernière journée de notre week-end entre filles en boudant, précisa-t-elle. Au fait, après l'essayage de nos robes, que voudrais-tu que l'on fasse cet après-midi, Sky ? On pourrait aller se promener au jardin japonais ? Sinon, j'ai entendu dire qu'il y avait une exposition d'impressionnistes français au musée des Beaux-Arts. Ou on pourrait encore aller voir le nouveau film de Zoe Kazan. Ça a l'air super.

— Toutes ces possibilités me paraissent intéressantes, répondit Schuyler après avoir bu une gorgée de son bloody mary. Mais je préférerais que l'on s'en tienne au shopping pour aujourd'hui. J'ai encore beaucoup de choses à régler pour le mariage. Vous vous rendez compte que Carlo et moi allons nous dire oui dans moins d'une semaine ?

— Tu stresses ? lui demanda Val.

Un joli sourire vint illuminer le visage de Schuyler.

— Oh oui ! Et je suis surtout tout excitée ! Je voudrais que tout soit parfait. Je n'arrête pas de penser à des petits détails que j'ai oubliés.

— Rien n'est jamais parfait, intervint Maddie. Mais les imperfections donnent l'occasion de raconter plus tard de fabuleuses histoires. Tu as embauché la meilleure organisatrice de mariages de tout le Texas. Elle est payée pour s'occuper de ces petits détails. Tu ferais mieux de profiter de ta dernière semaine de célibat.

— Ce n'est pas elle qui va me fournir la lingerie que je porterai pour ma nuit de noces, lui fit remarquer Schuyler avec un clin d'œil coquin. Il faut que je trouve quelque chose. Je n'arrive pas à croire que j'aie failli oublier !

— Et tous ces jolis sous-vêtements que tu as achetés l'autre jour ? demanda Val.

— Ils sont très beaux, mais j'ai quelque chose de spécifique à l'esprit, répondit Schuyler. Ça vous ennuie si on va à la Galleria après les essayages pour que je puisse regarder ?

— C'est toi la future mariée. C'est toi qui décides, déclara Maddie.

— Tu es une garce !

Maddie jeta un regard noir à Schuyler qui souriait d'un air victorieux.

Si sa sœur avait voulu se rendre à la Galleria, ce n'était pas pour trouver la tenue parfaite pour sa nuit de noces, mais pour traîner Maddie jusqu'au rayon cosmétiques, afin de la faire asseoir sur la chaise où elle se trouvait actuellement, entre les mains d'une maquilleuse professionnelle !

Maddie était complètement paniquée. Comment allait-elle réussir à reproduire la fine ligne que Cheryl, l'artiste du maquillage, venait de tracer sur sa paupière ? Et il allait falloir qu'elle le fasse avec un œil *fermé* ? Rien qu'à y penser, elle sentait ses mains trembler. Si elle réussissait à créer une distraction, parviendrait-elle à s'échapper ?

— Tenez, lui dit Cheryl en lui tendant le fin pinceau. Je vous laisse faire l'autre œil. Vous allez voir comme c'est facile.

Embarrassée, Maddie lui fit signe que non.

— Vous avez fait du tellement beau travail que je ne voudrais pas prendre le risque de tout gâcher.

— C'est très facile, vous allez voir. Essayez, Maddie. N'importe qui peut y arriver.

N'importe qui ? Cheryl ne la connaissait pas !

Elle fut tentée de lui raconter quelques anecdotes sur sa légendaire maladresse, mais en fin de compte, protester lui apparut comme une solution plus fatigante qu'essayer. En soupirant, elle prit le pinceau et se pencha vers le miroir en suivant les instructions de Cheryl.

À son grand étonnement et pour son plus grand bonheur, l'eye-liner s'appliqua aussi facilement que Cheryl l'avait promis, de même que le mascara et le rouge à lèvres, qui vinrent ensuite.

— Simple, frais et naturel, lui assura Cheryl en lui tendant un face-à-main. Et le mieux de tout, c'est que c'est rapide et facile à faire.

Si le maquillage impromptu de Schuyler avait eu un très beau rendu, celui-ci était tout simplement… époustouflant.

— Elle prend tout ! lança Schuyler.

Maddie allait protester quand Cheryl la devança.

— Je vous promets que ce maquillage ne vous demandera pas plus de sept minutes le matin. Vous obtiendrez une version encore plus belle de vous en moins de temps qu'il n'en faut pour boire un café.

Une version plus belle de moi ? C'est exactement ce qu'il me faut !

En songeant à cette version plus belle d'elle-même, elle ressentit un tremblement d'excitation à l'idée de revoir Zach le lendemain…

Que penserait-il de cette nouvelle Maddie maquillée ?

— Tant qu'on y est, Mads, reprit Schuyler quand Cheryl se fut éloignée pour emballer les articles, si on parlait de ta garde-robe ?

— Ma garde-robe est très bien. Tout vient de Brooks Brothers. J'adore ces magasins. On y trouve tout ce que l'on veut. C'est rapide et efficace. J'ai une conseillère chez eux, Angie. Elle m'appelle une fois par an pour me rappeler de venir. Et elle me présente un choix de tenues classiques que je peux facilement assortir.

— Oui, on connaît ton style, Mads, dit Val avant d'échanger un regard entendu avec Schuyler.

— Un peu… ennuyeux, peut-être ? murmura Schuyler.

— Tu devrais vraiment penser à mettre un peu de couleur et d'imprimés dans tes basiques, ajouta vivement Val.

— Ou te débarrasser de tous ces basiques et te faire une nouvelle garde-robe qui en jetterait, renchérit Schuyler.

Maddie leva les yeux au ciel. Avait-elle ouvert la boîte de Pandore en laissant Schuyler l'asseoir sur ce fauteuil de maquillage ?

— Hé ! Mes basiques sont très bien, décréta-t-elle.

Et je les associe à des hauts colorés, de temps en temps. Et ma robe bleu canard ? Elle est colorée, non ? Ma garde-robe est pratique. Ça me fait une chose de moins à penser le matin. Ce qui sera d'autant plus important maintenant que je vais devoir consacrer tout ce temps à mon maquillage.

— *Sept* minutes, Mads, répliqua Schuyler en riant. Ne me dis pas que c'est ça qui va bousculer tout ton planning. Je connais une association qui aide les femmes en difficulté à réintégrer le marché du travail. Je suis sûre qu'ils seraient ravis de récupérer tes *basiques*. Il te faut de nouveaux vêtements pour aller avec ton nouveau look. Crois-moi, quand j'en aurai fini avec toi, tu me remercieras. Mais pour commencer, dès que l'on sort d'ici, on file te faire faire une nouvelle coupe.

— Non ! s'exclama Maddie. S'il faut que je fixe une limite, elle est là. Tu ne touches pas à mes cheveux !

Et Schuyler ne toucha pas à ses cheveux. Ce fut Jade, la styliste que sa sœur faisait régulièrement venir d'Austin, qui s'en chargea. Jade qui, par un mystérieux hasard, était disponible, alors que Schuyler se plaignait souvent de ses délais d'attente.

Maddie commençait à croire à une conspiration, mais pour s'en soucier vraiment, il aurait fallu qu'elle prenne moins de plaisir à se voir ainsi métamorphoser.

Jade sembla l'écouter quand elle lui fit part de ses inquiétudes concernant l'entretien de ses cheveux.

— Je ne suis pas très douée avec les sèche-cheveux, expliqua-t-elle. Et je n'utilise jamais de brosse ronde, j'aurais trop peur de me coincer une mèche dedans et de devoir la couper. En fait, je n'ai ni le temps ni l'envie d'apprendre. Alors je préférerais quelque chose qui ne nécessite pas de brushing.

Jade lui assura qu'elle allait lui trouver une coupe bien mieux que celle qu'elle arborait actuellement et qui nécessiterait encore moins d'entretien.

Après quoi, elle lui coupa cinq bons centimètres et dégrada ses cheveux dans la longueur, en lui affirmant qu'elle obtiendrait ainsi plus de volume. Elle apaisa également ses inquiétudes : oui, elle pourrait toujours les attacher en queue-de-cheval.

— Regardez-vous ! s'exclama Jade quand elle eut terminé de lui sécher les cheveux. Vous êtes magnifique. Pourquoi vouloir cacher cette belle chevelure en la ramenant en queue-de-cheval ?

Pour la première fois de sa vie, Maddie venait de se poser la même question. Ses cheveux paraissaient à la fois plus légers et plus épais. Quand elle passait les doigts dedans, ils étaient soyeux et retombaient souplement à leur place. Cette coupe lui semblait soudain beaucoup plus professionnelle qu'une queue-de-cheval.

Quand elle eut payé, Val resta entre les mains expertes de Jade. Schuyler, pour sa part, décréta qu'elle souhaitait se rendre à la Hattie's Boutique pour jeter un œil à la collection printemps.

Si Schuyler vivait à Austin depuis quelques mois, elle connaissait toujours les meilleurs endroits pour faire les boutiques à Houston. Et elle semblait y trouver tellement de plaisir que Maddie finit par accepter de l'accompagner dans tous ses magasins préférés. Pour la première fois de sa vie, elle prenait goût à faire du shopping.

Ces boutiques très tendance et extravagantes étaient à mille lieues du style classique de Brooks Brothers.

C'était comme un voyage dans un pays étranger. Ce n'était pas son style de vie, mais elle était disposée à l'embrasser le temps d'un après-midi. « À Rome, fais comme les Romains. Dans des boutiques bobos, fais comme ta sœur. »

Elle n'avait jamais hésité à investir dans des classiques dont le style intemporel transcendait les modes, mais certaines des pièces tendance que Schuyler et les vendeuses choisirent pour elle coûtaient trois fois le prix de ses achats habituels !

Des vêtements chers, qui attiraient l'attention.

Elle avait toujours pensé que c'était les vêtements qui devaient mettre le physique en valeur, pas le contraire. Elle ne voulait pas disparaître derrière des couleurs vives et des motifs criards.

Comme ceux, rouges, orange et jaunes, de la robe Emilio Pucci que sa sœur venait de lui faire passer par-dessus la porte de la cabine.

— Ah non ! Pas celle-là, protesta-t-elle.

Horrifiée, elle entrouvrit la porte pour regarder à l'extérieur. Schuyler portait une robe longue noire et rose fluo, qui lui allait très bien. Mais cette robe Pucci pour elle, pas question !

— Elle est trop voyante, Sky. Si je porte ça, on risque de me prendre pour un Picasso volé.

— Tout à fait, répondit Schuyler, imperturbable. Avec ton corps et tes jambes, tu aurais vraiment l'air d'une œuvre d'art, dans cette robe. Essaye-la et sors, que je te voie dedans.

Maddie referma la porte de la cabine et observa la robe. Ce n'était pas elle du tout, ça. Pour le prouver, elle l'ajusta contre son corps face au miroir de la cabine. Exactement le contraire de ses valeurs. Flashy. Excentrique. Et… sympa.

Avec son nouveau maquillage et sa coupe de cheveux plus légère et décontractée, la robe ne détonnait pas du tout.

Elle avait envie de l'essayer, ne serait-ce que pour imaginer la tête de Zach si elle se présentait au rendez-vous du lendemain dans cette robe.

Non, elle ne pourrait jamais. C'était trop voyant. Ce n'était pas elle.

« Quand on fait toujours la même chose, on obtient toujours la même chose », lui dit une petite voix dans sa tête.

Ne pas fournir un travail suffisamment bon pour obtenir une promotion. Ou prendre l'initiative d'embrasser un homme et le voir réagir de façon intéressée, mais être suffisamment prudente pour se poser des questions : lui plaisait-elle vraiment ou pensait-il juste continuer de flirter avec elle comme il l'avait toujours fait ?

Ou, pire encore, cherchait-il à la manipuler pour la devancer dans la compétition ?

Mais il l'avait trouvée passionnée. Et elle l'était. Par son travail. Par lui. Il avait perçu le feu qui brûlait en elle, alors qu'elle l'avait elle-même ignoré. Ou qu'elle n'avait pas su l'identifier.

Elle se voyait comme une mégère. Il la voyait comme une femme passionnée.

Et une femme passionnée ne devrait pas avoir peur

de prendre un risque. Moins encore avec quelque chose d'aussi anodin que des vêtements.

Déterminée, elle enfila la robe par la tête, laissant le tissu soyeux glisser sur son corps.

Oh non…

Elle était trop courte et tellement voyante qu'elle frisait le vulgaire. Ou pas. En tout cas, elle attirait l'attention sur elle.

Mais elle épousait aussi ses courbes comme si Pucci l'avait faite pour elle. Elle s'arrêtait cinq centimètres au-dessus des genoux, ce qui la rendait inappropriée pour le travail, mais… en considérant les choses sous un angle différent, c'était une robe très sympa qui pourrait être agréable à porter en dehors du cadre de travail.

Mais où ? À part les vendredis soir au Thirsty Ox, elle passait tout son temps libre chez elle, avec Ramona. Sa petite chienne l'aimait telle qu'elle était. Et tout bien réfléchi, elle risquait même de prendre peur en voyant les motifs agressifs de la robe !

Oh ! Seigneur ! C'était l'une des excuses les plus bêtes qu'elle se soit jamais trouvées. Considérer une chienne comme une compagne de week-end !

Elle sursauta quand on frappa à la porte de la cabine.

— Ouvre, Mads. Je veux voir la robe sur toi, ordonna Schuyler.

Se sentant à la fois intimidée et complètement hors de son élément, elle entrouvrit très légèrement la porte. D'un geste assuré, Schuyler l'ouvrit totalement.

— Mads ! s'exclama-t-elle d'une voix suraiguë. Tu es magnifique ! Tourne-toi.

Maddie s'exécuta. Curieusement, elle se sentait exaltée par la réaction de sa sœur.

— Il faut que tu prennes cette robe, Mads. Tu ne partiras pas d'ici sans elle.

— Je ne sais pas, Sky.

Tout sourire, Schuyler la saisit par la main pour la conduire jusqu'à un immense miroir à trois volets situé à l'autre bout de la salle d'essayage.

— Regarde-toi !

— Oui, mais… Tu penses que cette robe serait appropriée pour aller travailler ?

Elle savait très bien que non, mais elle cherchait un moyen de gagner du temps.

— Non. Pas pour le travail, répondit Schuyler. Mais elle serait parfaite pour le dîner de répétition. Viens avec moi. Je t'ai trouvé une adorable robe rose Kate Spade que je voudrais que tu voies. Elle est sans manches. Elle sera parfaite pour l'été.

Maddie essaya donc la robe. Qui était mignonne. Pour Schuyler. Mais qui différait de loin de tout ce à quoi elle était habituée.

Avec l'aide d'une vendeuse, Schuyler lui dénicha ensuite plusieurs autres robes décontractées, tendance ou classiques. Ainsi qu'une paire de sandales à brides dorées.

La robe Kate Spade lui allait à merveille, et les couleurs vives et les motifs géométriques des autres pièces proposées lui plurent beaucoup. Elles étaient toutes magnifiques, mais elle ne se sentait pas à cent pour cent elle-même, quand elle les essayait. Cependant, la robe rose semblait avoir été faite pour elle.

— Tu es magnifique, répétait Schuyler. Tu crois vraiment que je chercherais à t'induire en erreur ?

— Pas délibérément.

— Oh ! je t'en prie, répliqua sa sœur en levant les yeux au ciel. Prends la Pucci jaune et orange pour le dîner de répétition, et pour aujourd'hui, choisis juste une nouvelle robe pour le travail. Je vote pour la Kate Spade. Tu vas te sentir tellement terne quand tu vas retourner à tes vieux basiques de couleurs neutres que tu finiras de toute façon par revenir ici pour renouveler toute ta garde-robe. On parie ?

Fronçant les sourcils, Maddie se remit à observer son reflet dans le miroir.

— Je ne sais pas trop, Sky. Ça fait beaucoup de changements d'un coup. Déjà, je ne me reconnais plus moi-même.

— Tu es toi-même, mais en mieux. Et le changement n'est pas si radical, parce que tu as toujours été très belle.

Maddie jeta un regard dubitatif à sa sœur.

— Tu ne me crois pas ? demanda Schuyler. Réessaye la robe rose. Et viens me rejoindre près des caisses quand tu l'auras mise.

— Qu'est-ce que tu manigances encore ? marmonna Maddie en jetant à sa sœur un regard en coin.

— Vas-y, ordonna sa sœur en pointant du doigt les cabines. Vas-y et retrouve-moi à la caisse.

Sachant que sa sœur ne lâcherait pas l'affaire, Maddie retourna dans la cabine et en ressortit vêtue de la robe rose. Schuyler avait rassemblé dans un coin du magasin un petit groupe composé de six jeunes hommes.

— Les gars, je vous présente ma sœur, Maddie. Vous ne trouvez pas qu'elle est sexy ?

Tandis que les six jeunes gens murmuraient leur approbation, Maddie se tourna vers sa sœur pour la foudroyer du regard. C'était ridicule. Ainsi mis au pied du mur, ils ne pouvaient pas dire le contraire.

Elle ne s'était jamais sentie aussi embarrassée de sa vie ! Elle résista à l'envie de se cacher derrière la caisse ou de fuir. Ce qu'elle aurait déjà fait si elle n'avait pas porté cette robe qu'elle n'avait pas payée. En dernier recours, elle décida donc de retourner vers les cabines.

— Où vas-tu ? lui demanda Schuyler.

— Loin d'ici.

— C'est très impoli. Ces jeunes gens se sont déplacés pour te rencontrer. N'est-ce pas, messieurs ?

Là encore, tous les six murmurèrent leur approbation.

— Maddie est célibataire, mais elle travaille trop, expliqua Schuyler. Alors elle ne sort pas beaucoup. Je voudrais votre avis. Si vous rencontriez ma sœur quelque part vêtue de cette robe, iriez-vous l'aborder ? Que ceux qui le feraient lèvent la main.

Au grand étonnement de Maddie, six mains se levèrent.

Mal à l'aise, elle sentit ses joues s'empourprer. Et à en juger par l'intensité de cette sensation, elles devaient désormais être de la même couleur que sa robe. Voire d'une teinte plus vive encore.

Elle allait tuer sa sœur, future mariée ou pas.

— Cette situation est très gênante, messieurs, dit-elle. Merci de votre amabilité. Et excusez ma sœur. Vous

vous êtes tous montrés très utiles, mais vous êtes libres de partir, maintenant.

L'un d'eux commença à s'éloigner, mais les cinq autres restèrent.

— Je pourrais avoir votre numéro ? demanda un grand brun.

Pour la première fois, Maddie l'observa attentivement. Il était mignon, mais il paraissait un peu jeune.

— Comment vous appelez-vous ? demanda-t-elle.

— Drew.

— Vous êtes adorable, Drew. Puis-je vous demander votre âge ?

— Dix-neuf ans.

— Dix-neuf ans, répéta-t-elle en souriant avant de se tourner vers sa sœur. Drew a dix-neuf ans, Schuyler.

— Et alors ? Ça ne l'empêche pas d'avoir bon goût, rétorqua sa sœur.

— Drew, si j'avais dix ans de moins, j'aurais accepté de bon cœur. Mais je suis trop vieille pour vous. Il vous faut quelqu'un d'un peu plus proche de votre âge.

— Ça ne me dérange pas. J'aime bien les femmes mûres. Quel âge avez-vous ? Trente-quatre ans ?

J'ai vingt-neuf ans, et tu es un gamin. Retourne dans la cour de récré.

— Trente-quatre ans, hein ? reprit-elle en jetant à sa sœur un autre regard outré. Quelque chose comme ça. Bien ! Ravie de vous avoir rencontrés, tous les six.

En tournant les talons pour rejoindre la cabine d'essayage, elle sentit la honte déferler sur elle. Une fois retranchée dans la petite pièce, elle envisagea de ne plus en sortir. Elle avait dans son sac une barre de céréales et une bouteille d'eau. Elle pouvait bien tenir un siège un moment.

Elle prit son temps pour se changer et raccrocher toutes les robes qu'elle avait essayées. Et ce faisant, elle tenta de se raisonner. Schuyler essayait seulement de l'aider. Ses intentions étaient bonnes. Et les six hommes avaient été gentils. Ils avaient tous levé la main quand on leur avait demandé s'ils envisageraient de l'aborder. Alors pourquoi se sentait-elle si humiliée ? Ce petit interlude n'aurait dû faire que renforcer son estime d'elle-même.

Assise sur le banc de la cabine, elle prit le temps de réfléchir un instant. Tout bien considéré, « humiliée » n'était pas le bon mot. Certes, elle s'était retrouvée contrainte de sortir de sa zone de confort. Ce qui n'était pas nécessairement une mauvaise chose.

Même si Drew, l'amateur de femmes plus âgées, l'avait vieillie de cinq ans, elle aurait dû se sentir flattée par son maladroit compliment. Les cinq autres, d'ailleurs, s'étaient montrés très positifs à son égard.

Alors, quel était le problème ?

Qu'est-ce qui la gênait ?

Ce qui la gênait, c'était que ces hommes… n'étaient pas Zach.

À cette pensée, elle sentit son souffle s'accélérer, quelque chose en elle se contracter, comme cela se produisait lorsqu'elle pensait à Zach.

— Du calme, ma chérie, fit soudain la voix de Schuyler de l'autre côté de la porte close. Six hommes sur six ont trouvé que Madeleine Fortunado était sexy. Mais qu'il fallait qu'elle travaille un peu plus son jeu.

Pour ta gouverne, aucun d'entre eux n'a dit ça. C'est moi qui ai ajouté cette partie, mais tu sais très bien que c'est vrai. Je peux t'aider à travailler là-dessus aussi. Mais une chose à la fois.

Ils n'étaient pas Zach…

Qu'allait-elle faire ?

Perdue dans ses pensées, elle passa la main sur le doux tissu de la robe Kate Spade pour en chercher l'étiquette.

Aïe ! Elle coûtait deux fois plus cher que les robes qu'elle avait l'habitude d'acheter et elle ne pouvait l'assortir à aucun de ses vêtements. Si elle la portait avec l'un de ses blazers, elle aurait l'air d'avoir emprunté l'une des vestes de costume de Zach.

Zach.

Trouvait-il qu'elle s'habillait de façon trop masculine ? Non, ses vêtements étaient classiques, pas masculins. Et neutres.

Elle aimait les choses bien nettes, dans la vie comme dans la mode. Elle aimait que tout soit cohérent. Quand les choses étaient incohérentes ou différaient de ses projets bien pensés, elle se sentait déstabilisée.

Alors, si Zach lui donnait cette sensation de déstabilisation, c'était peut-être parce qu'il était en contradiction avec son univers bien ordonné. Parce qu'il lui faisait penser et ressentir des choses qui n'avaient pas de place dans son monde.

Elle allait peut-être acheter les robes. La rose, et la jaune et orange. Elle porterait la Pucci au dîner de répétition pour faire plaisir à Schuyler. Et peut-être porterait-elle la Kate Spade le lendemain matin au bureau.

Elle savait qu'elle était douée pour ce qu'elle faisait. Qu'aucune robe ne pourrait jamais démentir cette vérité. Mais elle se sentait désormais ouverte à quelques améliorations. À une approche différente.

— Mads, ça va ? Tu es fâchée contre moi ?

Elle finit par ouvrir.

— Je ne suis pas fâchée contre toi, Sky, mais je te remercie pour cette journée… la plus embarrassante de ma vie.

Elle s'interrompit pour prendre sa sœur dans ses bras.

— Et aussi la meilleure de ma vie, ajouta-t-elle.

Après l'avoir serrée à son tour dans ses bras, Schuyler finit par s'écarter d'elle.

— Regarde-toi, Mads. Tu es comme un papillon qui vient de sortir de son cocon.

— Sa chrysalide.

— Peu importe. Tu es comme le vilain petit canard qui s'est enfin changé en cygne.

— Le vilain petit canard ? Merci, Sky !

— Pas de quoi, répondit sa sœur en riant. Il me reste une dernière chose à faire pour peaufiner mon œuvre. Manucure et pédicure. Comme ça, ce sera un relooking jusqu'au bout des ongles !

— Au point où j'en suis…

Tout sourire, Schuyler l'entraîna vers l'institut en question.

— Trois des jeunes hommes m'ont donné leur numéro pour que tu les rappelles, dit-elle.

— Trois dont Drew ?

— Non. En plus de Drew. Donc, techniquement, six sur six t'ont trouvée sexy, et quatre sur six ont vraiment eu envie de te revoir. Tu vas les appeler ?

Maddie devait admettre que c'était flatteur, mais…

— Non, je suis de la vieille école, quand il s'agit d'appeler un homme.

— Qu'est-ce que tu veux dire ?

— Je n'appelle pas les hommes. C'est à eux de m'appeler.

— J'aurais dû leur donner ton numéro alors, dit Schuyler en fronçant les sourcils. Ou si tu veux, je peux les appeler pour toi.

— Encore heureux que tu ne leur aies pas donné mon numéro ! Et je t'interdis formellement de les appeler. D'ailleurs, donne-moi tout de suite leurs numéros.

Schuyler fit mine de s'exécuter, mais quand Maddie voulut lui prendre le papier des mains, elle refusa de le lâcher.

— Seulement si tu me promets d'appeler l'un d'eux pour lui demander d'être ton cavalier à mon mariage.

— Tu as perdu la tête ? s'écria Maddie, sidérée. Je ne les connais même pas ! Pourquoi en inviterais-je un à ton mariage ?

— Tu n'as pas tort, répondit Schuyler en haussant les épaules. Mais avec qui vas-tu venir, alors ? Je t'ai comptée dans la liste avec un cavalier.

— Il existe un moyen simple de régler le problème, répondit Maddie en s'asseyant dans le fauteuil de pédicure. Raye mon cavalier de la liste.

— Trop tard. J'ai déjà fait les plans de tables. Tous les noms sont inscrits en lettres d'or sur un grand cadre en plexiglas. Dont « Cavalier de Maddie ». Je ne peux pas l'effacer sans refaire toute la plaque.

— Et si quelqu'un se décommande ?

— Ils n'ont pas intérêt à me faire ça ! Carlo et moi avons limité le nombre d'invités. Nous voulions tous deux un mariage intime et élégant. Chacun des convives est une personne spéciale pour nous.

— Comme ces six inconnus que tu as trouvés dans la rue ? Quel est le plus spécial, à tes yeux ?

Schuyler leva les yeux au ciel en souriant.

— Je t'ai attribué un cavalier parce que je voulais que tu passes un bon moment, Mads. Je me fais du souci pour toi. Maintenant que nos frères et moi sommes partis, si papa et maman envisagent de voyager davantage, ça veut dire qu'il n'y aura plus que Val et toi.

Maddie se prépara à ce que Schuyler lui dise qu'elle avait mis tous ses œufs dans le même panier, Fortunado Real Estate, panier qui se révélait à présent dangereusement fragile. Mais elle la devança.

— Si je ne gagne pas cette promotion, je partirai de Fortunado, affirma-t-elle.

Schuyler ne parut pas surprise.

— Je te comprends. Et tu resterais en ville ?

— Je ne sais pas, répondit Maddie en haussant les épaules. Peut-être pas. Je ne suis pas allée aussi loin dans mon raisonnement. Papa n'a pas encore annoncé sa décision, alors j'essaye de rester positive.

— Tu as vendu beaucoup de biens à Austin, ces derniers temps. Tu pourrais aller là-bas. Oh ! j'allais oublier ! Fais comme si tu étais surprise quand il te le dira, mais Carlo est super intéressé par le dernier local que tu nous as montré. Celui à côté de l'université. Il pense qu'il serait parfait pour le night-club. Il envisage de faire une proposition avant notre voyage de noces. Mais chut. Je n'ai rien dit.

— Bonne nouvelle. Et ne t'en fais pas, j'ai déjà oublié.

— Et si tu gagnes, que va faire Zach ?

— Il dit qu'il partira.

— Qu'il partira ? répéta Schuyler en ouvrant de grands yeux. De la ville ou juste de l'entreprise ?

— Il n'a pas précisé. Mais dans tous les cas, ce serait ennuyeux. S'il reste en ville, il aurait tout intérêt à ouvrir sa propre agence, et il deviendrait alors un concurrent direct de Fortunado. Et s'il part, eh bien…

Tout en prenant une profonde inspiration, elle ferma les yeux un instant. Elle n'avait pas envie de penser à cela. Quelle que soit la situation, elle allait perdre le seul homme qui l'ait jamais fait rêver. Si elle n'avait pas eu autant d'amour et de respect pour son père, elle l'aurait maudit pour avoir ainsi tout gâché. Gâché sa vie.

— Ce n'est pas bon du tout, dit Schuyler en secouant la tête. Comment allez-vous réussir à vous mettre ensemble si vous ne vivez pas dans la même ville ? Je reste persuadée que vous êtes faits l'un pour l'autre.

Maddie jeta un coup d'œil à sa sœur qui semblait très détendue, tandis qu'on lui massait les pieds. Elle paraissait tellement heureuse. Et Maddie était ravie pour elle. Mais ce n'était pas la première fois qu'elle regrettait de ne pas être aussi libre d'esprit que sa petite sœur. Schuyler avait toujours foi en l'idée que les choses fonctionneraient, ce qui était généralement le cas.

Maddie, pour sa part, ne pouvait pas agir sans avoir réfléchi pendant des heures à toutes les ramifications.

Et en fin de compte, quand elle avait terminé de tout analyser, elle était presque paralysée par l'indécision. Alors, pour avoir l'air déterminée et maîtrisée, elle se repliait généralement sur ce à quoi elle était habituée.

« Quand on fait toujours la même chose, on obtient toujours la même chose. »

— Sky, puis-je me confier à toi ?

— Tu as intérêt, répondit sa sœur en redressant brusquement son fauteuil.

— Pas de panique. Ce que j'ai à te dire n'est pas si important que ça.

Menteuse. C'est très important.

— C'est à propos de Zach, hein ? demanda Schuyler.

Maddie se força à ne pas secouer la tête pour changer de sujet.

— Ne sois pas timide, Mads.

Sa sœur l'observa attentivement. Au bout d'un temps, un sourire espiègle se dessina sur son visage.

— Heureusement que je suis très amoureuse de Carlo, dit-elle. S'il n'avait pas été là, je crois que j'aurais jeté mon dévolu sur Zach McCarter.

Maddie se mit à rire si fort que des larmes lui vinrent aux yeux.

— *Jeter ton dévolu* ? Pour qui tu te prends, Sky ? Jane Austen ?

— Je t'ai fait rire, affirma Schuyler d'un air radieux.

— Oui.

— Tant mieux ! Tu devrais rire davantage, sourire davantage. Depuis quelque temps, les seules fois où je te vois rire et sourire, c'est quand tu es avec Zach. Le reste du temps, tu es tendue comme les fesses de Zach.

— Schuyler !

Maddie regarda les deux esthéticiennes qui semblaient profondément absorbées dans leur conversation et n'avaient pas l'air de les écouter. Heureusement !

— Mais tu dois tout de même reconnaître qu'il a de jolies fesses, reprit Schuyler. Je l'ai tout de suite remarqué. Sans manquer de respect à Carlo, bien sûr, qui n'est pas mal non plus, de ce côté-là. Je voudrais que tu aies aussi un homme à toi avec de jolies fesses.

Maddie mit sa main sur sa bouche pour s'empêcher de rire.

— D'accord, Sky ! D'accord.

— Comment ça ? Tu veux dire que, toi aussi, tu as remarqué que Zach avait de jolies…

— Oui, je l'ai remarqué ! l'interrompit vivement Maddie. Comment aurais-je pu ne pas le remarquer ?

— Ah ! tu vois ! Et ?

— Et rien.

— Bon. Il y a une minute, tu m'as dit que tu voulais te confier à moi au sujet de quelque chose. Je t'écoute.

Évidemment, Schuyler n'avait pas oublié. Mais le plus important, c'était que malgré sa liberté d'esprit et sa tendance à plaisanter sur des sujets triviaux, ou à se servir de l'humour pour faire sortir Maddie de sa coquille, Schuyler était une super confidente. Si on lui demandait de ne pas répéter quelque chose, elle se montrait aussi solide qu'une forteresse.

— Mais c'est seulement entre nous, Sky, d'accord ?

Du bout de ses doigts, Schuyler fit mine de zipper ses lèvres.

Alors Maddie lui raconta ce qui s'était passé le vendredi soir au Thirsty Ox, jusqu'au baiser qu'elle avait échangé avec Zach.

Schuyler, qui paraissait sidérée, l'écoutait, les yeux grands ouverts. Maddie n'était pas étonnée que sa confession l'ait rendue muette de surprise. Momentanément, bien sûr.

— Tu as *embrassé* Zach ?

Maddie hocha la tête et sentit ses joues s'empourprer.

— Et il est venu samedi soir ? ajouta sa sœur.

De nouveau, Maddie acquiesça.

— Il avait vraiment l'air de s'intéresser à toi, fit remarquer Schuyler.

— Ça, je ne sais pas.

— Eh bien moi, si. Il faut que tu lui demandes de venir au mariage, Mads.

— Non, non, non. Ce n'est pas une bonne idée. Si je l'ai embrassé, c'est surtout parce que je voulais… tourner la page.

Schuyler lui lança un regard incrédule.

— Tu veux bien être plus claire ? s'enquit-elle.

— Ne me juge pas, Sky. Compte tenu des faits, c'était parfaitement sensé. L'un d'entre nous va remporter la promotion. L'autre va partir. S'impliquer dans une relation serait absurde. Et encore faudrait-il que Zach souhaite s'impliquer. C'est un maître dragueur. Ce qui m'amène à penser que ce baiser ne voulait rien dire pour lui. Si je l'ai embrassé, c'est parce que j'ai toujours craqué pour lui, alors j'ai pensé que, comme ça, quoi qu'il arrive, je n'aurais pas de regrets. C'était un baiser d'adieu.

— Non ! s'écria Schuyler.

Manifestement surprises, les deux esthéticiennes arrêtèrent leur travail pour relever les yeux vers elles.

— Désolée, reprit Schuyler. J'essayais juste de faire entendre raison à ma sœur.

— Schuyler, chut, marmonna Maddie, excédée.

— Tu ne te contenteras pas d'un baiser d'adieu. Tu vas gagner sur tous les tableaux. Tu mérites d'avoir tout ce que tu souhaites.

Maddie enviait l'optimisme de sa sœur, mais elle savait que Schuyler était la rêveuse et elle la réaliste.

— Pas forcément. La vie est ainsi faite, Sky.

— Non, elle est telle que toi, tu la fais. Pourquoi as-tu tant de mal à admettre qu'il pourrait y avoir quelque chose entre Zach et toi, si tu ouvrais ton cœur ? Pourquoi ne pas chercher un moyen de remporter et la promotion et Zach ?

Maddie sentit son cœur cogner dans sa poitrine.

— Pourquoi ? Parce que j'ai horreur de perdre. Et parce que, si je prenais un risque avec Zach et que je manquais mon coup, cela me ferait trop mal.

- 8 -

Le lundi matin commença mal. Pendant que Zach était sous la douche, Dave Madison lui avait laissé un message pour annuler leur rendez-vous du matin, en prétendant qu'il avait été appelé à se rendre à Dallas la veille pour affaires et qu'il n'était pas encore revenu.

D'instinct, Zach avait eu envie de le rappeler immédiatement pour lui reprocher d'avoir annulé à la dernière minute et le faire culpabiliser pour parvenir à ses fins. C'était ça, le monde des affaires. Mais il n'était pas seul sur le coup ; il y avait Maddie.

Lui restait à présent à faire le sale travail : expliquer à Maddie que Dave avait annulé. Cette nouvelle, si proche de l'échéance fixée par Kenneth, ainsi que le fait que Dave l'ait appelé lui plutôt qu'elle, n'allait certainement pas bien passer. D'autant moins qu'elle le soupçonnait déjà d'essayer de s'attirer les faveurs de son père à son détriment.

Pour arrondir les angles, il s'était arrêté en chemin acheter deux bagels et deux cafés. Il envisageait de passer la matinée à élaborer une stratégie avec elle. Il allait comparer son planning avec le sien et la laisser rappeler Dave pour reprogrammer le rendez-vous. Peut-être réussirait-il ainsi à l'apaiser un peu ?

Arrivé à l'agence, il se rendit directement dans le

bureau de Maddie. Il savait qu'elle était là ; sa Volvo blanche était garée à sa place habituelle. Depuis peu, à la simple vue de sa voiture, il sentait les battements de son cœur s'accélérer. Comme un adolescent.

Quand il arriva dans son bureau, elle lisait quelque chose, la tête penchée. Ses cheveux, qu'elle portait généralement relevés en queue-de-cheval, étaient lâchés et masquaient son profil. Et ils paraissaient aussi plus soyeux et un peu plus courts et volumineux que d'habitude. Soudain, il sentit une décharge de désir le traverser. Il venait de l'imaginer nue, sur lui. Son corps était penché sur le sien et il passait la main dans ses beaux cheveux ondulés pour l'attirer plus près de lui…

Luttant pour se reprendre, il frappa à la porte.

Elle releva les yeux vers lui et lui sourit.

Elle paraissait… différente.

La femme qui était assise en face de lui était magnifique. Qu'est-ce qui avait changé chez elle ? Ses cheveux, pour commencer. Mais une coupe de cheveux pouvait-elle changer une personne à ce point ? Elle était tellement différente qu'il avait presque peine à croire qu'il s'agissait de la même femme.

— Bonjour, dit-il. Tu as changé de coupe de cheveux.

Appuyant son menton sur ses mains jointes, elle fit papillonner ses cils.

— Tu as remarqué ?

— Oui. Ça te va très bien.

Elle paraissait de tellement bonne humeur qu'il n'avait aucune envie de l'attrister en lui annonçant que Dave avait annulé leur rendez-vous.

— Qu'est-ce que tu as apporté ? demanda-t-elle en désignant le sac en papier qu'il tenait à la main.

— Le petit déjeuner. Tu as faim ?

— Tu sais comment je suis. Quand il s'agit de manger…

C'était bien la Maddie qu'il connaissait. Mais il ne l'avait jamais vue comme ça. Comment se faisait-il qu'il n'ait jamais remarqué combien elle était belle ? Il n'y avait pas que les cheveux. C'était impossible.

— Tu devrais te lâcher les cheveux plus souvent, lui fit-il remarquer. Ça te va vraiment bien.

— Merci, répondit-elle en en enroulant une mèche autour de son doigt.

Il avait un jour lu dans un ouvrage sur le langage corporel que, quand une femme jouait avec ses cheveux, c'était signe qu'elle était attirée par la personne à qui elle parlait.

Un sentiment qui, ma foi, était réciproque.

— J'espère que tu aimes les mokas, dit-il en lui tendant l'un des gobelets.

— Qui n'aime pas ça ? Merci, mais tu ne crois pas que l'on devrait prendre ça sur la route pour ne pas être en retard au rendez-vous ?

Ah. Il allait devoir entrer dans le vif du sujet…

Au moment où il prit place en face d'elle, elle se leva… et il remarqua sa robe. Une robe très sexy et très rose. Évasée en bas, elle arrivait bien au-dessus du genou et virevoltait à chacun de ses mouvements. Le haut épousait joliment ses formes, et si le décolleté n'était ni plongeant ni très révélateur, il mettait ses seins en valeur. Tant et si bien qu'il eut du mal à détourner le regard.

Embarrassé, il prit une gorgée de café. Le liquide, bouillant, le ramena brusquement à la réalité.

Maddie avait toujours eu quelque chose. Quelque chose de beau et d'inaccessible qui lui donnait le sentiment de ne pas être à sa place avec elle, et le poussait à rester à l'écart plutôt qu'à prendre les devants comme il le faisait avec les femmes qui lui plaisaient.

— Mauvaise nouvelle, dit-il. Dave Madison a annulé le rendez-vous.

— Très drôle, répondit-elle en prenant son sac.

— Je suis sérieux.

Le sourire amusé qu'elle affichait disparut brusquement.

— Tu ne plaisantes pas ?

Il fit signe que non.

Laissant tomber son sac, elle se rassit en face de lui.

— Pourquoi ? Et quand l'as-tu appris ?

— Ce matin. Il m'a laissé un message.

Sans répondre, elle sortit son téléphone de son sac et le consulta avant de le poser sur son bureau.

— Il ne m'a pas laissé de message, dit-elle.

— Il a dû penser que je transmettrais.

— Cela aurait tout de même été courtois de sa part de me passer un petit coup de téléphone. Souhaite-t-il remettre ça à plus tard ?

Il ne s'était donc pas trompé : elle prenait mal les choses.

— Il ne l'a pas précisé, répondit-il. Il m'a juste dit qu'il avait dû s'absenter hier et qu'il n'avait pas pu rentrer. Tu pourrais peut-être l'appeler pour lui proposer un autre rendez-vous. Enfin, si tu veux.

À ces mots, les traits de son visage semblèrent se détendre un peu.

— Je te remercie, Zach. Pour ma part, je n'ai jamais réussi à le joindre. Il a l'air plus à l'aise pour communiquer avec toi. J'étais pressée de le rencontrer pour pouvoir établir une relation professionnelle avec lui. C'est un homme difficile à cerner.

— C'est vrai. Il est doué pour ce qu'il fait, il construit des choses solides, mais il est très indépendant.

Pensivement, elle prit une gorgée de café.

— Tu as beaucoup à faire, cette semaine ? s'enquit-elle.

— Prends rendez-vous pour le plus tôt possible. Je m'arrangerai.

— Merci. Ça va être une semaine tendue pour moi, à cause du mariage de Schuyler, samedi. J'envisageais de me rendre à Austin vendredi. J'espère que Dave Madison sera revenu demain.

Baissant les yeux, elle se mit à jouer avec son gobelet de café.

— Je te dois des excuses, dit-elle soudain. Comme nous sommes tous les deux sur le fil du rasoir en attendant la promotion, l'espace d'un instant, j'ai pensé des choses horribles sur toi. Je me suis demandé si cette annulation de dernière minute n'était pas un coup monté de ta part pour prendre la tête de la compétition.

Elle s'interrompit et plongea son regard dans le sien avant d'ajouter :

— Maintenant, je sais que je me suis trompée. Je me suis trompée sur toi depuis le départ.

— Je n'opère pas comme ça, Maddie. Je sais que ce défi que ton père nous a lancé nous a mis dans une position inconfortable, mais je n'ai jamais écrasé les autres pour me faire passer pour meilleur que je ne le suis.

— Je te crois. Et si tu agis ainsi, c'est à cause de ce que ton frère t'a fait, non ?

Pensivement, il haussa les épaules. Il n'aimait pas parler de son passé, mais pour quelque obscure raison, il n'était pas gêné que Maddie l'ait évoqué. Cela signifiait qu'elle le comprenait.

— Probablement, répondit-il. Mais c'est du passé.

— As-tu déjà envisagé d'en discuter calmement avec lui ? Combien de temps cela fait-il, maintenant ?

— Ça doit faire…

Il n'arrivait pas à se souvenir, parce qu'il avait totalement éliminé Rich de ses pensées.

— Je ne sais plus, avoua-t-il. Mais je ne saurais pas quoi lui dire. Je ne sais même pas comment il me recevrait, si je cherchais à le contacter.

Malgré toutes ses réussites, tout l'argent qu'il avait gagné, économisé et investi, la famille était la seule chose qu'il ne pouvait s'offrir. Une denrée rare et précieuse. Il était touché par la loyauté dont Maddie faisait preuve à l'égard de la sienne. Après leur entretien avec son père, elle aurait très bien pu se brouiller avec lui. Cela aurait causé des vagues importantes juste avant le mariage de sa sœur. Seulement voilà, Maddie avait la tête sur les épaules, elle ne pouvait pas laisser une telle chose arriver.

Pressé de changer de sujet, il lui adressa son regard le plus espiègle.

— Quels autres préjugés avais-tu sur moi ? demanda-t-il.

Elle lui répondit par un sourire tout aussi malicieux. Un sourire qui fit courir de délicieux frissons le long de son dos.

— Cela n'a plus d'importance, maintenant, répondit-elle. Mais je pense que je te dois encore « une chose ».

— Je le pense aussi, effectivement.

— Même si je ne dois rien te devoir pour le match de ping-pong, puisque nous n'avons jamais terminé. Toutefois, j'ai une chose pour toi, maintenant.

Il fut tenté d'en revenir à leur sujet de plaisanterie habituel, en affirmant qu'elle s'était retirée du jeu et qu'il avait donc gagné dans les règles. Mais elle avait apparemment un sujet plus intéressant à évoquer.

— Je t'écoute.

— Une chose que tu ne sais pas sur moi est…

Sa voix tremblait légèrement et elle semblait hésitante, comme si elle se demandait si elle devait lui dire ce qu'elle avait sur le cœur. Et soudain, elle prit une profonde inspiration.

— … que j'aimerais que tu sois mon cavalier au mariage de Schuyler. Veux-tu m'y accompagner ?

Quand Maddie s'était enfin décidée à demander à Zach de l'accompagner au mariage, elle s'était préparée à la possibilité d'un refus.

Dans ce cas, elle lui aurait expliqué qu'il était important pour Schuyler qu'elle vienne accompagnée, mais que, en venant avec quelqu'un qu'elle ne connaissait pas très bien, quelqu'un qui ne connaissait pas sa famille, elle aurait peut-être eu l'air de faire passer un message qu'elle n'avait pas envie de faire passer. Et elle aurait dû répondre à un feu roulant de questions. Était-ce une relation sérieuse ? Était-elle la nouvelle future mariée ? Un vrai calvaire. Zach lui était donc apparu comme la meilleure solution. De plus, en se rendant ensemble au mariage, ils présenteraient devant son père un front uni, prouvant ainsi que, quelle que soit l'issue du défi, ils pouvaient travailler conjointement pour le bien de Fortunado Real Estate. Et ce, même s'ils avaient l'un comme l'autre déclaré qu'ils quitteraient l'entreprise s'ils n'obtenaient pas le poste.

Cependant, il s'avéra qu'elle n'eut pas besoin des explications stratégiques qu'elle avait préparées. Zach lui répondit par un simple :

— Oui, merci. Je serais ravi d'être ton cavalier.

Et elle avait été tellement surprise et heureuse qu'il lui avait été presque impossible de le dissimuler. Aussi avait-elle fini par le chasser de son bureau en prétendant avoir des choses à faire. Priorité numéro un : appeler Dave Madison.

Son enthousiasme, cependant, s'était totalement dissipé quand elle était tombée, une nouvelle fois, sur sa boîte vocale. Elle avait laissé un message pour lui proposer de les rencontrer le lendemain mardi. Et elle avait raccroché avec le sentiment que son message avait disparu dans le grand trou noir qui semblait avoir englouti tout intérêt que Madison pouvait porter à un partenariat avec Fortunado.

Elle avait ensuite décidé d'appeler Richard McCarter, le frère de Zach. Comme Zach devait se rendre à Austin pour le mariage et que c'était justement là que résidait Richard, elle s'était dit qu'elle ne ferait de mal à personne en informant Richard que son frère serait dans la région pour le week-end.

Elle avait réussi à le joindre dès le premier appel.

— Bonjour, Richard. Je suis Madeleine Fortunado. Votre frère, Zach, est un bon ami à moi. J'avais espéré pouvoir vous parler quelques minutes.

Elle avait senti son cœur se gonfler au son de sa voix : il semblait impatient d'avoir des nouvelles de son frère. Sans donner beaucoup de détails, elle lui avait simplement expliqué qu'elle avait agi à l'insu de Zach, mais qu'elle était certaine que ce dernier serait content de lui parler. Après quoi elle lui avait donné le numéro de son frère et avait raccroché en leur souhaitant le meilleur pour la suite.

Cependant, comme les jours s'écoulaient et que le vendredi arriva sans nouvelles de Dave Madison, elle se mit à craindre que l'opportunité ne soit en train de leur glisser entre les doigts.

— Tu as eu des nouvelles de Dave Madison ? Demanda-t-elle à Zach le vendredi matin quand il arriva à Austin pour le mariage.

— Pas la moindre. J'avais espéré que tu en aurais. Mais je sais qu'il est souvent injoignable. Il est très créatif et il fait souvent plusieurs choses en même temps. Comme je te l'ai dit, il n'obéit à aucune règle. Je suis sûr qu'il reviendra vers nous quand il sera prêt.

— Je sais, mais le temps presse. Tu crois qu'il

cherche délibérément à nous ignorer ? Il a peut-être signé avec quelqu'un d'autre. Dommage que l'on n'ait aucun moyen de le savoir. Cela nous aurait permis de préparer un plan B pour mon père. Je suis en contact avec Blue Circle Portfolio, le promoteur qui construit dans le quartier du théâtre. Si on pouvait avoir ça, mon père nous pardonnerait peut-être de ne pas avoir réussi à obtenir le Paisley.

— Ce serait super, répondit-il, le regard rivé sur l'écran de son téléphone.

— Super, n'exagérons rien. Mais au moins, on n'arriverait pas devant papa les mains vides. Il nous accorderait peut-être davantage de temps pour convaincre Madison. Qu'est-ce que tu regardes ? Tu as l'air distrait.

Tout en riant, il se passa une main sur la nuque.

— Excuse-moi. Il vient de se passer un truc très étrange.

Il se remit à rire.

— Zach ? Tout va bien ?

— Euh… oui. En fait, je ne sais pas. Mon frère m'a appelé. Je n'ai pas eu de ses nouvelles depuis dix ans, et tout à coup, il me téléphone, juste le jour où je me rends à Austin. Tu n'aurais pas quelque chose à voir là-dedans, par hasard ?

Un peu gênée, elle baissa les yeux.

— Euh… Un tout petit peu ?

Tout en faisant une petite grimace, elle releva les yeux et lui adressa un sourire contrit.

— J'espère que tu ne m'en veux pas, Zach. Je me suis juste dit que, comme tu devais venir à Austin et qu'il habitait Austin…

— Pas de problème. Il avait l'air… bien, au téléphone. Il est pressé de me rencontrer. On doit se retrouver pour le déjeuner aujourd'hui. Je te raconterai ce soir, au dîner de répétition.

Comme il garait sa BMW dans le parking du restaurant où il devait retrouver son frère, Zach se rendit compte qu'il était nerveux.

Était-ce bon signe ou mauvais signe ?

Il avait passé toute sa vie d'adulte à essayer de gagner toujours plus d'argent. Et il avait atteint ses objectifs financiers. De cette conquête, la leçon importante qu'il avait tirée était que tout l'argent du monde ne saurait combler le vide qui était en lui. Et plus il passait du temps avec les Fortunado, plus il observait leur dynamique, leur façon de naviguer dans les eaux parfois agitées des relations familiales, plus il avait envie de la seule chose que l'argent ne pouvait acheter.

Certes, il pouvait toujours se marier et fonder sa propre famille. Depuis peu, quand il y pensait, quand il commençait à envisager de laisser tomber ses vieilles habitudes de loup solitaire pour ouvrir son cœur à quelqu'un, c'était à Maddie qu'il pensait. Elle était fière et passionnée, et elle avait un cœur d'or.

Sans elle, jamais il ne se serait trouvé là, à s'apprêter à revoir son frère, un membre de la famille qu'il pensait avoir perdu pour toujours.

Il reconnut Rich à l'instant même où il passa les portes du restaurant. Son frère avait choisi une table proche du bar, qui était bondé. Sans doute pour limiter l'embarras de leurs retrouvailles après tant d'années.

Pour deux personnes qui n'avaient potentiellement rien à se dire, un peu d'animation valait sans doute mieux qu'une place discrète dans un coin silencieux.

Quand il approcha de la table, Rich se leva pour lui serrer la main.

— Content de te voir, Zach. Tu as l'air en forme.

Zach lui retourna le compliment et ils se lancèrent ensuite dans une discussion sur le milieu de l'immobilier, avant de passer au métier d'avocat de Rich. Quand ils eurent fini de parler de la famille de Rich, ils en étaient au café.

Zach s'était préparé à ce que le déjeuner s'achève sans qu'aucun sujet d'ordre émotionnel soit abordé. Il était venu sans se faire d'illusions. C'était le seul moyen de ne pas se retrouver blessé. Mais Rich le surprit quand il affirma :

— Je ne me souviens pas de la dernière fois où j'ai été aussi heureux de parler à quelqu'un.

Il s'interrompit, puis ajouta :

— Je serais ravi de rencontrer ta petite amie Maddie, un jour. Elle m'a l'air d'une jeune femme vraiment remarquable.

Zach ne le reprit pas sur l'expression « petite amie ». Et moins encore sur l'adjectif « remarquable ». En peu de temps, Maddie avait changé sa vie. Il aurait beaucoup de chance s'il pouvait un jour la présenter comme sa petite amie.

— Je me dis souvent que si j'avais une seconde chance, dans la vie, je reviendrais au moment où maman est morte et je ferais les choses complètement différemment, poursuivit Rich. J'aurais dû me battre pour toi, Zach.

Zach sentit son cœur cogner un peu plus fort. En prononçant ces mots, son frère venait de faire tomber tous les murs, et il lui sembla que le voile qui obscurcissait sa vie venait de s'envoler.

— Je sais que je n'étais pas un gamin facile, dit-il, plus ému qu'il ne l'aurait cru. Je crois que l'on peut même dire que j'étais un petit vaurien. Avec le recul, je ne t'en veux pas d'avoir essayé de me confier à quelqu'un de plus habilité à me canaliser. Comme tu étais mon tuteur et que j'étais mineur, c'est toi que l'on menaçait de poursuites judiciaires, quand je faisais l'idiot. Mais tu sais, après la mort de maman, j'étais en colère contre le monde entier, je ne pensais pas à tout ça.

— Je ne t'en veux pas, moi non plus, de m'avoir détesté quand tu t'es retrouvé en famille d'accueil.

Zach prit le temps de réfléchir à ce qu'il allait répondre. Le mieux était de se montrer honnête. Manifestement, Rich et lui étaient sur la bonne voie, mais ce n'était pas un déjeuner qui allait régler quinze ans de brouille. Tant qu'il n'aurait pas dit ce qu'il avait sur le cœur, cette réconciliation ne panserait aucune plaie. Elle ne ferait qu'effleurer la surface de problèmes profondément ancrés en eux.

— Je ne vais pas te mentir, Rich. Je t'en ai énormément voulu pour ça. En fait, je t'en ai voulu jusqu'à ce que je me rende compte que le rejet dont j'avais fait l'objet de ta part avait sans doute été l'expérience formatrice dont j'avais besoin. C'est ce qui a fait de moi ce que je suis aujourd'hui.

Cela l'avait également rendu méfiant, prudent et hésitant à trop se rapprocher des autres parce que son expérience lui avait prouvé que la seule personne en qui il pouvait se fier était lui-même. Mais il commençait à apprendre la confiance. Et ce, en grande partie grâce à Maddie et à la famille Fortunado.

Son cœur se remit à cogner dans sa poitrine en songeant à Maddie. Ces retrouvailles avec son frère étaient un immense pas en avant pour lui.

Rich hocha la tête.

— Zach, je te dois quelque chose pour t'avoir laissé payer toi-même tes frais de scolarité alors que j'aurais dû le faire au moment où tu en avais besoin.

À ces mots, Zach sentit ses muscles se crisper.

L'argent. Tout revenait toujours à l'argent. L'argent gâchait toujours tout.

La dernière fois qu'il avait vu son frère, il avait ravalé sa fierté et lui avait demandé son aide. Il avait besoin d'argent pour ses études, et comme Rich avait fini les siennes et s'était lancé dans la vie active, Zach lui avait rappelé la volonté de leur mère concernant l'argent de l'assurance-vie qu'elle avait laissée. Elle l'avait mise au nom de Rich parce qu'il était le seul adulte, à cette époque. Elle pensait ainsi leur faciliter la tâche en empêchant leur héritage, aussi humble soit-il, de tomber entre les mains de la justice, ce qui les aurait obligés à dépenser plus d'argent en frais d'avocat qu'il n'y en avait sur le compte en question. Jamais elle n'aurait imaginé que sa démarche serait à l'origine d'une brouille entre ses deux fils.

— Au moment où tu es venu me voir, je traversais

une période difficile, expliqua Rich. Je sais que ce n'est pas une excuse, mais c'est comme ça que ça s'est passé.

Rich s'interrompit pour sortir de sa poche une enveloppe.

— C'est sûrement beaucoup trop tard, parce que j'ai cru comprendre que tu t'en sortais très bien tout seul, maintenant, mais voici la somme d'argent qui t'était due, dit-il.

Il posa l'enveloppe devant Zach qui la regarda en gardant les bras fermement croisés. Il ne voulait pas d'argent. Il n'en avait pas besoin. Ce n'était pas pour ça qu'il était venu.

— Et il y a autre chose que j'aimerais te donner, reprit son frère. Pour me faire pardonner mes erreurs passées. Une chose que tu mérites beaucoup plus que moi.

Tout aussi calmement, il sortit une petite boîte noire, qu'il posa délicatement sur la table à côté de l'enveloppe.

— Qu'est-ce que c'est ? s'enquit Zach, intrigué.

— La bague de fiançailles de maman. J'ai pensé que si tu voulais demander Maddie en mariage, ça pourrait t'être utile.

— Je lui ai dit que je ne voulais pas de l'argent, expliqua Zach à Maddie au bar de l'hôtel, quand le dîner de répétition fut terminé.

L'histoire était trop personnelle pour être évoquée durant le repas. D'autant plus qu'ils étaient assis à de longues tables, où tout le monde bavardait gaiement et levait son verre pour féliciter les futurs mariés. Il aurait été déplacé de soulever un sujet aussi intime durant les festivités.

— Mais Rich a insisté. Il m'a dit qu'il ne le reprendrait pas. Que ce n'était pas une grosse somme, mais que c'était du liquide et que je pourrais l'investir et l'utiliser pour les études de mes enfants.

Il ne parla cependant pas de la bague de fiançailles, qu'il avait en revanche acceptée sans hésitation. C'était un petit morceau de sa mère. Durant toutes ces années, il n'avait eu aucun objet qui lui appartenait, aucun souvenir auquel se raccrocher.

— Et comment s'est terminée la rencontre ? lui demanda-t-elle.

— On va se revoir dans deux mois. Soit je viendrai pour jouer au golf, soit il viendra à Houston, où il se rend assez souvent pour affaires. On a laissé ça en suspens. Pas de pression. Mais j'ai eu le sentiment que l'on était tous les deux déterminés à faire des efforts.

— C'est super, dit-elle avant de boire une gorgée de calvados.

— Quand j'ai appris que tu l'avais contacté, je dois t'avouer que j'étais très mécontent. Mais maintenant, je me dis que je ne pourrais jamais assez te remercier. Tu m'as rendu ma famille.

— J'ai juste passé un coup de téléphone. C'est toi qui as fait le reste. Mais je suis contente. J'avais peur que tu penses que je me mêlais de ce qui ne me regardait pas.

— Tu plaisantes ?

Leurs regards se croisèrent et quelque chose de sensuel et d'électrique passa entre eux. Ils étaient assis sur un petit canapé qui les obligeait à être si proches l'un de l'autre qu'il pouvait sentir le délicat parfum de Maddie. Elle portait une minirobe imprimée orange et jaune qui ne ressemblait à rien de ce qu'il avait pu voir sur elle jusqu'ici. Tout bien réfléchi, en dehors de cette robe ajustée rose fuchsia, il ne se souvenait d'aucun des vêtements qu'elle avait portés dans le passé. La seule chose qu'il voyait était son beau visage et ses cheveux soyeux.

Mais la robe qu'elle portait ce soir-là était inoubliable, et il brûlait d'envie de découvrir ce qu'elle cachait…

Maddie était différente depuis le jour où elle lui avait demandé d'être son cavalier au mariage. Ou peut-être était-ce lui qui la voyait différemment. La seule chose qu'il savait avec certitude était… qu'il avait envie d'elle.

— J'étais en train de repenser à ce que tu m'as dit l'autre jour, quand nous étions à l'agence, reprit-il.

— Qu'est-ce que j'ai dit ? Rien de mal, j'espère.

Tout en haussant les épaules, il sourit.

— Tu as dit que tu ne voulais pas passer pour une mégère. Et je t'ai dit que je ne t'avais jamais considérée comme ça. Je te considère comme une femme passionnée et fière. Ce sont les qualités que j'ai toujours admirées chez toi.

Cédant à son instinct, il fit doucement glisser son pouce sur sa joue.

— Je t'admire beaucoup, Maddie. Tu es belle et intelligente. Plus le temps passe, plus je me sens attiré par toi.

N'y tenant plus, il glissa ses doigts dans ses cheveux. Aussi doux et soyeux qu'il l'avait imaginé. Passant sa main sur sa nuque, il l'attira alors doucement vers lui pour joindre ses lèvres aux siennes et se délecter de leur saveur. Sa bouche avait gardé le goût du calvados qu'elle venait de boire. Sa saveur fruitée se mêlait à celle, plus amère, du café qu'ils avaient pris après le dîner, et il percevait également des notes de cannelle. Jugeant qu'il y avait encore beaucoup trop d'espace entre eux, il approfondit son baiser. La sensation de ses courbes contre son corps lui donnait envie de choses auxquelles il refusait de penser avec elle.

Elle avait éveillé chez lui un désir si puissant qu'il le consumait totalement.

— Viens avec moi. Je voudrais te montrer quelque chose, murmura-t-elle.

Il la suivit, bien sûr. Il l'aurait suivie partout.

Elle le conduisit jusqu'à l'une des extrémités du grand hall de l'hôtel.

— Chut, dit-elle en posant son index sur ses lèvres.

Et après avoir jeté un coup d'œil autour d'elle, elle ouvrit une porte. Un débarras vide. Dans lequel elle l'attira avant de refermer doucement la porte derrière eux.

— Comment as-tu eu connaissance de cet endroit ?

Elle lui répondit par un baiser passionné qui déclencha un tel désir chez lui qu'il eut peur de perdre la raison.

Il n'aurait su dire combien de temps ils restèrent dans ce débarras. Peut-être quelques minutes, peut-être quelques heures. Mais bien vite, il devint évident qu'ils ne pouvaient rien faire d'autre que s'embrasser. L'espace était vraiment restreint. Et malgré tout le désir qu'il avait pour elle, il ne voulait pas que leur première fois se passe ainsi. Il voulait la savourer. Il voulait la déshabiller lentement et la traiter comme le don du ciel qu'elle était.

— Montons, chuchota-t-il à son oreille. Je veux que tu restes avec moi ce soir, Maddie.

Prenant ses fesses entre ses mains, il l'attira plus près de lui, de sorte qu'il lui était impossible de dire où son corps finissait et où le sien commençait.

Et il se délectait de cette sensation, il brûlait d'envie d'explorer son corps.

Tout en poussant un soupir fiévreux, elle se colla à lui, plus près encore. Pressant ses lèvres sur la douceur soyeuse de son cou, il fut tenté de glisser sa main sous sa petite robe courte pour pouvoir explorer ses seins. Il avait envie de la débarrasser de cette robe et de toutes les barrières qu'il y avait entre eux pour s'enfoncer en elle et la faire crier de plaisir. Mais il allait devoir patienter un peu. Il fallait qu'il se maîtrise.

— Viens dans ma chambre, Maddie.

Il se remit à l'embrasser en espérant qu'elle lui dirait oui. N'y tenant plus, il finit par passer ses mains sous sa robe pour caresser lentement la peau nue de ses hanches.

Le souffle court, elle écarta enfin ses lèvres des siennes, très légèrement.

— Oui, murmura-t-elle.

Maddie avait brièvement expliqué le problème à Zach : elle ne pourrait pas rester pour la nuit. Elle avait promis à Schuyler de dormir avec elle. Sa sœur, en effet, affirmait que si Maddie n'était pas là pour l'en empêcher, elle ne pourrait résister à la tentation de rejoindre Carlo dans sa chambre, ce qui ne manquerait pas de lui porter malheur, le soir de son mariage.

Quant à elle… elle n'avait pu résister à la tentation de rejoindre Zach dans sa chambre, même si elle savait qu'elle ne pourrait y rester que quelques minutes.

Avait-elle bien fait ? Il n'était plus son ennemi, mais il demeurait son concurrent.

Debout devant le lit, il avait descendu la fermeture Éclair de sa robe et lui caressait à présent le dos. Une chaleur sensuelle commença à se répandre dans son corps, intensifiant encore celle qu'elle pouvait ressentir dans son sexe, tandis que la confusion commençait à gagner son esprit.

Qu'était-elle en train de faire ? La question fut trop fugace pour trouver une réponse.

Lentement mais sûrement, ses doutes étaient en train de se dissiper, se transformant en un désir littéralement irrépressible.

Sans cesser de l'embrasser, Zach écarta le tissu de sa robe qui tomba mollement sur le sol. Elle aurait dû se sentir exposée, mais la prise de conscience de sa nudité ne pesa pas plus lourd que la douce brise qui entrait dans la chambre à travers la fenêtre ouverte. Elle avait totalement oublié la situation, la compétition. Cédant au désir qu'elle avait de Zach, elle déboutonna sa chemise pour faire sensuellement glisser ses mains sur son torse puissant et musclé, ses larges épaules, puis laissa ses doigts s'attarder dans la douceur de ses cheveux. Au même instant, il se mit à lui caresser les hanches et l'attira fermement contre son corps. Elle pouvait de nouveau sentir son érection se presser contre son sexe, et une décharge de pur désir lui traversa le corps. Instinctivement, elle se cambra, arrachant à Zach un grognement sourd.

Quand il se mit à embrasser les délicats contours de son cou et de ses épaules, elle inclina la tête sur le côté pour lui en faciliter l'accès. Ses mains finirent par gagner ses seins, qu'il caressa sensuellement et fermement, éveillant en elle toutes sortes de sensations voluptueuses.

Puis tout s'accéléra. Il ôta son pantalon tandis qu'elle se débarrassait de sa culotte, et après avoir enfilé un préservatif récupéré dans son portefeuille, il l'allongea sur le lit et s'enfonça en elle.

Elle soupira de bonheur.

Elle se sentait si bien. Si pleine. Si complète.

Elle avait oublié à quel point il pouvait être bon de se joindre à un homme de la façon la plus intime qui soit.

Tellement bon…

Suivant son rythme, elle répondit à chacun de ses assauts.

Mais instinctivement, elle finit par se retourner. Quand elle fut à califourchon sur Zach, il prit ses seins en bouche, titillant de sa langue leurs bouts durcis tout en lui caressant langoureusement les fesses. Et juste au moment où elle pensait qu'elle allait exploser de désir pour lui, il écarta sa bouche de son sein pour relever son visage vers elle et la regarder.

Tout en passant ses doigts dans ses cheveux, elle se plongea dans ses beaux yeux bleus, faillit s'y noyer.

Elle avait désespérément envie de lui dire une chose.

Une chose qu'il ignorait sur elle. Mais elle ne trouvait pas de mots pour formuler ce qu'elle ressentait. Alors elle se remit à l'embrasser, longuement et fiévreusement.

Prenant son visage entre ses mains, il lui rendit ses baisers avec une tendresse et une douceur qui paraissaient en décalage avec la sensualité de leur posture.

Et ce fut Zach, cette fois-ci, qui la retourna. Appuyé sur ses coudes, il se mit alors à lui caresser le visage de ses pouces sans la quitter des yeux. Et enfin, lentement, il s'enfonça de nouveau en elle profondément. Enroulant ses jambes autour de sa taille, elle se cambra contre lui. Puis il se mit à se mouvoir en elle, encore et encore. Et encore et encore, elle suivit son rythme, laissant le plaisir grimper en elle.

Jusqu'à ce que, dans une explosion de volupté, ils viennent ensemble, corps, cœurs et souffles mêlés.

Quand les dernières vagues de plaisir furent passées, il lui sourit et l'embrassa une dernière fois. Doucement. Tendrement.

Ce fut alors qu'elle comprit que cet instant avec lui ne pourrait jamais lui suffire.

Et pourtant…

— Il faut que j'aille retrouver Schuyler, Zach.

Maddie venait à peine de quitter sa chambre que le téléphone de Zach sonna. En consultant l'écran, il fronça les sourcils, soucieux. Pourquoi Dave Madison l'appelait-il à cette heure-ci ?

— Madison, il est 1 heure du matin. Tu as intérêt à avoir une bonne raison de m'appeler.

— Quoi ? Excuse-moi, Zach, je suis en Australie.

Je mélange tout, avec les horaires. Je pensais que c'était le début de la matinée, au Texas.

— Non.

— Bon, excuse-moi encore. J'espère que je ne te dérange pas.

Non, mais il aurait pu ! Dans son esprit, il revit le visage de Maddie, son regard quand elle l'avait embrassé avant de quitter son lit.

— Pourquoi appelles-tu, Dave ? Qu'est-ce que tu veux ?

— Du calme. J'ai une bonne nouvelle à t'annoncer. Je sais que l'échéance approche. Et je voulais te dire que j'avais décidé de faire de toi l'agent exclusif du Paisley.

Dave se mit à énoncer certaines de ses conditions. Zach contesta les plus déraisonnables. Dave accepta parce qu'il savait qu'elles étaient déraisonnables, mais il essayait toujours de tirer la couverture à lui. Il essayait toujours, mais il savait parfaitement que Zach ne se laisserait pas faire.

— Je vais en parler avec mon associée, Maddie Fortunado, et je reviens vers toi demain à la première heure, d'accord ? dit Zach.

— Euh… Non. Je ne sais pas qui est cette poulette. C'est à *toi* que je propose ce contrat. Pas à elle.

— Pour commencer, ce n'est pas une poulette. C'est une femme d'affaires très douée. Elle appartient à la famille qui gère Fortunado Real Estate, l'agence pour laquelle je travaille.

— Ah, d'accord, c'est pour ça qu'elle n'arrête pas de me harceler au téléphone. Ma messagerie est pleine !

— Si tu ne la rappelles pas, elle continuera de te harceler.

Dave commençait à l'agacer sérieusement. Zach ne supportait pas qu'il parle de Maddie comme ça. Il ne pouvait pas le laisser faire.

— Bon, peu importe. Ma proposition tient toujours. Je suis content de travailler avec toi. La poulette peut rechercher des acheteurs, mais elle ne figure pas dans le contrat, conclut Dave.

À 17 heures, Maddie avait revêtu la robe longue rouge que Schuyler avait choisie pour elle. Sa couleur était assortie à celle des tenues des autres demoiselles d'honneur, mais son style était différent, puisque Maddie était aussi le témoin de la mariée.

Elle adorait cette robe. Sa coupe particulièrement flatteuse soulignait ses courbes. Son tissu rouge soyeux, qui lui caressait la peau, lui donnait la sensation d'être belle et sexy. Et surtout, elle avait hâte que Zach la lui retire dans la soirée, quand ils pourraient enfin se retrouver.

Elle était en train de tomber amoureuse de lui. Ou plutôt non. Elle était tombée amoureuse de lui. Elle allait parler à son père et le convaincre de trouver une solution pour qu'ils puissent tous deux rester dans l'entreprise. Ils avaient chacun leurs qualités, chacun des choses à apporter. Fortunado avait besoin d'eux deux.

Mais entre-temps, elle devait poursuivre ses efforts. Continuer d'appeler Dave Madison. Zach avait naturellement un avantage sur elle puisqu'il le connaissait, mais il avait décidé de ne pas en jouer, en lui donnant une chance de se mettre en avant.

Dans la salle de bains, Schuyler venait de commencer à se préparer pour la cérémonie de 20 heures. Ce qui voulait dire que Maddie avait environ un quart d'heure devant elle. Déterminée, elle sortit son téléphone de son aumônière et appela Dave Madison.

À sa grande surprise, alors qu'elle pensait tomber une nouvelle fois sur sa messagerie, il décrocha au bout de la quatrième sonnerie.

— Oui ? marmonna-t-il d'une voix éteinte, comme si elle l'avait réveillé en plein sommeil.

— Monsieur Madison ? C'est Maddie Fortunado.

La voix ensommeillée se fit rageuse, et une série de jurons l'obligea à éloigner le téléphone de son oreille.

— Je suis à Sydney, expliqua Dave Madison. Vous m'avez réveillé. Qu'est-ce que vous voulez, encore ?

Dans un premier temps, elle fut tentée de s'excuser et de lui dire qu'elle rappellerait plus tard. Mais comme il n'avait même pas eu la courtoisie de répondre à ses appels, elle décida de laisser tomber les excuses.

— Je vous appelle au sujet d'un possible contrat de vente des locaux du Paisley par Fortunado Real Estate, répondit-elle. Je vous ai laissé un numéro de…

— Je sais. Et si je ne vous ai pas rappelée, c'est pour une bonne raison. J'ai donné ce contrat à Zach McCarter. Je ne reviendrai pas là-dessus. Alors cessez de me harceler. Merci.

Éberluée, elle lâcha son téléphone.

Il avait donné le contrat à Zach ? Elle s'était fait rouler dans la farine. Totalement. En beauté.

- 9 -

Schuyler était magnifique dans sa robe sirène qui épousait ses courbes, les mettant à leur avantage avant de s'évaser au niveau des genoux. C'était Schuyler dans toute sa splendeur : sexy et théâtrale.

La cérémonie avait eu lieu dans le cadre romantique des jardins de la Mendoza Winery, tout en topiaires et en roseraies. L'impeccable pelouse semblait s'étendre sur des kilomètres, mais le cadre où la cérémonie avait eu lieu, devant la fontaine baroque, avait été décoré par les orchidées fournies par le fleuriste, qui mettaient en lumière la roseraie. Les fleurs, éclairées à la perfection, semblaient au summum de leur splendeur quand le couple avait échangé ses vœux sous le ciel étoilé.

C'était tout ce que Maddie avait souhaité à sa sœur : un temps parfait, des invités ravis de partager sa joie, et l'amour de sa vie, le beau Carlo Mendoza.

Il y avait là presque de quoi vous faire croire en l'amour.

Presque.

Car si Schuyler avait trouvé l'homme parfait, une fois encore, Cupidon avait tiré sur Maddie une flèche empoisonnée.

À la simple pensée d'avoir à affronter Zach, elle sentait une sourde douleur lui déchirer le cœur. La meilleure chose qu'elle avait à faire était donc de garder ses distances jusqu'à la fin de la réception, après quoi elle pourrait tranquillement rentrer à Houston dans la nuit. Seule.

Au vu de son statut de témoin et de demoiselle d'honneur, il lui avait été facile d'éviter Zach jusqu'au début de la réception. À présent que la cérémonie était terminée, il allait lui falloir manœuvrer minutieusement pour l'esquiver sans faire de scène.

Il était la dernière personne qu'elle avait envie de voir, ce soir, mais elle ne pouvait pas gâcher la parfaite cérémonie de mariage de sa sœur.

Tandis que les serveurs déambulaient parmi la foule avec des plateaux chargés d'amuse-bouches, Maddie finit par repérer son père, mais à son grand soulagement, pas le moindre signe de Zach.

— Coucou, papa ! lança-t-elle avec autant d'enthousiasme qu'elle put.

— Madeleine, le soleil de ma vie et la prunelle de mes yeux. Tu es magnifique. Comment vas-tu, ma chérie ?

Ce n'était pas le récent et prudent « Comment vas-tu ? », qui portait plutôt sur le déroulement de leur affaire en cours. C'était la question sincère d'un homme heureux de célébrer le mariage de sa fille.

— Très bien, répondit-elle.

Menteuse.

— Tant mieux. Moi aussi. C'est un beau mariage, hein ? Vous avez fait du bon travail, les filles, en organisant cette petite cérémonie.

Il n'avait pas fait de plaisanterie sur la somme que

cette « petite cérémonie » allait lui coûter. Il était donc de bonne humeur.

D'ailleurs, quand un serveur passa avec un plateau chargé de flûtes de champagne, il en prit deux, dont une qu'il lui tendit.

— Merci, papa.

— J'ai cru comprendre que Zach et toi vous entendiez bien. Ce n'est pas ton cavalier ? Où est-il ?

Elle dut se retenir de ne pas exprimer son mécontentement par un grognement. Quoi qu'il en soit, il était hors de question qu'ils parlent de cela maintenant.

— J'ai été ravi d'apprendre par Schuyler que vous vous étiez rapprochés, tous les deux, poursuivit son père.

Horrifiée par ce qu'elle venait d'entendre, elle faillit s'étouffer avec son champagne.

— Qu'est-ce que Schuyler a dit ?

— Elle a dit qu'il y avait de l'amour dans l'air. Et j'approuve. Zach ferait un parfait gendre.

Certainement pas, non ! C'est un traître, un mauvais joueur, un escroc !

Jamais une seule fois dans sa vie elle n'avait parlé amour avec son père, et elle n'avait aucune intention de commencer à présent. Le moment aurait été vraiment mal choisi. Il fallait qu'elle mette un terme à cette conversation immédiatement.

Après avoir brièvement regardé autour d'elle, elle désigna sa mère qui semblait avancer dans leur direction.

— Je crois que maman te cherche, papa.

Le visage de son père s'illumina.

— Ah, oui. Bonne soirée, ma chérie. Et ne t'inquiète

pas. Ton jour viendra. Avec un peu de chance, plus vite que tu ne le penses.

Elle fit de son mieux pour garder un visage impassible.

D'un pas déterminé, elle s'approcha de la table où étaient déjà assis ses trois frères, ainsi que sa belle-sœur Lila.

— Coucou, la famille, dit-elle.

— Coucou, sœurette, répondit Connor en se levant pour la prendre dans ses bras.

— Tu es très jolie, ce soir, Mads, lui dit Gavin.

— Merci. Quand êtes-vous arrivés ? demanda-t-elle.

Du coin de l'œil, elle vit que Zach venait d'entrer au La Viña, le restaurant de la Mendoza Winery où avait lieu la réception.

Gavin était là depuis la veille au soir. Everett et son épouse Lila, qui revenaient tout juste de leur voyage de noces, étaient pour leur part arrivés le matin.

Incapable de s'en empêcher, elle jeta un coup d'œil autour d'elle. Zach avait disparu. Il devait être occupé à conspirer dans l'ombre, comme à son habitude.

Elle éclata de rire quand Everett et Lila lui racontèrent une anecdote au sujet de Las Vegas, où ils avaient fait escale. Mais malgré tout l'intérêt qu'elle portait à son frère, elle ne pouvait s'empêcher de chercher Zach, qui semblait s'être volatilisé.

Tout comme son père, d'ailleurs.

— Où est papa ? demanda-t-elle.

— Avec Carlo, lui répondit Everett en lui indiquant la large baie vitrée qui offrait une vue spectaculaire sur les jardins.

Assis à une petite table, Carlo et son père semblaient profondément absorbés dans leur conversation.

— Ça a l'air sérieux, fit-elle remarquer.

Elle était presque certaine que son père avait pris son gendre à part pour lui faire le traditionnel discours : « Si tu fais du mal à ma fille, gare à toi… » Amusée par cette idée, elle sourit. Si elle avait appris quelque chose de ses parents, c'était l'importance de la famille. On avait beau se chamailler parfois, on était toujours là pour se soutenir. La famille ne vous trahissait jamais. En tout cas, pas la famille Fortunado.

Les Fortunado, c'était comme la mafia sans le crime. À présent qu'il était entré dans la famille, Carlo n'avait plus de porte de sortie. Il était l'un des leurs pour la vie.

Mais Carlo était de toute évidence très amoureux de Schuyler. Jamais il ne la rendrait malheureuse.

Elle ressentit une petite pointe de jalousie envers Schuyler et Carlo, ainsi qu'Everett et Lila, qui avaient trouvé leur âme sœur.

Et elle s'en voulut de nouveau, parce que sans même en avoir conscience, elle se remit à chercher Zach du regard.

La veille au soir, après leurs ébats, elle s'était laissé aller à croire que Zach était l'homme de sa vie. Elle l'avait imaginé demander sa main à son père, promettre qu'il l'aimerait et la chérirait pour le reste de sa vie…

Quelle naïveté !

À l'autre bout de la pièce, son père et Carlo venaient de se serrer la main. Le regard satisfait de Carlo laissait entendre que la discussion s'était bien passée.

Son père venait à peine de se lever que Zach apparut

devant lui. Comme sorti de nulle part, il était là, tout à coup. Les deux hommes échangèrent une poignée de main. À les observer, elle sentit son sang bouillir dans ses veines. Mais impossible de nier que Zach était beau dans son costume. Rien qu'en le voyant, elle sentit quelque chose fondre en elle, malgré la colère qu'elle ressentait. Et elle s'en voulut grandement pour ça.

La désillusion avait été brutale. Mais cela ne se reproduirait plus. Elle s'était suffisamment apitoyée sur son sort. Il fallait qu'elle se montre réactive en déterminant ce qu'elle allait faire, à présent. Elle était une femme puissante. Les femmes puissantes ne jouaient pas les victimes. Les femmes puissantes ne se cherchaient pas d'excuses. Zach avait gagné. Même s'il n'avait pas respecté les règles, il avait gagné, et plus vite elle se ferait à cette idée et déciderait de la nouvelle marche à suivre, mieux ce serait.

Mais entre-temps, elle n'allait pas rester assise là les bras croisés à le regarder passer de la pommade dans le dos de son père.

Déterminée, elle prit la main de son frère Gavin.

— Danse avec moi.

L'orchestre s'était mis à jouer un morceau prenant des années 1980. Gavin, sans hésiter, la suivit jusqu'à la piste.

La musique était trop forte pour qu'ils puissent parler en dansant, et c'était très bien ainsi, parce qu'elle n'avait aucune envie de parler. Il fallait qu'elle ravale sa rage, au moins en partie. Sans quoi elle risquait de dire ou de faire quelque chose de stupide.

Le problème était que son père ne verrait rien de

mal dans les tactiques qu'avait employées Zach pour obtenir le contrat du Paisley. Pour sa part, elle savait qu'en concluant cet accord avec Madison alors qu'elle n'avait même pas réussi à convaincre ce dernier de répondre à ses appels, il s'était comporté de façon ni honorable ni honnête.

La pilule était amère, mais l'affaire était conclue. Fortunado avait obtenu l'exclusivité de la vente du Paisley, et Zach se chargerait de la gestion. C'était là l'essentiel. Et c'était tout ce qui importait.

Zach avait gagné.

Elle n'aimait pas la façon dont il faisait des affaires et la manière dont il l'avait manipulée pour parvenir à ses fins. Et surtout, elle s'en voulait de s'être laissé faire. Elle avait baissé la garde. Elle lui avait fait confiance alors qu'elle n'aurait jamais dû le laisser se rapprocher d'elle.

— Je peux te l'emprunter ? demanda soudain Zach en tapant sur l'épaule de Gavin.

— Non merci, répondit-elle à la place de son frère. Je suis fatiguée, je vais aller me chercher un verre.

N'ayant nulle part où aller, elle se rendit machinalement aux toilettes. Elle ne pouvait pas s'en aller maintenant ; elle devait être présente jusqu'à ce que Carlo et Schuyler disparaissent dans la nuit.

Comme elle était seule, elle observa son reflet dans le miroir et se regarda droit dans les yeux.

— Tu peux le faire, Maddie. Fais-le pour Schuyler.

Déterminée, elle ouvrit la porte pour sortir.

Dans la salle, la musique était devenue plus forte. Elle n'eut pas de mal à repérer sa sœur et Carlo sur la piste. Il suffisait de les observer pour comprendre que c'était le plus beau jour de leur vie. Ils n'avaient pas besoin d'elle pour quoi que ce soit.

Prise d'un soudain besoin d'air pur, elle décida de sortir. D'un pas lent, elle se dirigea vers le jardin à la française où Schuyler et Carlo s'étaient juré amour et fidélité un peu plus tôt.

Les chaises avaient déjà disparu et le jardin avait retrouvé sa splendeur originelle. Les luxuriantes roses embaumaient et la délicate musique de la fontaine procurait un agréable fond sonore qui apaisa un peu son angoisse.

Et dire que la nuit d'avant, elle avait couché avec Zach…

Mais elle ne devait pas songer à cela.

Mélancolique, elle s'approcha de l'endroit où le jardin s'ouvrait sur le vignoble. L'air s'étant rafraîchi, elle croisa les bras pour se réchauffer.

— Tu as froid ? fit soudain une voix grave qu'elle ne connaissait que trop bien. Prends ma veste.

Elle sentit son cœur s'emballer.

— Non merci, répondit-elle en commençant à s'éloigner. J'allais rentrer.

— Tu cherches à m'éviter.

— Je n'ai pas vraiment envie de te parler maintenant, Zach.

— Maddie, qu'est-ce qui se passe ? Tu es fâchée contre moi ?

Ulcérée, elle se retourna vivement vers lui.

— Comment peux-tu faire comme si de rien n'était ? s'exclama-t-elle.

— Mais de quoi parles-tu ?

Après avoir regardé autour d'elle pour s'assurer que personne ne pouvait surprendre leur conversation, elle se rapprocha de lui.

— J'ai enfin réussi à joindre Dave Madison, répondit-elle d'une voix glaciale. Parce que je l'ai réveillé, apparemment. Ou alors, il a pensé que c'était quelqu'un d'autre qui l'appelait. Ce doit plutôt être ça, d'ailleurs, parce qu'il n'avait pas l'air très content de m'entendre. Il m'a dit qu'il avait déjà parlé avec toi et que vous aviez discuté ensemble des détails du Paisley. Il m'a informée qu'il t'en confiait la vente. En exclusivité. Félicitations, Zach. C'est un joli coup. Et ensuite, que comptes-tu faire ? Racheter Fortunado Real Estate ? Ah, non, j'oubliais. Tu n'auras pas besoin de le faire puisque mon père va te nommer président.

Elle conclut son discours en applaudissant.

— Ce n'est pas aussi horrible que ça en a l'air. Je te le promets, Maddie.

— De mon point de vue, en tout cas, cela ne pourrait pas être plus horrible. Quand comptais-tu m'en parler ? Tu attendais d'être devant mon père pour faire ta grande révélation ? Mais si ça se trouve, tu l'as déjà faite, quand tu as parlé avec lui tout à l'heure.

— Maddie, écoute-moi…

— Non, Zach, c'est toi qui vas m'écouter. Je n'arrive pas à croire que tu sois capable de telles bassesses. Mais tu sais ce qui me paraît le plus incroyable ? Que je sois tombée amoureuse de quelqu'un capable de telles bassesses !

Tournant les talons, elle s'éloigna de lui aussi vite que le lui permettaient ses escarpins.

— Si je suis allé parler à ton père tout à l'heure, c'est pour lui dire que je me retirais de la compétition, expliqua Zach en la rejoignant. Le poste est à toi, Maddie.

Sous le coup du choc, elle s'arrêta net avant de se tourner vers lui.

— Quoi ? Tu te retires ? Et que comptes-tu faire pour le Paisley ? Tu sais que tu as une clause de non-concurrence. Tu ne peux pas tout prendre, Zach.

— Je vais rester aussi longtemps qu'il le faudra pour vendre le Paisley, et ensuite, je vais t'épouser, si tu veux de moi.

Elle était tellement furieuse qu'elle sentait ses oreilles bourdonner. Elle avait cru comprendre qu'il voulait l'épouser ? Elle avait dû mal entendre.

— Qu'est-ce que tu as dit ?

Dissipant tous les doutes qu'elle pouvait avoir, il se rapprocha d'elle et sortit de sa poche une petite boîte de velours noir.

— J'ai dit que je souhaiterais t'épouser si tu veux de moi. Parce que je t'aime, Maddie.

Il ouvrit la boîte, et un saphir orné de brillants apparut.

— Je sais qu'elle n'est ni très grosse ni très voyante, mais elle appartenait à ma mère, dit-il. Quand Rich et moi nous sommes retrouvés, hier, je lui ai parlé de toi et, rien qu'en me regardant, il a deviné que j'étais amoureux.

Les mots de Zach entrèrent lentement dans son esprit. Elle avait l'impression que le sol tremblait sous ses pieds. Il n'y avait qu'une chose de stable :

Zach, debout devant elle, tenant dans sa main cette magnifique bague.

— Maddie ? Ça va ?

De tout son être, elle avait envie de répondre oui, de passer ses bras autour de son cou et de l'embrasser si fort et si longtemps qu'ils deviendraient la seule source d'oxygène l'un de l'autre. Mais ce fut la Maddie pragmatique, celle qui se sentait toujours trahie, qui parla à sa place.

— Mais que s'est-il passé avec Dave Madison ? À l'écouter parler, on aurait dit qu'il ne voulait pas traiter avec Fortunado, qu'il ne voulait que toi.

— Je me suis occupé de Dave, répondit-il. Je lui ai dit que si Fortunado n'était pas dans le coup, je n'y serais pas non plus. Mais j'ai aussi compris que sans toi, Fortunado ne serait pas la même entreprise. En tout cas, pas pour moi. Je pense toujours que c'est à toi que ton père aurait fini par donner la promotion au bout du compte.

Elle le fixa un instant sans un mot puis sourit.

— Alors tu t'es retiré parce que tu avais peur de perdre ? demanda-t-elle.

— Très juste, répondit-il en lui rendant son sourire. Parce que j'avais peur de *te* perdre. Alors, qu'en penses-tu ?

Elle poussa un petit cri quand il posa un genou à terre.

— Maddie Fortunado, voulez-vous faire de moi l'homme le plus heureux du monde en acceptant de m'épouser ?

— Oui ! s'exclama-t-elle.

Et elle l'embrassa si fort que le reste du monde disparut.

Un peu plus tard, dans la salle du restaurant, elle se joignait à toutes les autres célibataires pour le lancer de bouquet. Elle était à présent fiancée, mais elle ne voulait pas voler la vedette à Schuyler en annonçant la nouvelle maintenant. Zach et elle allaient attendre que sa sœur et Carlo soient rentrés de leur voyage de noces pour rassembler la famille et faire leur grande annonce. Il leur faudrait appeler ses parents en visio puisqu'ils seraient partis en croisière. Mais ils étaient déjà au courant, Zach ayant pris son père à part pour lui demander sa main.

Aussi se tenait-elle joyeusement dans le rang. Avant de jeter son bouquet, Schuyler se tourna vers elle en chuchotant :

— Pour toi.

Et ce fut bien entre ses mains que le bouquet termina sa course.

Tendrement, Zach s'approcha d'elle et la prit dans ses bras.

— C'est un signe, murmura-t-il avant de l'embrasser.

Épilogue

Le lendemain matin, quand Maddie se réveilla, elle garda les yeux fermés.

Elle avait fait de beaux rêves, des rêves sensuels dans lesquels Zach et elle avaient passé toute la nuit à faire l'amour.

Elle sentit alors le bras de Zach, solide comme la pierre, enserrer son corps nu, comme pour confirmer que ce qui s'était passé après le mariage avait bien eu lieu dans la vraie vie.

En ouvrant les yeux, la première chose qu'elle vit fut le magnifique saphir qui ornait désormais son doigt.

— Pendant une seconde, j'ai eu peur d'avoir rêvé, dit-elle. Mais tu es là.

— Nous sommes là. Et je vais te montrer que tout ce qui s'est passé hier soir était vrai.

Lentement, il s'enfonça en elle et ils passèrent la matinée à faire l'amour sensuellement et tendrement.

Un peu plus tard, Maddie se tourna vers lui.

— Je voudrais te dire une chose que tu ne sais pas sur moi.

Zach fit doucement glisser son pouce sur ses lèvres encore gonflées par ses baisers.

— Je t'écoute.

— Je t'aime, Zach. Je suis tombée amoureuse de

toi dès le premier jour où je t'ai vu. Et je ne sais pas si je l'ai exprimé comme il le faut, mais hier soir, quand tu m'as proposé de t'épouser, tu as fait de moi la femme la plus heureuse du monde. Maintenant, j'ai une surprise pour toi.

— Mon amour, tu es pleine de surprises.

— Pendant que tu discutais avec mes frères, j'ai parlé à mon père. Je lui ai demandé de nous laisser diriger ensemble Fortunado Real Estate.

Sans répondre, il se mit à la dévisager d'un œil interrogateur.

— Réfléchis, Zach. Toi et moi avons des qualités différentes à apporter. Que pourrait-on faire de mieux que de joindre nos forces, dans notre vie professionnelle comme dans notre vie sentimentale ?

Tendrement, il la prit dans ses bras.

— C'est vrai que l'on se complète. Mais on va parler travail plus tard. Il y a une chose que je voudrais te dire et que tu ne sais sans doute pas.

— Ah oui ? Laquelle ?

— Je t'aime encore plus que je ne t'aimais quand je t'ai proposé de m'épouser.

Retrouvez prochainement,
dans votre collection

PASSIONS

Un ambitieux rival, d'Adriana Herrera - N°989

SÉRIE : HÉRITAGE CONTROVERSÉ 1/2

Quand Esmeralda hérite de l'empire médiatique de son père, elle sait que cela ne plaira pas à tout le monde, et surtout pas à Rodrigo, le protégé de son géniteur – et son ancien amant, qui l'a trahie dix ans plus tôt par pure ambition. Mais, alors qu'ils doivent collaborer, la tension qui les oppose n'a d'égale que la passion qui les rapproche de nouveau. Rodrigo sera-t-il le parfait partenaire, dans les affaires comme dans l'intimité..., ou au contraire ce rival qui causera sa perte ?

Un charme dévastateur, d'Adriana Herrera

SÉRIE : HÉRITAGE CONTROVERSÉ 2/2

Directrice de casting, Perla sait quel serait l'acteur idéal pour son nouveau projet de série. Seul problème ? Gael Montez est aussi son grand amour de jeunesse, celui qui l'a quittée sans ménagement six ans plus tôt. Alors que, résolue à aller de l'avant, elle se rend chez lui pour le convaincre d'accepter le rôle, les voilà bloqués par une tempête de neige ! Si proche de Gael, Perla s'efforce alors d'ignorer son charme dévastateur afin de préserver son cœur...

Dangereux désir, de Niobia Bryant - N°990

Connu pour être le rebelle de sa riche et célèbre famille, Cole n'a qu'une seule règle : ne jamais tomber amoureux. Mais le désir qui brûle entre lui et Jillian, la cheffe personnelle des Cress, est réel, irrésistible – et dangereux. En effet, Jillian vient d'un monde différent du sien, et les Cress seraient prêts à tout pour mettre fin à leur idylle... quitte à les détruire tous les deux.

Le retour d'un Fortune, d'Allison Leigh

Fraîchement arrivé à Austin où il souhaite s'installer, Grayson Fortune engage la belle Billie Pemberton pour le guider dans ses recherches de maison. Entre eux l'attirance est immédiate, mais Grayson garde d'abord ses distances : il n'est pas homme à s'engager et refuse de briser le cœur de Billie. Au fil du temps, pourtant, cette dernière parvient à percer ses défenses et s'évertue à lui prouver qu'il est fait pour l'amour et la famille...

Indomptable play-boy, de Cat Schield - N°991

Lani a été très claire avec Asher, son ancien amant : ce n'est pas parce qu'elle a payé sa caution afin de le sortir de prison et qu'elle emménage avec lui pour le surveiller qu'elle retombera dans ses filets ! Au contraire, elle doit garder la tête froide tant que durera l'enquête qu'elle mène sur le détournement de fonds dont Asher est accusé, et dont il se dit innocent...

Fiancée à un don Juan, de Brenda Harlen

Tout a commencé par un mensonge destiné à dissuader sa mère de jouer les entremetteuses... Mais un baiser brûlant échangé avec Jason Channing a rendu la comédie trop réelle, et voilà maintenant Alyssa fiancée à ce don Juan notoire ! Pire, alors qu'elle apprécie depuis toujours sa vie de célibataire, Alyssa se prend à rêver que Jason soit l'homme qu'il lui faut...

Le défi d'Autumn, de Karen Booth - N°992

SÉRIE : LES HÉRITIERS DE MOONLIGHT RIDGE 2/3

Autumn est bouleversée. Quittée par son fiancé la veille de son mariage, elle vient de perdre toute crédibilité en tant que *wedding planner*... Or, maintenant que sa réputation est ruinée, son travail à Moonlight Ridge est menacé. Grey Holloway, un des héritiers du domaine, s'est montré parfaitement clair : si elle veut conserver son poste, elle devra le convaincre que l'amour n'est pas qu'une illusion. Un défi pour elle car, si Grey fait rêver les femmes, il est surtout un séducteur réfractaire à tout engagement...

Après une nuit d'amour, de Silver James

Profondément indépendante, Britt fait tout pour éviter Cooper, un insupportable beau parleur que le destin ne cesse de mettre sur sa route. Deux fois déjà, elle l'a quitté après une nuit d'amour époustouflante, pour revenir ensuite dans ses bras... Mais aujourd'hui il n'est plus question de fuir, car Britt attend des jumeaux de Cooper !

Une semaine pour t'aimer, de Kristi Gold - N°993

Son mari, Sebastian, est ici, au Texas ? Nasira est furieuse : n'a-t-elle pas été assez claire lorsqu'elle lui a annoncé, trois semaines plus tôt, qu'elle quittait Londres pour aller vivre aux États-Unis et qu'elle tirait un trait sur leur mariage ? Pourtant, face aux efforts que Sebastian déploie pour la reconquérir, Nasira se fixe un ultimatum : elle se laisse une semaine, et pas un jour de plus, pour prendre une décision définitive...

Un jeu risqué, de Katherine Garbera

Belle, séduisante, intelligente... Ferrin a tout de la femme idéale ! Hunter ne pouvait rêver mieux : lui qui doit la charmer, il ne va pas avoir à mentir en lui affirmant qu'elle lui plaît. Pourtant, il doit se méfier. Car s'il a décidé de séduire Ferrin ce n'est pas pour trouver l'amour, mais pour récupérer des documents que possède le père de la jeune femme et qui l'innocenteront du meurtre dont on l'accuse à tort...

Pour le bonheur de Rose, de Catherine Mann - N°994

Série : Les frères de Key Largo 1/2

Lorsque Xander, son patron, lui propose de l'épouser, Maureen est désemparée. Bien sûr, il ne s'agirait que d'une union de convenance lui permettant d'obtenir la garde de sa fille, Rose. Et pour elle, qui a besoin d'un visa pour exercer en tant que zoologiste, l'arrangement serait idéal... Bien que tentée, Maureen ne peut s'empêcher d'hésiter. Car devenir la femme de Xander, qu'elle aime en secret depuis leur rencontre, ne serait-ce pas exposer son cœur ?

Enceinte de son patron, de Catherine Mann

Série : Les frères de Key Largo 2/2

Le jour où Portia découvre qu'elle est enceinte de son patron, Easton, elle craint de céder à la panique irrépressible qui menace de la submerger : ce moment d'égarement qu'Easton et elle ont partagé, quand ils se sont retrouvés enfermés alors qu'une tempête tropicale grondait, ne devait être qu'une simple parenthèse, et rien de plus... Mais, pour ce bébé qu'elle sent grandir en elle et qu'elle aime déjà, elle est prête à tout. Même à perdre son travail en révélant à Easton qu'il va bientôt être papa...